有栖川有栖

有栖川有栖

幽靈刑警

有栖川有栖◆著
楊明綺◆譯

W&K Publishing

【導讀】有栖川有栖之新嘗試——《幽靈刑警》

◎傅博（推理評論家）

一八四一年，愛倫・坡發明推理小說以來，這一百七十多年，世界上到底有多少人寫過推理小說？所發表的推理作品到底有多少？你，知道嗎？當然不知道，不但是你不知道，世界上的任何人都不能正確回答這問題。

同樣，他們塑造的偵探有多少？也沒有人知道其正確數字。成千累萬的偵探，因爲每人的性別、年齡、國籍、職業、個性、生活環境等有異，因此其搜查、推理、解謎等偵探方法也不同，致使推理小說多樣化，豐富了推理文學。

雖然有不可計數的偵探，在推理園地活躍，稍爲去注意他們，可看出部分類似性，和每人與其他偵探不同之固有特徵。作家刻意塑造偵探形象，不外是如何突出偵探的個性和偵探方法。

愛倫・坡塑造之世上第一位偵探魯班，是法國紳士，具有深厚學識，業餘偵探。他在〈莫爾格街命案〉裡，破解密室之謎後，成爲偵探模範，後繼諸多作家，蓄意塑造超越魯班的偵探。如柯南・道爾之福爾摩斯是英國人，牛津大學高材生，世上第一位職業偵探。以下列舉幾名與福爾摩斯同時代的偵探，供讀者參考。

Prince Zaleski（Mathew P.Shiel），俄羅斯貴族，業餘偵探，世界上第一位安樂椅偵探。

角落老人（奧西茲女男爵 Baroness Orczy），英國人，姓名、身分、經歷一切不明，安樂椅偵探。

Augusutus S.F.X.Van Dusen（傑克・福翠爾 Jacques Futrelle），美國人，大學教授，擁有五個博士、六個學士學位，被稱爲「思考機械」，業餘偵探。

Joseph Rouletabille（卡斯頓・勒胡 Gaston Leroux），法國人，報紙記者，業餘偵探。

John Thorndyke（傅里曼 Richard A. Freeman），英國人，天主教教父、業餘偵探。

從以上偵探名單，就可窺見解謎推理小說主流時期的偵探群象之不同處（國籍、職業）和類似性（知識分子，天才型業餘偵探）。何況跟著推理小說之多樣化，偵探也多樣化，從天才型而思考型（黃金期偵探）、行動型（冷硬推理小說的私家偵探）、集團搜查型（警察小說的刑警）等不勝枚舉，這些可稱爲正派偵探。還有惡德偵探、糊塗偵探等敗類。

以上偵探，雖然是創作上的產品，在現實社會有存在的可能。另一類即是全憑作家幻想出來的非現實偵探。如機械人偵探（未來社會爲主題的推理小說）、動物偵探（幽默推理小說的貓、狗）以及幽靈偵探。本書即是以幽靈爲主角之解謎推理小說。

《幽靈刑警》是有栖川有栖的第十一長篇。繼《魔鏡》、《幻想運河》（兩書由小知堂文化出版）發表之第三非系列長篇。二〇〇二年七月由「講談社小說叢書」系列出版，本書是該叢書版的翻譯本。

作者在本書做了幾種新的嘗試，這些嘗試在推理小說史上並非創新，作者把先人發明的幾件點子融合在一起，使之與傳統解謎推理小說比較，令讀者體會到創作形式的新穎性、讀後之新鮮感。

如作者採取冷硬推理小說之由偵探自己記述事件經緯之第一人稱單視點記述法，記述者卻是一名被射殺而死亡的刑警之幽靈。在日本，幽靈與妖怪或鬼是不一樣的。人死後之靈魂不離開人間到天國或地獄，卻對浮世留戀，停留在世間的稱爲幽靈。日本自江戶時代（十七至十九世紀）以來，就有幽靈小說之創作傳統，這類小說稱爲「怪談」，而這些幽靈都是統一造型，出現於人間時，都是穿著被埋葬時所穿的白色和式長衣，留著很長的頭髮，天庭綁著一條白色的三角形頭巾，兩手排在胸前，沒有腳，浮留在空間。

妖怪是傳說上的怪物，每一個地方都有其固有的妖怪傳說，其造型的確是千奇百怪，應有盡有，到處存在，平時人眼是看不到的隱形怪物。對人關係，有友善的，也有非友善的，是日本民俗學之一門學問，又是恐怖小說的一個主題，近幾年妖怪小說在日本很流行暢銷。

鬼也是民俗學上的傳統怪物，與妖怪不同之處是顯形的人形怪物，頭有角、口生牙，皮膚有紅色的、也有藍色的，赤裸，只穿虎皮丁字褲，極爲猙獰兇惡。日本的鬼與台灣所說的鬼是不同的。

話說回來，有栖川有栖塑造的幽靈，與上述之傳統幽靈不同，其型態與生前一樣，穿著死亡時的衣服，手腕戴著兩針停止在死亡時刻的手錶，有兩腳可走路，還可飛天、穿過封閉的門窗，不但會講話，還具有喜怒哀樂的感情；沒有飲食或排泄的生理機能，卻需要睡眠；半透明體，一般人看不見其形體，聽不到其聲音，但是先天性超能力者，可與之溝通。

這種「有栖川幽靈」是本書主角，是連續殺人事件的偵探，你相信不相信這種「幽靈偵探」的存在？不論如何，讀完故事再說。

本書就是由此條件下的幽靈視點記述故事。主角神崎達也，原來是一名刑警，一個月前被上司之刑事課長經堂芳郎，在釋迦海邊射殺。射殺前，經堂向神崎說：「不要怪我。……不是我的意思」，「對不起！」，暗示有幕後主宰者。

達也思念情人森須磨子之深情，以及對經堂之憎恨，陰魂不散，死後一個月，以幽靈姿態回來釋迦海邊。故事從陰魂回到殺人現場，回憶被殺經過寫起，晚上回家去裡看母親、妹妹，然後去巴市東警察局刑事課同事家裡拜訪他們，沒有人看到這位幽靈，最後到刑事課辦公室，遇到值班的早川篤刑警，他是先天性超能力者，能夠看到幽靈。神崎幽靈告訴早川，自己被殺經過和兇手姓名，請他幫忙尋找證據和幕後主宰者，早川答應協助，於是二人三足的偵探團成立。

作者借這些記述爲幽靈造型，把非現實的事象以寫實方法來說服讀者，讓讀者認同在現實社會發生的殺人事件，由幽靈參與破案。這種「幽靈偵探」爲主角的解謎推理小說在歐美有先例，非作者的發明，但是「有栖川幽靈」的造型是成功的。

三條命案，半年內連續發生在人口四十萬的地方都市巴市之東警察局內部。

第一命案是神崎達也被殺之五個月前，生活安全課巡查新田克彥被射殺，他與經堂刑事課長太太有婚外情，經堂揚言要給他好看，是被殺害人之唯一動機，可是經堂有絕對之不在場犯罪現場證明，命案至今未破案。

第二命案就是神崎被經堂射殺事件。沒有人目睹殺人現場，經堂又沒有留下與命案相關之任何證據，被殺動機不明，沒人懷疑上司會殺部下，一個月來命案始終未破。

幽靈神崎在這樣情況下進來，因爲是第一人稱單視點記述，幾乎沒有辦法記述過去之搜查經過。兩事件是否有關連，也是一件謎。

幽靈神崎回來第二天，就與早川分工合作監視課員行動，經堂之外，有漆原夏美組長、毬村正人主任、佐山潤一刑警以及森須磨子刑警等四名課員。作者又借過去是刑警，現在是幽靈的雙重思維，刻畫這五、六位刑警的不同個性，使本書具有「警察小說」的風味。

警察小說是指刑警當局之集團搜查爲主題的小說，原則上沒有突出的偵探。二次大戰後在美國興起，一九五六年由美國作家麥可班恩之《第87分局》確立，以一名刑警爲主角的推理小說不稱爲警察小說，在此提醒讀者。

話又說回來，二人三足偵探開始行動第四天晚上十點多，經堂課長在偵訊室被射殺，現場呈密室狀況。連續殺人事件的重點移到第三事件。是本書的壓台戲。

在三件射殺事件之外，作者插入直接與故事有關之竊聽事件、手槍被偷事件、漆原夏美暗殺未遂事件，把事件複雜化，豐富內容。本書是一種混合型推理小說，不但含有冷硬、警察、驚險（破案場面）諸推理小說要素以外，最後還有一幕「純愛小說」的離別傷心的場面，作者對讀者服務很周到，不失爲一部佳作。

二〇〇五・八・四

【推薦文】

只為了榮耀本格推理

◎呂仁

◎推理小說應該是什麼樣子？

推理小說有一些基本設定是爲大多數作家所共同遵守的。

一九二八年，羅納德・諾克斯（Ronald A. Knox）的「偵探十誡」與范達因（S. S. Van Dine）的「推理小說二十則」對推理小說家提出了諄諄告誡，其中若干條項雖已不合時宜，但是時至今日，仍有許多爲不可撼動的推理戒律，諸如：不可用超自然能力來進行偵探、殺人方法需合理且具科學根據，不可使用未發明的毒藥、不可透過意外事件和無法解釋的直覺來幫助偵探破案、不可依靠偶然或巧合等等。

綜合這些諄諄教誨，可以簡單歸結爲四個字，即：服膺理性。推理小說是智性的遊戲，推理作家在框架內創作出各式各樣作品，推理讀者亦處於同一立足點上，進入作者安排的迷宮，尋找破案的契機。若有推理作家試圖碰觸、甚至逾越這「理性」的藩籬，便可能直接影響到作品的基本定位。「這還算是推理小說嗎？」讀者或許會這麼問。

有栖川有栖的《幽靈刑警》，正是在「角色設定」上意圖跨越這道界線的作品。

◎企圖越界的《幽靈刑警》

《幽靈刑警》是以一位死於非命的警察作爲第一人稱敘述者所展開的故事，這位幽靈清楚地知道兇手是誰，並企圖將其繩之以法，所以造成了「偵探即死者」這種在推理小說中既罕見又弔詭的現象。除此之外，他還有一位論及婚嫁的女友在人世間，陰陽兩隔使他們無法相守，亦讓全書瀰漫著淡淡的哀愁感。可別以爲幽靈指認了兇手之後故事就草草結束了，作者還安排了一連串的事件讓身爲幽靈的刑警忙上好一陣子，其中還包含一宗密室謀殺案。由於早就已經知道兇手是誰，所以是個帶有一點倒敘推理味道的故事。

這樣的設定不合情理，不是嗎？

有一種說法，兇手的影像會留在受害者的視網膜上，因此若開發出擷取這種影像的技術，那麼破案率勢必大幅提高。同樣的，如果每位死者成爲幽靈之後都可以指認兇手的話，這個世界想必是個低犯罪率的世界，只剩照子不夠亮的死者會含冤而亡。

而在使用了超自然的「幽靈」作爲故事的主角後，如何還能維持這是一個服膺理性的正統推理故事？有栖川有栖在這點無疑是成功的，儘管主角是一位幽靈，他能上天下地飛翔、能穿透物品、一般人看不見他、不會有肚子餓等等生理需求，有著一般印象中幽靈「應該」具備的能力，但是在跟監時選錯對象、案件發生時不在現場、犯罪嗅覺不夠敏銳等等的不利因素之下，讀者其實並未遭擁有超能力的主角甩開太遠，可以好好與主角進行一場鬥智競賽。也就是說，除去「主角設定爲幽靈」的部分，《幽靈刑警》與我們熟知的推理小說並無二致，讀者與作者間仍存在著應有的默契。另外，作者尙利用了上述這些幽靈的特殊能力，設計了一個令人拍案叫絕的關鍵，絕不辜負讓幽靈當主角的這個特殊設計，値得讀者細細品味。

《幽靈刑警》在推理小說既有的規範裡作了一個小突破，使這部作品披著靈異的外衣，但即使如此，骨子裡仍是爲了彰顯本格推理的，甚至可以大膽地說，爲了榮耀本格推理而作了如此的設定，即使是幽靈，想破案一樣得遵循理性的邏輯推演，不是嗎？

有栖川有栖的創作精神在此亦清楚體現。在日本，他有「九〇年代的昆恩」之美名，除了撰寫「國名系列」與昆恩相同外，他亦服膺昆恩式的縝密邏輯規範，在本書中亦然。有栖川有栖與綾辻行人同期，爲一九八七年起新本格推理小說的第一期作家，其筆下的主要系列偵探爲江神二郎與臨床犯罪學者火村英生最爲著名，相信台灣的讀者對其並不陌生，而《幽靈刑警》一書與台灣已出版的《魔鏡》、《幻想運河》相同，皆爲獨立於此二系列之外的長篇小說，讀者可從這些系列作以外的小說欣賞有栖川有栖作品的多樣風貌。

◎値得多方嘗試開拓的推理世界

自愛倫坡以降，在浩瀚百年的推理長河裡，許多推理小說不斷問世，許多詭計不斷被翻修精進，不論是推理小說十誡或二十則，都在這樣的狀況下逐一被挑戰，挑戰成功的作品成爲經典，挑戰失敗的作品則被判出局，迅速遭到讀者遺忘。倒敘推理、敘述性詭計等等的寫作技巧使推理小說更爲精彩；法庭或孤島的場景使推理小說更爲生動；冷硬派與社會派的出現，則使推理小說內涵更爲豐富。推理作家們勇於嘗試創新，將使推理小說具有更大的包容度，擁有更多吸引人的面向。

我樂見更多探索推理小說各種可能性的作品出現，更樂見堅持正統解謎的本格作家，在已枝繁葉茂的本格推理世界中，繼續開發出令讀者驚嘆的精彩作品。

幽靈刑警

1

有人在哭泣。

是嬰兒，嬰兒哭得像著火似地大聲。

——恭喜！是個很有精神的小男孩哦！

那是祝賀話語。

大概是哪裡有小寶寶誕生吧！

哪裡呢……？

到底是哪裡呢？

我是在哪裡聽到嬰兒哭聲？

什麼也看不到。既不黑也不暗，既不白也不明亮的黑暗將我包圍。

——看到了嗎？神崎先生。

同樣的聲音。勉強聽得見，但不是很清楚。爲什麼會響起如此奇妙的聲音？

記得小時候也聽過這樣的聲音。那是暑假一個人跑到市立游泳池游泳時的事，那時的我才唸小學四年級。

爲了撿起掉在泳池底的保險櫃鑰匙，我深吸了一口氣潛入池底。可能是被自己踢掉了吧？腳邊沒有看到鑰匙。到底掉在哪裡呢？當我正環視四周時，頭上傳來聲音。

——神崎沒來嗎？

——啊！太好了。

我記得那是同學的聲音。雖然只是短暫交談，不過已經夠了。站在泳池邊的兩人因爲沒看到我而鬆了一口氣。他們似乎爲了不用看到我，可以愉快享受游泳時光而歡喜著。

雖然撿到鑰匙，可是卻無法浮出水面。因爲若這時浮出水面和他們撞個正著，總覺得……該怎麼說呢？他們大概會在心裡嘖舌吧！而且那句「神崎沒來太好了」的對話不巧又被我聽到，我想彼此也許會很尷尬。

實在沒有勇氣將臉露出水面。我拚命地憋氣，祈禱兩人趕快走遠。就這樣咬緊牙關，撐到不能再撐爲止。再也憋不住了，我站了起來，瞥見他們站在遠遠的另一頭作暖身操。明明是交情還不錯的朋友，爲什麼他們會討厭我呢？心情愈想愈沉重，還是趕快回家吧！

沒錯。

那不曉得從哪裡傳來，祝福嬰兒誕生的祝賀聲，和我蹲在水底聽到池畔傳來的聲音非常相似。

「等等！神崎先生。」有個聲音這麼說。

莫非……

正在哭泣的嬰兒……是我？我剛生下來的時候嗎？如果現在剛被生下來的嬰兒是我，那遙遠意識著的我又是誰呢？

被一陣激烈的混亂侵襲，耳邊卻變得愈清靜，已聽不見任何聲音了，生產聲也漸漸變小，只留下一片靜寂。

到底過了多少久呢？

出現了一道光芒。

就在遙遠的彼方，我看見一道棉絮般柔和的光芒，彷彿開花似地蔓延。雖然不清楚那究竟是什麼，但直覺應該不是什麼有害的東西。

意識到那光源往這邊靠近，我很想弄清楚那究竟是什麼。這時身體換個方向已經沒有意義了。我的肉體沒了。連手指、手，還有胸跟腹部，甚至連手臂和腳都沒了。我想這時的我恐怕連臉和頭都沒了吧！只剩意識在空中遊蕩。

那麼，這空中又是什麼樣的地方呢？

也許那道光芒可以解答這一連串疑問。我——找不到肉體，只能姑且稱爲「我」的我——拚命地意識著那端。要如何才能走到那端呢？我毫無頭緒，連眼球也沒有的我，凝視著光芒。

結果你猜如何？我被那光芒一點一點、慢慢地牽引過去。在一股無法解釋的力量驅使之下，那光芒將我慢慢地吸引過去。

眞的可以靠近嗎？可能有什麼陷阱哦？

毫不畏懼的我試著反問自己。但是沒有任何能夠瞭解事實的線索。我莫名地受此光芒吸引，只覺得很舒服，現在的我只能順應這一切。

走吧！

就在下定決心往前走時，又聽到微弱的聲音。這次聽起來像一大堆人的吵雜聲。好幾十人、好幾百人，搞不好有好幾千人、好幾萬人，嚷嚷地不知在說些什麼。尖銳嬌嗔的聲音、怒吼、嚎哭、嗚咽，有時還混著歌聲。各式各樣的聲音形成漩渦，將我包圍起來。

光起了變化。

輪廓呈現不規則地紊亂，似乎很痛苦的樣子。連那股牽引我過去的力量也消失了。

我突然有些不安。難道這是即將發生什麼不祥事情的兇兆嗎？

好幾萬分貝的聲音像潮水般襲來退去，其中有什麼涵義嗎？我集中精神聽著。這些聲音聽起來都像對著我吼似地，而且沒有一句聽得清楚，著實令人有些不耐。

難道沒辦法聽得清楚點嗎？就像從漲潮的波濤聲中分辨出一朵浪花回到海裡的聲音那樣，真的不可能嗎？

正當我準備放棄時，卻聽到一句話。

——對不起！

不知是誰呼喊似地道歉著。

對不起……？

多麼悲愴的聲音。

是誰在道歉呢？

又為何要道歉呢？
是在向我乞求原諒嗎？
光芒收縮，瞬間變成一點，消失無蹤。
消失了。
我也是。

2

我站在海邊。
眼前是一片無垠大海。
浪花揚起，潮聲大作。
這是我熟悉的海。右手邊突出的海岬與聳立在尖端的白色燈塔是從孩提起就有記憶的光景。
往左邊直走，遠方有棟彷彿疊著三層鬆餅似的扁平建築物。那是一間海鮮料理非常美味、叫做「信天翁」的餐廳。沐浴在陽光下的大玻璃窗閃耀著光輝。我和須磨子來吃過好幾次，我們總是預約靠窗的位子。約一週前，我們還吃著美味的地中海料理，並點了一瓶波爾多葡萄酒。
太陽高掛，那大概是下午了。
我為什麼會站在這種地方呢？為什麼會在這裡？究竟站了多久？我完全想不起任何事，是不是在哪裡遭遇什麼事故而喪失記憶？

雖然不覺得有哪裡疼痛，但仍想檢查身體哪裡有沒有受傷，我試著將雙手高高舉起。

這是怎麼回事？居然能微微穿透手掌看到應該會被遮住的海洋？居然可以同時看見模糊的手掌與遠方的水平線。雙手指甲朝內，將手高舉過頭，連太陽也透視得一清二楚，手錶同樣呈現半透明狀態，指著九點十六分，秒針一動也不動。難道錶壞了嗎？

不會吧！我邊想邊低頭看著自己的身體。從腳趾甲開始、褲腳、小腿、大腿，接著視線由下腹部游移至腹部。雖然該有的地方還是有，但是每一處都呈現半透明狀，還能穿透沙灘，明明腳下是溼溼的沙子，卻連一點坑洞也沒有，也看不到半個影子。

雖然無法相信，不過看來我似乎成了半透明人。

居然會發生這種不可思議的事。如此思考的我意外地十分冷靜。我當然也會感到很驚訝、很恐懼。一般人發現自己成了半透明人會陷入半瘋狂狀態也是理所當然吧！但是現在的我卻只是發愣。

這樣眞的很奇怪耶！難道不是一場夢嗎？

雖然不知道其他人如何，但是我正作著不可思議的夢。通常一旦懷疑是場夢境，就會突然醒過來不是嗎？在密林中被金色大蛇緊緊捲縛著，從郵差手中接過鮮紅色的召集令（譯註：類似我們的退伍軍人召集令），當心中想著這應該是一場夢境的瞬間，就會發現頭下有個枕頭。

但是這次我卻完全沒有醒來的感覺。對了，忘了是何時，某次感覺是場夢境而想醒過來時，一用手擰臉頰就能從惡夢中解脫。好，就用手試試看好了。

我立刻用手擰扭臉頰。

一點用也沒有。

這一切不只是代表夢境永不結束，而是我明明想用力抓住什麼，但是指尖、臉頰卻完全感受不到任何觸感。

這麼說來，確實有點奇怪。浪頭明明這麼高，強風也呼嘯地吹著，我卻完全感覺不到一點風，海風穿透我而吹著。

不只眼前所看到的一切，我好像眞的已經變成透明人。

不會吧！

……這是夢。這是戲法變成的一場夢，一定是的！

我試著這麼去想，結果卻很空虛。半透明的我依舊連個影子也沒有地佇立於海邊。

有可能以這樣的形式而存在嗎？對了！我想到一個非常適切的詞。

幽靈。

也就是亡靈。難道我已經死了，成了幽靈嗎？

我無法否定。而且，如果眞的是幽靈，就足以說明爲何站在沙灘上，腳下卻不會形成凹陷的小坑，因爲我沒有重量。如果是個透明人，就算看不見形體，也會清楚地留下腳印才是啊！

我是個幽靈，不會留下任何足跡而存在。不對，可以用「存在」這個字眼來形容幽靈嗎？雖然不太清楚，不過也許應該說是介於存在與不存在間的模糊地帶。

等等，我死了嗎？

何時？在哪？什麼原因？

這麼重要的事，我居然什麼都想不起來。可惡！爲什麼事情會搞得如此複雜呢？毫無頭緒又複雜難解。

冷靜點，慢慢地回想，首先從我到底是誰這件事開始想起。我的名字是神崎達也。一九七〇年十一月三十日出生——嗯，我可是很有自信地這麼說哦！

繼續吧！家裡地址是巴市若葉町二丁目六番地十一號。母親叫做比佐子，還有一個小我兩歲的妹妹亞佐子，去年結婚，改姓野野村。過世的父親叫神崎巖，生前與我一樣也是一名刑警……

是的，我是個刑警。七月才從巴西分局轉調至現在所屬的巴東分局刑事組搜查一課，位階爲巡查。我一直以升上巡查部長爲目標，努力準備升等考試。——不，應該是說曾努力過。（譯註：日本警界的位階由最下級開始依序爲巡查、巡查部長、警部補、警部）

刑警。

從小看著父親背影長大的我，一直很嚮往能成爲刑警，並希望能成爲比連續劇中的英雄更厲害的刑警，與惡勢力對抗。但是，升上高中後心態轉變，改爲深深憧憬那種能時常往來國內外，遨翔天際的工作。理由無他，因爲看到女友身爲貿易公司職員的父親單身至沙烏地阿拉伯赴任時拍的照片，覺得眞的好帥氣。他的襯衫袖子捲起、手上還勾著一頂安全帽站在油田前，這樣子有種說不出來的英氣風發。我胡亂想著，這個人也許會成爲我的岳父，那麼我不就也可以在海外活躍嗎？於是我那段時期非常努力念英文，但是我們交往約半年就分手了。

還清楚記得這些久遠記憶。不過我還想再稍微確認一下。

在雙親不斷地鼓勵下，毫無目標進入大學就讀的我，還不清楚未來的路該如何走，結果，父親的死讓我再度燃起想成為刑警的念頭。父親是因公殉職，為了阻止企圖逃逸的強盜犯的車，竟被逼急的歹徒開車衝撞，命喪黃泉。父親絕不是有勇無謀，聽說他是為了救一對差點被車子輾過的母子才會喪命的。

接到噩耗時，母親並沒有慌亂，展現了身為刑警之妻的堅強覺悟，讓周圍的人感佩不已，可是我卻很悲傷，也非常懊悔。或許身為警官的父親也早有此覺悟吧！直到最後的最後，仍覺得這是令他無悔的公職生涯。但是面對父親驟逝，作為人子的我，心情實在無法平復。難道父親不想從事喜歡的工作直到退休嗎？我想中途出局應該不是他的本意吧？

因為父親的殉職，兒子立志成為刑警，這是十分容易理解的事。當然，妹妹很排斥，但是母親卻未反對，不過也不表贊成就是了，她只是說了句：「喔，這樣啊！」她大概也有兒子會因公殉職的覺悟了吧！

因公光榮殉職。

以刑警身分而死。

現在的我成了幽靈。

我知道自己沒有失去以前的記憶，問題是我能夠掌握現在的一切嗎？我眞的殉職了嗎？譬如在逮捕殺人犯時遭到抵抗，被刀子刺殺之類的。

我凝視著半透明的腹部與胸口，想說會不會留下什麼傷口，結果並沒有發現任何痕跡，不過左胸附近倒是有點灼熱感。

我試著將右手按住該部分，不論是掌心或胸口，果然都沒有任何感覺。這眞的很奇怪，然而即使如此，我仍能明確感覺到這是我的身體。我維持這種將手按住胸口的姿勢思考著，慢慢地湧現一種確信感。

沒錯，就是打中這裡。

這裡怎麼了？

被打中。而且是被槍打中的。

被誰呢？

就是……

就是……

腦髓深處，啪地一聲像是有什麼東西彈開似的。

※

我站在這個海邊。

黑夜降臨。

眺望著如墨般闃黑的夜之海，風平浪靜的海。

沒有風，香菸輕易地點起，我抽著七星牌的香菸等待著。不知何故被莫名其妙地叫出來。

我在等經堂課長。

是經堂刑事課長約我在這裡碰面。他傍晚在咖啡自動販賣機前面對我低語，因爲要談極機密的事，所以約了今晚九點在釋迦海濱碰頭。

不方便在局內說、怕別人聽到的事究竟是什麼？我狐疑地想著，同時應允他。彷彿約會似地，我喃喃自語著。

課長說他還有點私事，因此早一步離開。我則因爲還要整理前天轄區內發生的傷害事件調查紀錄，快八點才離開警局。因爲肚子有點餓，我便先到附近的蕎麥屋吃碗蕎麥麵，再搭公車到這裡。夏季時擠滿遊客和衝浪好手的熱鬧海灘，一到十月中旬就變得很冷清，連個追求兩人世界的情侶影子都沒瞧見。

我在八點五十五分左右抵達，叼了根菸等著。超過約定時間十分鐘後，經堂課長才姍姍來遲。大概是先將愛車停在哪兒吧！他從東邊慢慢走過來，軍用風衣的領子高高立起。

「嗨！不好意思，久等了。」

「不會，沒關係。」我將抽完的第二根菸蒂丟在腳邊，客套地回了這句。課長雙手插進外套口袋，不知爲何輕嘆了口氣。

那天大約是新月過後的第十三天，雲朵在月亮前方游移，海邊漸漸變得昏暗，微弱的月光映照在課長的蒼白臉龐，藏在大黑框眼鏡後的雙眼看起來比平常更小。他常說自己雖然已經四十好幾，看起來卻比實際年齡蒼老，我想那也許是過於疲勞的關係吧！

「神崎調來我們這邊已經三個月了吧？如何，還習慣嗎？」

「嗯，不過有些地方還在適應。」我作了適當的回應。又不是轉學的小學生，還問人家習不習慣實在有點奇怪，「因爲我曾經在東分局的拘留所執勤過，後來在西分局時也因爲跨局合作辦案的關係而常來這裡，所以跟大家還蠻熟的。」

「這樣啊！不過這裡有些做事方法和西分局不同，應該多少會有些困擾吧？畢竟我們這裡淨是像毬村和佐山這類任性的傢伙，身爲課長的我也很傷腦筋呢！不過凡事都是一種經驗，認眞做就是了。嗯！」

感覺不太像平常的課長，淨說些不著邊際的話，不過我還是回答「我會加油的」。

停頓了一會兒，課長像是突然想起什麼，問我關於升等考試的事與有沒有信心之類的問題。

「你那麼用功，一定沒問題的。這次考試一定要過哦！」

「嗯。」

爲什麼非得通過不可呢？我問課長，他卻沒有回答我，一副心不在焉的樣子，常常回頭望向縣道，然後又停頓了一段時間。

「課長，你找我來這裡是有什麼事……」

聽到我直截了當地這麼問，老是說些無關緊要話題的課長這麼問：「你和須磨還好吧？」

雖然感覺有些突兀，但也不啻是種好發展。

「很好啊！如果考上了，應該可以聽到我想聽的答案。」

「想聽的答案……是指結婚嗎？」

「是的。雖然不算是種條件，不過是我主動提出的。我跟她說，等我升爲巡查部長，請告訴我妳的答案。雖然她一副很想立刻回答的樣子，不過還是把話吞了回去，說來也是自己愛面子啦！」

「這算求婚吧？」

「我說不出來『請嫁給我』這麼直接的話。所以我跟她說，希望她能成爲我的保險受益人。我想，這麼說就表明是向她求婚了。」

「眞像刑警會說的求婚台詞呢！難不成最近流行這種甜蜜的求婚？」

課長蒼白的臉浮起一抹微笑，但我總覺得有些不自然，看起來像是顏面神經痙攣的樣子。

「這才不算什麼流行呢！聽起來會像人壽保險的廣告詞那樣滑稽嗎？」

「我不覺得滑稽啊！——這樣啊！你們要結婚了……」課長摸摸下巴，像睡醒的猛獸般低喃。

感覺好像在下什麼重大決定似的。

「那麼，到底是什麼事呢？是關於她的事嗎？我們很認眞交往，也很認眞考慮將來的事。」

課長轉過身去。我正想著「到底怎麼了」時，他突然回頭，右手握著一把映著月色的自動手槍——是托卡列夫。一瞬間，我搞不清楚他的意圖，還在想會不會是練習尾牙的餘興節目。

「……課長？」

槍口顫動著，既似痙攣又像在啜泣。

「原諒我。這不是……我的意思。」

「這是怎麼回事？」

「對不起！」課長規避我的問題，只擠出這句話。

槍口噴火。

像被一把灼熱的火鉗插入般，胸口的某處變熱，我搖搖晃晃地往後倒，沙子跑進耳朵。

「課長，爲什麼？這……」

呼吸變得困難，已經再也發不出聲音了。

槍殺我的男子再度舉起槍，瞄準。我想著他是否會朝我的額頭射擊，同時凝視槍口。小小的黑洞逐漸模糊，終於，我閉上眼。

要射就射吧！隨便你了。

我沒有等到第二槍便聽到踏沙遠去的腳步聲，我試著睜開眼睛。

我恍惚地望著課長的背影——風衣下襬翩翩飛起，往東漸行漸遠。

那身影沒入黑暗中，再也看不見。我的眼皮不禁愈變愈重，最後映入眼簾的是位於海岬尖端不停回轉的燈塔照明。啊！我知道自己就要向這世界道別了。

——須磨。

雖然想出聲，卻使不上力。我是多麼想向心愛的女人說聲抱歉，想在死前告訴她：

——須磨子，對不起。

——我要先妳而走了，對不起。

※

我佇立在海潮中。

想起了一切。

我是在這裡被殺的。被上司，也就是巴東分局刑事課課長經堂芳郎槍殺。已經停了的手錶指著九點十六分，也就是我被殺的時刻。

我已經死了。

明明已經死了，卻無法完全死去。

我似乎是看到了幻影，聽著一大群人發出的吵雜聲，邊被不可思議的光源吸入，起了變化，等醒來時就已經站在這裡。或許我是在渡過三途川（譯註：死者前往黃泉時渡過的河，善人及罪輕之人渡淺處，惡人渡深處）快上岸時，費了一番功夫被拉回來，但卻錯失良機，因此不是在醫院病床上醒來，而是成了幽靈現身於此。

也就是說，我沒有渡過三途川。因爲對這世間太過留戀，所以無法成佛，於是變成這種半死不活的狀態。

原本淡泊的感情漸漸被喚醒。變成幽靈而存在讓我嚐到驚愕、恐怖與寂寞，但是，有兩種強烈的感情遠遠凌駕這些感覺。

一種是對須磨子的愛意。

另一種當然就是對經堂的無比憎恨。

3

被心中的激情催促，我決定有所行動。雖然還不清楚要往哪個方向前進，總之不能老是杵在原地。

我很在意殺人犯經堂後來怎麼了，他被逮捕、接受應得的懲罰了嗎？然而，相較之下，我更想知道須磨子的近況，雖然也很擔心母親在失去身爲刑警、走上與父親相同命運的兒子之後的情況。不過，我想見須磨子，決定先去找她。

才剛要走向縣道時，對面有人影往這邊走來，好像是一對穿著縣立第二高中學生服與水手服、一起放學回家的小情侶，算是我的學弟妹。他們大概正享受著放學後的短暫約會時光吧！男孩比手劃腳地講著，女孩則開心地笑著。

我忽然想到，就這樣和他們擦身而過好嗎？不管怎麼說，我總是個半透明的幽靈，看到我的人可能會嚇得尖叫出聲；如果是膽小的人，或許還會受到很大的打擊。雖然我告訴自己要忍耐，不要嚇到完全沒有心理準備的他們，但是也無法迴避，他們已經走到距離我約二十公尺左右的地方了，沙灘上根本就無處可躲。

沒辦法了。

只好隨便它了。我繼續往前走，距離愈來愈近，十公尺……八公尺……五公尺。近看才發現是一對俊男美女的組合。

他們應該看得到我才對，哪一個會先尖叫呢？雖然我很緊張地這麼想，卻什麼也沒發生，他們有說有笑地從我身旁走過。

這是怎麼回事？

完全出乎我意料之外。難道年輕小情侶完全沉醉於兩人世界，連半透明的奇怪傢伙從對面向他們走近都沒發現嗎？應該不太可能吧？因爲錯身而過時，有碰到一點點男孩子的肩膀。

看著遠去的成雙背影，腦中一片混亂。也許，我不是幽靈。看不見的透明身軀，碰觸任何物體都沒有感覺，也不見沙灘上留下任何足跡，難道這一切都是錯覺嗎……？

沒錯。與其認爲自己已經成爲幽靈，還不如解讀成精神上的異常不是比較好嗎？所以我才不是幽靈。

不、不對。若是如此，那被經堂課長槍殺的記憶又該怎麼解釋？那個不同於夢境的鮮明記憶又該如何說明？

『喂——』

已經快想破頭的我突然大吼出聲，叫住那對高中生情侶，我只想問問他們，確認自己是否眞成了幽靈。

『喂，你們兩個！可以等一下嗎？』

海邊沒有其他人，所以他們應該知道我在叫他們，但兩人卻都沒回頭，或許是害怕被奇怪的男人糾纏。不得已，我只好使出看家本領。

『打擾你們的甜蜜約會眞的很抱歉，可以請你們等一下嗎？我不是什麼奇怪的人，只是有事想請教你們。』

我盡可能和顏悅色地邊說邊繞到他們面前，大大地張開雙手。這樣應該就不會錯過了吧？但是他們兩人的態度依舊沒變，女孩光滑細嫩的額頭愈來愈靠近，我心想再這樣下去就會撞上的瞬間，仍不停談笑的兩人竟毫無阻礙地穿透我的身體，連像一陣風吹過的感覺都沒有，我不禁愣住了。

『你們……』

本來想抓住男孩的肩膀好讓他回頭，可是伸出去的右手卻穿透他穿著制服的肩頭。有些驚慌的我接著又試圖撲向他們。結果還是一樣，我撲了個空落在沙上，沒有揚起任何沙塵，當然也不覺得疼痛。

『等一下，不要走，回頭看我一下！好歹也應我一聲啊！我明明喊得這麼大聲，你們不可能聽不到啊！不要無視我的存在！你們這些小鬼！踐什麼踐啊！喂、不理我的話，小心我逮捕你們！』

爬起來的我，胡亂說些連自己都搞不懂的話，撲向他們好幾次。從前面、從後面、由左邊、由右邊，但是結果都一樣。我只是獨自跳著沒有觀衆欣賞的舞蹈。

留下我一個人。

我像條狗似地趴在沙灘上，咬牙切齒地忍受屈辱。我以無法想像的方式被侮辱著，愈來愈覺得自慚形穢。

我果然成了幽靈。這個世界的人根本看不到我，也聽不到我。因爲呈半透明，所以自己還勉強看得到自己，也聽得到自己的聲音，但是卻無法傳達給他人，如此實在稱不上存在二字。爲了得到回應，我試著抓起一把沙，卻連一粒也握不住，也完全感受不到握拳的實感。對這世界而言，我連一點點的影響力也發揮不了。我領悟到自己的微不足道。

我已經一無所有，一切歸零。

照這情形看來，就算站在須磨子與母親面前，她們也看不見我吧？眞是太悲哀了。若是這樣的話，我又何苦成了幽靈回到人世呢？一點意義也沒有，不是嗎？沒有人可以聽我訴說，永遠得一個人唱著獨腳戲嗎？

紫黑色的不安與恐怖企圖支配著我。不行，這樣下去我會被吞噬掉的，應該有什麼方法可以改變這一切。

總之，先去見須磨子吧！她也許能看得到我。不，一定看得到。不是常說有種愛的力量嗎？

爲了找回些許希望，我再度邁開步伐。我要見須磨子，早點確定她是否看得到我。一這麼想，心裡就有點急躁，雙腳像浮在空中似地——浮在空中。

這麼說來，我的雙腳確實有踩到地嗎？現在的我沒有實體，能穿透任何東西，即使如此，只有地面意外地還能支撐我嗎？我不曉得，就算試著去意識腳底的感覺，卻仍沒有任何觸感。雖然將這種情況下的前進視爲「走路」有些奇怪，不過因爲想不出什麼話來形容，所以也只能這樣了，在完全習慣這種幽靈狀態前，大概還會不斷感受到各種異樣的感覺吧！

東想西想地走上了縣道。時間抓得剛剛好，有一輛前往市中心的粉紅色公車緩緩駛來。我就像小孩子那樣，不管左右來車便直接穿越馬路。

好像有什麼東西穿過身體。原來是奔馳在靠這邊車道的休旅車。我一直盯著公車，絲毫沒察覺左右的來車。看著它遠去的同時，我的腦子裡一片茫然。因爲我是個沒有實體的靈魂，所以也不會被嚇到。就算大腦可以理解，卻仍無法輕易接受這種現象。不論如何，幸好我是個幽靈才能撿回一條命。……撿回一條命？

巴市最有名的粉紅色公車緩緩駛近。我站在無人的公車站牌前等著。眞的能順利坐上公車嗎？我的心中湧現這個疑問。既然能在地面上行走，爬階梯上公車應該也沒有問題，雖然這麼想，但仍有一抹不安。應該不會發生我正要搭上公車，車子卻倏地開動，剩我一個人呆站在原地的蠢事吧？如果無法搭上公車，那麼車子與電車應該也沒辦法吧？也就是說，我無法使用任何交通工具。正當我想著「這下可麻煩了」時，公車終於來了。幸好有位乘客要下車，如果沒人下車，公車一定會就這麼駛過無人的站牌。

等待後方車門開啓的數秒間，我還歪頭想著爲何門還不開？一回神便趕緊慌張地投向車門，順利地上了車。當我正想著鑽進來眞的沒關係嗎？車子卻突然發動了。幸好順利地搭上這班車。

解決了一個問題，放心地鬆了一口氣。雖然還搞不清楚何謂慣性定律，不過幽靈連公車或電車都能搭，那麼，想搭飛機恐怕也不成問題。如此一來就不用擔心交通問題了，乘坐任何交通工具都不用付錢，眞是賺到了。不對，爲了這種事興奮不已只會覺得更空虛。

環顧四周，乘客寥寥無幾。這時正好是反向公車擠滿放學或購物回家的人潮之時段。駕駛座上方的時鐘指著四點三十分，與我手錶上的時刻並不一樣。一旦知道正確時間，就會更想知道今天是幾月幾日。我死亡的那天是十月十六日，從那之後經過了多久呢？現在是那天的隔日嗎？還是已經過了好幾天？或是比我想像中更久呢？……

中間的座位有個正在看體育報紙的老人，在搖搖晃晃的車內，我卻穩穩地靠近他身旁，越過他的肩頭覷看報紙。今天是一九九八年十一月十六日星期一，距我死亡之日剛好滿一個月。難不成我在陽世與陰世徘徊了一個月嗎？我是第一次遇上這種事，不曉得別人是否也如此，因此無從判斷這段時間的長短。

原來是十一月十六日啊！終於知道自己處在什麼樣的時空了。稍微鬆了口氣的我，坐在與老人隔走道而相鄰的座位上。坐在椅子上也是成爲幽靈後的初次體驗，我眞的能辦得到嗎？

姑且一試之後，有種有坐等於沒坐的感覺。雖然這樣能讓心情比較平靜，但是臀部下方和背部依舊沒有任何感覺。也許只是模仿生前習得的（坐的）行爲。對於已喪失所有肉體感覺的我而言，站或坐其實沒什麼差別，因此會覺得坐下後心情比較平靜可能是種精神上的錯覺吧！

沒錯。即使失去肉體，還是擁有精神。雖然不知道自己究竟算幽靈還是亡靈，但我仍存在著，我思故我在，因此我是存在的，並不虛無，也非歸零。

熟悉的風景在車窗外流逝。我將手肘靠著窗緣，愣愣地望著窗外。我現在已不存在於這世上，但窗外景物依舊，不由得勾起我些許生前的記憶。

進入小隧道時，我又有新發現，因爲車窗上映出了我的臉。出隧道後仔細一看，映在車窗上的臉正回視著自己。雖然是個幽靈，但是比起無法映現於鏡中的吸血鬼，卻有更接近人類的感覺——我淨想著這些無法安慰自我的事，而且，這個世上的人似乎連映現在玻璃窗中的我都看不到，不然多次抬頭看向這裡的老人早就驚叫出聲了。

我的臉。

有種好像很久沒有面對自己的感覺。凹凸不平的輪廓，像外國人般有凹陷的尖下巴，怎麼看都是個頑固的傢伙。即使實際上不是那麼難以溝通的人，卻也有著好辯、愛說教的個性，頑固得令人傷腦筋。濃眉下的那對眼睛確實還有活人般的光芒，這一點多少拯救了我。儘管疑惑自己是否眞的死了，至少我還是原來的我。

車子行駛了約五分鐘左右，遠離海岸穿過材木町。在須磨子的母校巴女子學園轉彎，穿過單向雙線的山毛櫸大道。當車子靠站停下時，我還很擔心上來的乘客會一屁股坐在我坐的位子上，幸好乘客慢慢變少。如果有人坐上這個位子會如何呢？雖然對方大概不會感覺到任何異狀，不過我的心裡肯定不舒服。那到底會是什麼樣的感覺呢？我多少有點好奇。

前方座位上貼著一張車廂廣告，是一張印有雲霄飛車照片的山上遊樂園廣告，我的雙眼直盯著它看。

當公車停在福利中心前時，我趕緊站了起來。

『啊！我要下車！』

4

我無精打采地走在暮色昏沉的城鎮裡，習慣性地看了一下手錶，卻讓我想起那個不吉利又不愉快的時間，九點十六分。

就算不看錶，我也知道現在應該已經八點左右了。每戶人家的窗戶都點起溫暖的燈光，我的孤獨感愈來愈濃，就像三流小說與民謠所描寫的那般，是非常容易瞭解的孤獨情景。不知從哪裡飄來了一股似乎是牛肉燉湯的香味，也許，能看到、聽到這世上的東西是理所當然的，但是我竟連味道都能聞得到。正當我想著「好香啊！」的時候，卻完全湧不起任何食欲，這才發覺自己果然成了幽靈。這一點雖然很方便，卻也倍感寂寞。

看見山上遊樂園廣告的我，反射性地從位子上站起並走下公車。那時腦海中浮現了小時候一家四口出遊的鮮明影像。滿腦子只有工作的父親是個完全不重視家族活動的男人，所以我們從來沒有全家一起旅行過。因此，對休閒娛樂如此貧乏的家族而言，前往山上遊樂園就成了少數回憶之一。

看到令人懷念的遊樂園海報，我突然很想看看母親。

還是先回家一趟看看吧！雖然也想看看須磨子，不過她大概還在値勤，就算沒値班，也很有可能外出，但母親則八成在家。公車快到福利中心前了，要下車就趁現在，我這麼提醒自己。因爲若在中心前那一站下車，只要再走十五分鐘就能回到位於若葉町的家。

回到家裡一看，亞佐子也來了。她正與母親面對面坐在佛堂，斷斷續續地談話。佛壇上並列著父親和我的遺照，線香裊裊。雖然看見自己的遺照不是件愉快的事，但我已經無所謂了。

令人悲哀的是，不論是母親或妹妹都看不見我。我跪下來將臉湊近她們，無論呼喊多少遍，她們兩人只是平靜地繼續交談。

「爸爸和哥哥現在在天國聊些什麼呢？可能會說『什麼？你果然也當了刑警啊！』。他一定覺得很驚訝。」

這番話令人鼻酸。

「有其父必有其子。我想妳爸爸應該不會驚訝吧！」

「他們可能正聊著天呢！」

「大概吧！達也當上刑警也不過三年，一心想成爲像他父親那樣英勇的警察。」

「大哥的表現也很突出啊！他不是因爲逮捕到連續飛車搶劫大盜而接受過署長表揚嗎？」

「嗯，是啊！達也也有自豪的功績呢！太好了。」

『那是我還待在西分局竊盜課時的事。啊！那的確是功績一件呢！在犯人出沒的現場埋伏，一舉逮捕犯人，那是我第一次覺得自己很適合當刑警。但是這在父親面前也沒什麼好驕傲。』我若無其事地插話，她們卻怎麼也無法聽到。

「好像還沒有任何關於殺害哥哥的兇手的線索。」

「我們也只有交給警方處理了。」母親淡然地說。

亞佐子的眼角泛著淚光，看起來十分遺憾，但對慘遭殺害的我而言，卻一點也沒有這種心情。

『妳說什麼？經堂那傢伙還沒被逮捕？事件已經發生一個月卻連一點犯人的線索也沒有，這太過分了吧！別開玩笑了！那些傢伙到底是怎麼辦案的？竟有這種蠢事，我怎麼也無法安心成佛啊！警察遇害，同僚都應該很憤慨才是，虧我們還是一起工作的好夥伴。啊！眞是氣人！』

我在榻榻米上翻滾，像個吵鬧的小孩啪嗒啪嗒地跺腳。並不是行爲退化成幼兒，而是期待藉由這種愚蠢的舉動多少吸引她們的注意。

「同課弟兄慘遭殺害，這不是什麼難解的案子。經堂課長參加頭七法會時，還紅著眼眶說『一定會逮到兇手以告達也在天之靈』呢！」

聽到母親這番話，我不禁憤怒得渾身顫抖不已。一定會逮到兇手以告達也在天之靈？經堂居然這麼說？

『開玩笑也該有個限度吧！』我大吼。經堂這混帳，居然還敢向被他殺死的男人的母親說出這種話，根本不配當人。『媽、亞佐子。兇手就是經堂啊！他應該多少會露出馬腳，妳們一定要跟專案小組說，請他們仔細調查！眞是的！這些傢伙是怎麼搞的，非要被害者告訴你們怎麼做才行嗎？

眞叫人哭笑不得！每天和經堂那傢伙一起工作，爲什麼就是沒人察覺呢？』

「就是啊！那位課長人眞好。」

亞佐子冒出這句莫名其妙的話，令我痛苦地快昏死過去。在這裡氣得腦充血也於事無補，我的聲音連母親、妹妹這些至親都聽不到，剩下的只有須磨子了。只有她是我最後的希望。

看見母親心情還算平靜，總算能稍微放心，回家探視一下還是對的。我又看著她們一會兒，緩緩起身準備離去。總不能像這樣一直待在這裡。

『我還會再回來的。保重啊！老媽。——亞佐子，媽媽就拜託妳了，也替我問候野野村。』

妹夫野野村經營花店。雖然總覺得那是穿著圍裙，不太有男子氣概的工作，不過大概不會有什麼殉職之類的麻煩事，這已經很謝天謝地了。加上他人品不錯，個性也很穩重，是能將老媽與妹妹託付給他的人。

走出房間前，我面對佛壇雙手合十。當然不是祭拜自己的遺照，而是向父親的遺照合掌行禮。我和父親長得很像，都是一張線條僵硬，十分頑固的臉。如果成佛了，我們應該能在天國相見吧？

我來到暮色西沉的城鎭，這是個通火通明，看來十分幸福的地方。許多人與我擦身而過，有男有女，有老人、年輕人和小孩。我以爲至少會有一個人發現異樣的我而用手吃驚地指著，不過我的期待卻一再落空。路上也有正在散步的狗和野貓，我還以爲多少會有些麻煩。因爲動物能感應到一些人類無法感知的事情，所以我想也許動物會對我這幽靈有所反應，可惜牠們連一點聲音都沒有發出。

從我家到須磨子的住處，走路約一個小時。明明可以搭公車過去，但我卻沒有這麼做。選擇步行的理由之一，是希望與不特定的多數人擦肩而過時，有誰能注意到我。理由之二，我變得害怕與須磨子相見。連母親與妹妹都感應不到我的存在，須磨子恐怕也沒辦法。一想到這裡，我就覺得恐懼，也變得很膽小，想盡可能地拖延與她相見的時間。

來到走過不知幾遍的街道，拐過不知拐過幾回的街角，看到了不知來過幾次的五層樓公寓。終於到了。從道路的這頭望去，她的房間窗戶剛好處於死角。她已經回來了嗎？

穿過樓下大門，爬上樓梯。我那明明已經停止跳動的心臟此刻卻鼓動不已。好害怕，但是卻無法逃開，因為我已無處可去。

站在刻著 MORI 字樣的木製門牌前，我有點猶豫。好！我決定穿過門扉。沒敲門就闖進來真的很對不起，請原諒我。

須磨子的房間。

我送她到公寓樓下有五、六次，但她的房間我只進來過一次。之前因為顧慮到鄰居的眼光，她始終沒讓我上來。那一次，大概是一個半月前，我們第一次共度到天明，兩人結合的夜晚。

房內沒人，大概還沒回來吧？為了紓緩緊張，我做了個深呼吸，嗅到須磨子那甜甜香味。

我有種擅自闖入別人家的罪惡感。環視屋內，果然很像她喜歡整理的個性，收拾得非常乾淨。雖然覺得不應該亂動房內的東西，不過反正我也無法碰觸得到。我盤腿坐在房間正中央，等待須磨子回來。萬一她一開門進來便見到我，會不會因為太過恐懼而昏倒呢？我有點擔心，可是若躲進床下，然後再出聲叫她，感覺一定更不好。

好安靜。遠遠地便可聽到車子行駛的聲音，只有這個房間裡是一片旱田。我起身探看窗外，天色已暗，幾乎看不到什麼。

大概等了三十分鐘左右吧！

走廊傳來腳步聲。熟悉的聲響正走向這裡，在門前停下來。她回來了。

鑰匙插入鎖孔，發出卡嚓卡嚓的聲音，命運的瞬間來臨。

門一打開，朝思暮想的須磨子就站在那裡。一雙又黑又大的眼睛正看著我。既不驚慌，也沒有驚恐，她說：

「我回來了，神崎。」

5

驚訝早已掩蓋興奮之情，我愣在原地，一動也不動。

『看得到我……嗎？』

目不轉睛地盯著須磨子的雙眼，我顫抖地問。但她卻沒有任何回應，只是默默地看向我這邊，眼神恍惚地飄向遠方。看到她那張不同於活躍職場時的表情，我不禁心生憐愛。

『嚇一跳吧？』

依舊沒有任何反應。

『這是有原因的。我知道這很難理解，還是從頭開始說明好了。這個……要從何講起好呢？』

我還沒準備好要如何說明，只有拚命搔頭，思考著要如何讓她不會太受打擊而說明整件事。不能只說我已經變成幽靈，還要從我被經堂課長槍殺一事開始說起，不曉得一時之間她是否會相信。

『我……』

她突然對正要開口的我走近。對了，在說明前還有件事要做。我幾乎是反射性地張大雙臂，等待她那溫暖輕柔的身軀撲向我。

可是——

我的雙臂、胸膛被全然地背叛。須磨子的眼神仍望向遠方，倏地穿透我的身軀。

『咦？』

一頭霧水地回頭一看，須磨子正背對我站在梳妝鏡前，露出一張寂寞蒼白的臉。在她肩膀上方有一個臉上浮現困惑與無助表情的幽靈正窺視著我。

『須磨……須磨子？』

她又穿透了我。因爲我是幽靈，所以這是理所當然的。但她爲何對我的呼喊沒有任何回應呢？這樣不就和其它人一樣，對我不理不睬嗎？

『妳看得見我吧？所以才會對我說【我回來了，神崎。】不是嗎？』

須磨子微微傾身，拾起一件東西。那是個木製相框，裡頭放著我在萩之森公園拍的照片，露出牙齒，靦腆地笑著。

「我回來了。今天還是沒有任何進展。對不起哦！」她對著相片裡的我說。

難不成剛才那句「我回來了」是對這張照片說的嗎？

一確定門與梳妝鏡的位置之後，一切突然導向悲哀的結論。錯不了的，須磨子根本看不到站在她面前的我。

『須磨子，我在這裡。求求妳，看看我吧！』我大喊，喊了好幾次、好幾次，不斷地大喊。

她將相框放回去。脫掉米色外套掛在衣架上，別在深咖啡色毛衣胸襟上的墜飾輕晃。那是朋友去巴里島旅行送她的禮物，上面是奇怪的面具圖案，她常笑說那東西和我的臭臉可眞像。

她斜睨了一眼在絕望深淵不斷喊叫的我，脫下手錶與耳環收在小盒子裡，將紮起的頭髮放下。那頭黑髮輕輕地垂在雙肩。我倒抽了口氣，這是我第一次看到她放下頭髮的瞬間，多麼地迷人呀！我的戀人。讓我如此怦然心動。

須磨子的日常作息持續著。因爲比較晚回家，似乎已在外面吃過了。她將水壺放上爐子煮水，從餐具櫃拿出茶杯——原來她每天下班回家就會泡杯紅茶喘口氣啊！

『可以的話，也泡一杯給我吧！』

沒有回應，仍只有一只茶杯。她坐在椅子上，手肘靠在桌上托著腮。雖然水壺已經嗶嗶作響，她仍一動也不動。須磨子一雙愛笑又會說話的眼睛明明如玻璃珠般閃亮，現在卻像失了魂似的。是因爲我的死而陷入深沉悲哀嗎？我沒有任何安心與喜悅，只有心痛。然而，我當然也不想看到她哼著歌，一如往常地過日子——那麼，到底該怎麼辦呢？

『讓我再活一次吧！我想再活一次，擁抱心愛的她。』

這番話並不是對須磨子說，而是向上天請求。向那個給我生命、讓我死過一次又再回到這個人世的上天合掌祈求。

『爲什麼不行呢？太過分了！我雖然回來了，但卻沒有人看得到我，也沒有人和我說話。連碰觸愛人的一根手指都沒有辦法，這比生不如死更殘忍，根本就是個活地獄。不，死了就這樣下地獄或許還比較好。啊！怎樣都可以！請告訴我現在到底該怎麼辦吧？』

我是在向神——或是惡魔？（反正都一樣）——祈求呢？自己都覺得自己脫口而出的話語很可笑。沒用的、行不通的，不論是神或是惡魔，他們都不是那種會聽凡人許願的傢伙。

須磨子在紅茶裡加入牛奶啜飲著。我站在她身後，緊緊地擁著她。雖然得不到回應，只是形式上地擁著她，親吻她細緻頸項上的胎記，但是，如此強烈的思慕卻怎麼也無法傳達給她，眞是令人無法置信。

『怎麼會這樣呢……』

須磨子喝茶喝了好久，杯裡的紅茶大概早已冷掉了吧！如此寂寞的品茶時間。

不能這樣輕易放棄。爲了傳達我在這裡的訊息，我得想盡各種辦法試試。就像電玩般，某處一定藏著解決問題的鑰匙，於是我摸遍房裡的每樣東西，試著找出解開詛咒的話語，發狂似地不停大喊。不論怎麼飛、怎麼跳，已經失去肉體的我都不會感到疲累，但是精神卻已疲憊不堪。

當我一停止這些瘋狂舉動，房裡剎時變得非常安靜。她也不想打開電視，似乎打算一直維持這種姿勢。時鐘指向十點半時，她終於站了起來，走向浴室放洗澡水，不過動作卻非常緩慢，一副無精打采的樣子。從浴室走出來的她，隨後又回到廚房拄肘托腮，直盯著牆壁發呆。

等水放好後，她從衣櫃取出替換衣物與浴巾走進浴室。看著磨光的鏡面映著她褪去一件件衣服的身影，我再也忍耐不住，穿過了門扉。完全沒發現闖入者的她，光著身子從脫衣處進入浴室，我也跟著進去，期待熱騰騰的蒸氣也許能讓她瞧見我。這個希望在五秒過後就得出了結果——沒有任何改變。

須磨子沖完澡後，讓身體沉入充滿泡泡的浴缸中，可能因爲水太燙，她還發出了小小的呻吟。我蹲下將臉湊近躺在浴缸中的她，輕聲喚她好幾遍。——沒有任何改變。

我只好折回廚房，坐在她剛坐過的椅子上。我得好好想想今後該怎麼辦，但是卻怎麼也想不出什麼好辦法。

須磨子出來了。慢慢地穿上紅格子睡衣，剛洗完的頭髮是如此性感。沒錯，留我過夜的那晚，她也是穿著這件睡衣。我迷戀地看著坐在梳妝鏡前用浴巾擦拭頭髮的她。電話突然響起，會是誰在這時打來呢？

須磨子按下身旁電話的通話鈕，隨即迸出頗爲耳熟的一道「晚安」。

「晚安。」她回應電話那頭。看來是那種免持聽筒的電話，剛好能聽到所有對話，正合我意。

「不好意思，這麼晚還打擾妳。如果不方便，我馬上掛掉。」是佐山潤一，和我同課的傢伙。

「不會，沒關係。有什麼事嗎？」

爲什麼佐山會打電話來呢？我很在意。

「也沒什麼事啦！只是想關心一下……」

明明是獨當一面的大男人了，說話還這樣口齒不清，眞令人厭惡。

「你在擔心我嗎？」須磨子的聲音不帶任何感情。

「嗯、是啊！看妳好像沒什麼精神的樣子。啊！不是啦！我很明白這種心情，畢竟神崎發生意外才過一個月而已，加上搜查工作又陷入膠著。」

刻意裝出來的溫柔聲音令人作嘔。眞的純粹只是關心同事才打這通電話嗎？明知道須磨子正因失去戀人而過著憂傷的生活，別以爲我不知道你安什麼心，小心我撲過去扁你一頓。……可是，我連自己能不能作出這樣的動作都不曉得。

「主任說了很奇怪的話，他說神崎如果不是因爲遭他所逮捕的人尋仇，就很有可能是因爲私人恩怨。」

須磨子，不要聽他胡說，趕快披件衣服吧！妳才剛洗完澡，這樣會感冒哦！

「不過這是毬村主任個人的看法啦！」

「神崎不是會與人結怨的人。」

「我瞭解，刑事課的同事都這麼認爲。」

「除了毬村先生吧？」

「不，毬村先生也很瞭解神崎先生的爲人，只是，查證各種可能性是刑警的職責，須磨應該也能明白吧？」

居然有除了我以外的男人親暱地喊她「須磨」，這傢伙！我到現在爲止雖然還能心平氣和地聽著，不過眞的有種愈來愈光火的感覺。

「我也很難過神崎的死，絕對要逮捕到兇手，所以須磨妳也要——」

「也要拿出精神，是吧？」

佐山一時語塞。這是對正處於痛苦中的人，最不恰當的一句話，連遲鈍的小鬼都知道這道理。不過想想，這傢伙還是有可取之處的。

「啊！……不，我不會說些叫妳要打起精神的空話。只是……我想告訴妳不要獨自承受悲傷，所有人和我都不忍心看到妳這樣，希望妳不要忘了這一點。」

「謝謝你，佐山。」

根本沒必要向他道謝。須磨子，快點掛電話啊！妳還聽不出來嗎？這傢伙對妳有意思。對妳這麼親切只是想藉機親近妳，搞不好他正暗自竊喜我這眼中釘終於消失了！而且那傢伙當然樂見妳痛苦不堪呀！因爲這樣他才能擔任護花使者，適時地趁虛而入，擄獲妳的芳心。眞卑鄙！他居然要這種花招。快掛啊！

「希望能早日再見到須磨的笑容。」

其實是叫妳早點忘掉我的事吧！還故意說得這麼委婉，眞是令人作嘔。畜牲！明明我本人就站在這裡啊！我的眼前因爲極度憤怒而變成鮮紅一片。而且我發現自己對不快點掛電話的須磨子也很憤怒。

「就這樣了，晚安。」

別回應，不准妳對我以外的男人道晚安。

「晚安。」

這通感覺好漫長的電話終於結束。

情緒還無法平復的我，呼吸變得很急促，腦中浮現一個很無聊的問題：幽靈也會吸入氧氣，呼出二氧化碳嗎？

須磨子拿起吹風機吹乾已變得冰冷的頭髮，而我依然只能望著她的背影。吹乾頭髮後，她坐在床邊，拿起身旁的報紙翻閱。但是追著她看報紙的視線，會發現她根本沒在看。

層層疊疊的悲哀沉入了深淵，夜更深了。

『如果我們結婚，誰會被調動呢？妳從警察學校畢業的第二年就被拔擢爲刑警，眞的非常優秀呢！所以本部或許會想要妳過去。我調來東分局才三個月，不、只有四個月，須磨則已經四年了。這樣也好，我留在這裡繼續努力。不，還是等我升上巡查部長時再調動呢？』我對著她一個人喃喃自語，『如果我考試合格，請妳嫁給我！還是這種拐彎抹角的求婚比較好吧？不過，或許妳想要的是更直接的求婚。可是，我還是有我的堅持。四年前我剛調到東分局的拘留管理課時，妳還是個開著小警車的交通課女警呢！那制服眞的好適合可愛的妳，我立刻對妳一見鍾情，可是那時妳卻因爲局長的推薦而前往警校進修，讓妳不只擁有了奧運級的射擊實力，還具備了身爲警官的所有能力。對我這個好不容易才爬到拘留管理課、努力想成爲刑警的人而言，妳是如此地耀眼，也一直是我憧憬的目標。我一直想著絕不能輸給妳、一定要努力、一定要比妳先當上巡查部長、再從巡查部長成爲眞正的刑警。那個求婚——』

得不到任何的回應，我不想再說下去了。

已經過了午夜十二點，須磨子關上房間的燈，熄燈前喝的東西似乎是安眠藥。約莫五分鐘後，就聽到她輕微的吐息聲。從窗簾縫隙流瀉而入的月光照著她宛如孩子般的睡顏，彷彿只要呼喚就會驚醒似的。可是不管我喊了幾百遍『須磨子』，仍無法將聲音傳達給她。

我爬上床，滑近沉睡的她身旁，期盼奇蹟出現。能像這樣與她共眠，但卻無法感受任何溫暖，實在太過殘酷。

鼻尖嗅到某種舒服的味道，原來是須磨子的體香，那是混合了肥皂香味的甜甜香氣。我將鼻子貼近她細緻的頸項，貪婪地汲取這芳香。這樣就該滿足了嗎？只能用這種方式感受幸福嗎？

我想看看心愛女人的睡臉，於是直起上半身探視。淚珠從須磨子的眼角流了出來，她在夢中哭泣。

望見此景，我的眼窩像著火般發燙，淚水決堤似地溢出。明明成了幽靈，居然還能哭泣。不，我不知道自己流的這東西算不算眼淚，因爲那透明的水滴不會濡溼床單，在離開臉頰的瞬間便消失於空中。

無法忍受的悲傷。

好痛苦，痛苦地想再死一遍。

我看著排列在櫥櫃上的獎盃。那是須磨子靠射擊實力爭奪奧運選手權所贏來的光榮證明。我看著黑暗中微微發光的獎盃，摩挲著她的臉頰。然而，兩人的淚水卻無法合而為一。

好痛苦！

我最愛的須磨子。

我祈求妳，請射殺我吧！

6

大概經過了一小時之久。

虛幻的淚水早已乾涸，疲倦得再也嘆不了氣的我倏地起身，須磨子的睡臉仍是如此安穩。

希望雖然已被斷絕，但絕不能氣餒，因為成了幽靈的我還是個「人類」，應該能想得出什麼辦法。正當我這麼思考時，突然想到一件事。

一定要找到能看得到我的人。雖然母親、妹妹，甚至連須磨子都看不到我，不過或許還有最後一個可能性，那就是比起骨肉至親更與我息息相關的人，也就是害我變成這樣的兇手，經堂芳郎。

如果是他，也許就能看得到我。不論是《四谷怪談》（譯註：日本有名的鬼故事，背叛妻子迎娶新歡的丈夫被妻子的亡靈報復）還是西洋鬼故事不都是這麼描述的嗎？只有對死者懷有罪惡感的傢伙才看得到化成冤魂的幽靈。雖然無法與須磨子接觸溝通，只能面對經堂那傢伙是件令人厭惡的事，不過與其被這世界拋棄而啜泣，不如賭這麼一次才有可能達到目的。

化成厲鬼出發。

可是，我的心中還沒醞釀出面對經堂時，那種恨得牙癢癢的高亢情緒。我當然不是不恨他，只是想藉由對方對自己存在的認同而治癒無從宣洩的孤獨感。

行動開始。雖然不用擔心會吵醒須磨子，我仍盡可能地靜靜下床。我還會回來的！邊說邊親了一下她在睡夢中的額頭。

希望她就這樣沉睡到天明，不會在黎明前醒來承受痛苦。

我如此祈禱著穿過門扉。出了公寓，深夜的街道看不到半隻野貓，只有街燈冷冷地照著柏油路面。如果我是活生生的人，就能吐著白氣，感受到刺骨的寒冷。

『等著瞧吧！經堂。我現在就要去把你嚇醒！』

我因為某次機會而得知課長家位於哪裡。四個月前我剛被調到巴東分局刑事課時，他邀我們去他家品嚐課長夫人的手藝。走路大概要花上一個小時吧！因為那地方很好找，我有自信不會迷路。

正要跨出步伐時，頭上傳來轟隆轟隆的低沉聲響。仰望夜空，月亮與星星全被烏雲遮住，看來大概會有一場伴隨雷鳴的大雨吧！這豈不是正好可以作為厲鬼登場的最佳舞台？我會讓你發出石破天驚的悲鳴。

我迫不及待地加快腳步。我走路很快，漸漸地由小跑步變成全力往前飛奔。因爲沒有肉體上的疲勞，感覺似乎只要盡全力便能到達任何地方，速度於是愈來愈快。就在此時，發生了一件戲劇化的事情。

啊！就在我如此思考的瞬間，我已經離開了地面。灰色柏油路面、街燈、一戶戶住家的屋頂，全都在我眼下漸漸遠去。對於發現自己新能力一事，我有些茫然。

我正在飛。

我居然可以飛。

唉！該怎麼說呢？我實在不覺得這是多麼了不起的能力。因爲不曉得自己到底還要變得多不像人類，這個衝擊實在太大了。雖然多少知道幾首希望能像鳥兒在空中飛翔的歌，但是我並不期待如此幼稚的夢想。

街景愈變愈小，大概已經上升了幾百公尺吧！因爲好像還會繼續上升，有些害怕的我，心裡開始默唸希望能飛低點，果然成功降低高度。身體各處明明並沒有使力，但是竟連行進方向也能操控自如。一瞭解自己眞的如想像中飛翔，忽然覺得飛行還蠻有趣的。我試著左右蛇行，反覆交錯地急速上升、下降，看來就算挑戰太空漫步也不是件難事。眞是痛快！我咧嘴大笑著。

雷歐納德．達文西和萊特兄弟的夢想眞是無聊透頂，只要變成這樣就能像鳥一樣在天空飛啦！這就叫飛翔。我咯咯笑地連續穿過好幾朵雲。仔細一看，雨水正從雲層中傾洩而下，似乎會淋溼又沒有淋溼的我，在夾帶閃電的大雨中悠然飛行。

我是燕子。

是雲雀。

是老鷹。

是鷲。

是隼。

即使漫不經心地飛著，我仍沒有偏離前往經堂家的路線，不知是花了一小時，或僅僅五分鐘，當我正沉醉於特技飛行時，我看見了那正好眠的可憎男人家的屋瓦。那是一間用二十五年的貸款買下、擁有一座小庭院的房子，一想到那傢伙就在那屋頂下安眠，我心中的熊熊怒火便無法遏抑。

我是伯勞。

我來了，經堂！我要讓你成爲祭品。

我像轟炸機似地垂直俯衝，降落在二樓陽台。鋁窗上映著以雷雨爲背景的我，雙眼閃著誓言復仇的懾人寒光，魄力十足，連自己看了都覺得膽寒。屋內並排著兩張床，看來應該就是寢室了。面向窗口睡在右邊那張床上的正是經堂芳郎。睡在左邊的是他妻子。若是她見到經堂看到我的驚恐模樣，肯定會嚇得花容失色！但是接下來的發展我無法預測。配合著震耳欲聾的落雷聲，我穿過了窗子。

『課長。』我站在床邊喊。

會不會是聽到了？他低吟一聲，揉揉眼。再等一下，如果沒有其他反應就再喊大聲點。

『起來啊！經堂課長。』

他又低吟一聲，皺起眉頭。乾脆搖醒他算了，不過我仍想先讓他嚐夠幽靈之聲。

『我可是冒著風雨飛來的！你給我起來啊！聽到沒？』

他睜開了眼。我拚命壓抑泉湧的喜悅，試著令聲音變得更恐怖、更駭人。

『你以為這時候有誰會來？就是被你害得十分悽慘的人！懂了吧？就是你最忠實的下屬，神崎達也！』

躺在床上的男人伸手探向枕邊，摸到他那副黑框眼鏡，戴上它並眨了眨眼。他睡迷糊了嗎？視線並沒轉向我這邊。

『我從黃泉回來了！就是為了來找你！』我更大聲地吼著。

經堂仍是迷迷糊糊的樣子，鄰床的妻子也醒了過來。不會吧！她也看得到我嗎？——

「好嚇人的聲音啊！」他妻子以悠哉的語氣對他說。

「就是啊！彷彿世界就要裂開似的。」經堂下了床，穿透我站在窗邊。

『世界裂開……？』經堂的側臉就在距離我鼻尖十公分的地方，揉著眼並打了個大呵欠。

「可能是落到這附近吧！居然被不合時節的雷鳴吵醒——哇！已經兩點多，都快兩點半了。」

「打雷有什麼好看的，快睡吧！搜查工作一直沒什麼進展，你不是很累嗎？」

「嗯，我要睡了！明天還得早點出門呢！」

『喂，等等。這是怎麼回事？』聽著他們夫婦的對話，我不禁一臉狼狽，他們一副我根本就不存在似地、很平靜地交談。

「我知道你忙著偵辦神崎先生的案子，可是也要注意自己的健康，別過勞累倒才好喔！看你眼睛最近一直紅紅的，不是嗎？」躺在床上的妻子撐起上半身，責備似地說。

我記得她好像叫保美吧！三十出頭，和經堂戀愛結婚，十幾歲時似乎還當過少女流行雜誌的模特兒，長得眞的滿漂亮的，一臉天眞爛漫，初次見面時還誤以爲她是經堂的女兒。

不，這種事無關緊要。

『那個……我說經堂課長，別理你老婆了，看我這邊啊！被你殺死的男人化成厲鬼就站在你面前，你不可能一點感覺都沒有吧？這樣不是太不合理了嗎？雖然你是個可惡的傢伙，但還不至於沒血沒淚吧？』

「我沒有在硬撐，不可能會過勞死的。我不會爲了工作那麼賣命，不過，這話可不能端上檯面說。」經堂摘下眼鏡放回枕邊。窸窸窣窣地鑽回被窩。不論怎麼看，他的平靜都不像裝出來的，我的存在又再度被否定了。

「話又說回來，神崎先生還這麼年輕，眞是可憐啊！不只是他，一想到他留下的母親也叫人心酸！聽說她先生也是因公殉職，看到身邊這樣的例子，要是我們有了小孩，肯定會猶豫著答不答應讓他當警察吧！」保美蓋上被子，閉上眼說。

經堂只是含糊地應了句「嗯」，她絕對想不到丈夫竟是殺人兇手。

「出席喪禮時有稍微聽聞，神崎先生不是有個論及婚嫁的女友在同一課嗎？好像是森須磨子小姐吧！她也很可憐，至少得抓到兇手，不然內心根本無法平靜。唉！只能說幸好他們還沒結婚。」

『一點都不好！』我聽了眞的很生氣，忍不住對床踢了一腳。

「喂！妳不是叫我快點睡嗎？別說了，快睡吧！」經堂一臉不高興地說，顯然很排斥會激起他罪惡感的話題。

夫婦兩人的對話就此打住，丟下我一個人，虧我還死命地奔來，實在太叫人失望了。我一直有種掉至無底深淵，不停墜落的絕望感，但是，看來我已經抵達了終點——地獄的深淵。

『果然，我什麼都不是嗎……』即使再怎麼問，也沒人會回答我。被徹底打垮的我，逃命似地奔出陽台，飛入雷鳴大作的天空。我這次眞的徹底喪失了目標。連想被激烈雨勢敲打全身這種自虐的希望都無法實現，就這樣高高低低地胡亂飛著，街燈則在我眼前不停旋轉。厭倦這一切、再也受不了的我，在夜空中靜止著，恍惚地眺望腳下那片陽世。

連淚也流不出來。

情感似乎漸漸變得麻痺。一切的一切就這樣消失也好。因為我根本不存在，所以就讓情感也徹底消失吧！讓一切重新歸零，要重返現世或被召回天國，我都已經不抱期望了。我只想變成風，至少還能輕拂須磨子的臉頰。

要回去她的房間嗎？應該只會更痛苦罷了，我無法動彈。

雨下個不停。

7

當我俯瞰凡間時，突然發現一棟和自己淵源頗深的建築物，那是一個月前還在那裡服務的巴東分局。像牽引我過去似地，我來到那棟稍矮的四層樓大樓。就算這時跑去問在休息室補眠的值班人員也無法瞭解事件的搜查狀況。雖然這一切我都清楚，不過那都不重要，因爲我只想看看自己熟悉的東西。

我想著該從哪扇窗戶潛入比較好，不過，對神聖的職場豈能做出如此不禮貌的舉動，於是我在玄關輕輕落地。因爲打架滋事、醉漢鬧街之類讓警察忙昏頭的事大多發生於週末，相反地，週一晚上就很空閒。今晚似乎也是如此，局內一片寂靜，只有諮詢台對面的明亮燈光下坐著兩、三個打著呵欠執勤的員警。

『大家晚安。死得不明不白的神崎警官平安回來了！抱歉給大家添麻煩了。呀呼！』

輕飄飄地飛上諮詢台，白癡似地大吼大叫的我，完完全全地被漠視。做出這些舉動時，我的腦筋或許眞的變得不太正常，但這樣也好，對無敵的幽靈而言，沒有什麼好害怕的。呀呼！

都已經到這地步了，當然要去看一下刑事課的辦公室。雖然只要從櫃台躍起，穿過天花板就行了，不過我決定規矩地爬樓梯上到二樓。直到抵達刑事課辦公室之前，我還未與誰擦肩而過。都已經過了午夜三點，這也是理所當然的事，但是太過安靜的和平感卻令人高興不起來——這裡眞是發生警察被殺的重大事件的警局嗎？不過也難怪啦！因爲事件發生都已經過了一個月，初時的衝擊早已過去，這也是無可奈何的事。不過，這氣氛會不會太悠閒了點？似乎也沒有縣警本部人員進駐。

心情鬱悶也沒有用！我發著牢騷，盯著貼在刑事課辦公室旁會議室的字報。

警察槍殺事件

那些刑警們大概無法想像被害的當事人竟有機會瞧見這東西吧！雖然感覺一切都很冷淡，不過卻一針見血地切中事件本質。沒錯，犯下這起命案的人就是警察，其實這字報應該改爲「警察槍殺同僚事件」才對。

刑事課辦公室已熄燈，我穿過半開的門，裡面當然空無一人。我不禁輕嘆了口氣。

『眞受不了！盡是些愚蠢的刑警，不只無能，連一點幹勁也沒有。被害人可是一名警官耶！竟然還查不出個所以然，讓須磨子愁容滿面，平日總是滿口漂亮話的漆原組長與毬村主任難道——』

我忽然覺得右邊牆上好像有誰正盯著我看，反射性地噤聲。心想是誰時，一望之下不禁苦笑。目光所及之處並不是人類，而是一幅掛在牆壁上的照片。那是長得很像昭和二〇年代的日本電影才會出現的早期英俊演員——新田克彥的遺照。穿著制服，正經八百的臉孔，額頭上刻著四道明顯的抬頭紋。

『喲！好久不見。你應該平安地去天國報到了吧！』

隸屬生活安全課的新田警官於五個月前撒手人寰。那是發生於今年六月的事，剛好是我遞補缺額調到巴東分局的前一個月。他似乎也是被人殺害，至今都還沒抓到兇手，雖然搜查仍繼續進行，但案情並沒有多大進展。也就是說，巴東分局目前的兩起警察遇害事件都陷入了迷宮之中。

『滿腦子全是自己的事，完全忘了你的存在。雖然沒和您見過面，不過您也跟我一樣慘遭橫禍吧！』我對著遺照喃喃說著，『同分局的警察在半年內相繼被殺，這還眞是頭一遭呢！就算在紐約和東京這些大都市也沒發生過這種事，更何況是在這種人口只有四十萬的地方市鎭，眞是想都沒想過。警察到底在幹什麼呢？市民肯定也很不安，本部長也是，一定很心煩吧？還是你最好了，新田警官。至少能夠成佛，我要是能像你這麼輕鬆就好了。』

我有點遷怒似地抱怨，在辦公桌之間徘徊，看見了自己那張久違的辦公桌，啊！不會吧？桌上擺著一個插著白百合的花瓶？是須磨子放的嗎？平常文件堆積如山的桌子如今卻收得如此乾淨，這是多麼悲哀啊！

睽違一個月後再度坐上自己的位子。不知是否已厭倦嘆息，抑或情感正逐漸麻痺，我變得比較冷靜，也漸漸回復像人類的思考模式。被陰陽兩界排斥的我，最後的最後到底能落腳何處呢？——爲什麼經堂課長非得殺我不可？我根本毫無頭緒，連被害者自己都覺得不可思議了，也難怪剛才那些愚蠢的搜查員直到現在還破不了案。

在經堂的抽屜或許可以找到些蛛絲馬跡吧？我趕緊走向背窗的課長辦公桌，卻又突然停下來。明明已經慢慢習慣這樣子，爲何又想些有的沒有的呢？只是開個抽屜而已，幽靈不會連這都辦不到吧？

『我已經受夠如此不自由又愚蠢的規則了！』我的情緒又開始亢奮，好想盡情地搔頭。雖然想看每個人桌上的搜查資料與筆記，但是一想到自己連封面都無法翻開，就突然覺得很生氣，連想踢飛腳邊的垃圾桶都辦不到。

窗外又開始下起雨，一道閃電瞬間閃過。此時出現一個輕微的聲響，門隨之打開。明明已是幽靈的我仍不禁嚇得抬起頭。

門邊站著一個身形短小的男人，穿著成套運動服，右手拿著一個冒著熱氣的紙杯，臉部昏暗看不太清楚。正猜想這到底是誰時，一道閃電瞬間照亮室內，映出一張圓滾滾、有點稚氣的臉。

『……是早川嗎？』是坐我隔壁的同事。他大概是今天值班，半夜醒來去自動販賣機買一杯咖啡吧！拿著紙杯回到刑事課辦公室是爲了調查什麼搜查資料嗎？『早川篤，現在已經沒有那麼熱心的刑警囉！反正你大概是睡昏頭走錯地方——』

「有誰在嗎？」

他這麼一喊讓我嚇了一跳。難道這傢伙聽得到我的喃喃自語嗎？他有點踉蹌地進到辦公室內。打了三次閃電。在那寒光中，我與他四目交接。

『是我，早川。』

紙杯落在鋪著地磚的地板上，褐色液體灑得到處都是。

「不會吧……」

這是我重返陽世初次遇到的反應，早川完全接收了母親、須磨子和經堂看見我的驚愕。

「不會吧？你……不會吧……」

我們兩人相隔約五公尺，彼此彷彿結凍似地一動也不動，直盯著眼前的奇蹟。

「啊！這個……站在那邊的那位……不會是……」

『沒錯！就是我，神崎啊！』我一大吼，早川隨即整個人癱軟在地，雙手掩面。從他的指縫間可以窺見他的驚恐眼神。

「這、這不是眞的。我一定是在作惡夢。神、神崎先生一個月前就死了。現在站在這裡的不可能是神崎先生。刑事課，不、局內最棒的人已經不在了。他眞的長得很帥、很優秀、人品高尚、待人又誠懇。」

他的牙關似乎咬不緊，嘴角流瀉出響板似的喀嗒喀嗒聲。他好像沒有察覺運動褲的兩邊膝蓋被熱咖啡潑到。

『幹嘛說一堆奉承話啊！眞是的！你以爲這樣就能驅除妖魔鬼怪嗎？』

早川搗住耳朵，「我聽到了怪聲音。那些吸毒者所聽到的幻覺是不是就像這樣？我當然沒碰那種東西，不過晚上喝的那瓶提神飲料也許含有什麼不良成分。如果眞是這樣，那可就糟了。如果不調查製造商，肯定會有市民因此受害。」

人類在面對無法置信的現象時，就會像這樣拚命地逃避嗎？我對這個問題還挺有興趣的。我喚著早川，並向前一步，『你不是作夢，快張開眼睛面對現實。我是神崎達也。雖然死過一次，可是又重返陽世了。』

嚮板的節奏變得更快。勉強擠出勇氣微微睜開眼睛的他，一發現與我的距離更近，立刻發出一聲慘叫，挪動臀部往左邊移動。

『沒必要逃吧！我們不是坐在一起的好同事嗎？我不恨你，不會害你的。拜託你冷靜一點！』我一走近早川，他便靈巧地挪動臀部，像螃蟹般橫行逃命。我索性繞到門邊堵住他的退路，當然是無法用身體擋，但卻嚇退了怕得半死的他。我繼續追著他，於是他索性躲到佐山的辦公桌下。

『你這樣就像一隻鴕鳥，你應該看過鴕鳥被獅子追殺逃命的樣子吧？鴕鳥會將頭鑽進砂穴，卻露出脖子，明明曉得這麼做還是會被吃掉，但牠卻覺得只要自己看不到獅子就好了。眞是既愚蠢又不高明的行爲。』

早川抬起頭，似是避免與我四目交接地別過頭，喃喃自語：「別、別裝得一副很有學問的樣子教訓別人，這些還不是從便利商店買來的小說裡學到的雜七雜八的東西！不過，這種口氣倒挺熟悉的。對了！和坐我左手邊那個人鑾像的。」

『那個人的名字是？』

「就是神崎先——啊！」

眞是個膽小的男人。他的額頭緊貼在地，整個人縮成一團。地板下就是砂地，搞不好他會眞的挖個洞把頭伸進去。

『喂、早川。拜託你就相信自己看到、聽到的好不好？我是神崎。成了幽靈回來了。』

「你總算說出口了。那兩個字。」

『哪兩個字？』

「『幽靈』。我最不想聽到的就是這兩個字，我對這兩個字特別感冒。光是『靈』這個字就叫人怪不舒服的，再加上個『幽字』，聽到就會讓我厭惡地直打哆嗦。」

什麼跟什麼啊！眞是有夠無聊。當我再也耐不住性子時，我發現一件驚人的事。——他從方才就一直看著我說話，不是嗎？

『早川！』

「是！」他一副快哭出來的樣子。

『我今天下午變成幽靈重返俗世，至今爲止已經和幾百個人擦身而過，雖然努力將自己回來一事傳達給母親和須磨子知道，但卻沒有半個人有反應。你是第一個。第一個認同我的存在的人，所以——』感動莫名的我，眼淚不禁撲簌簌地落下，『我眞的太高興了。這是自我死後感到最快樂的一刻。』

「喔、這樣啊！那、那眞是太好了。恭喜您……可、可是爲什麼只有我看得到呢？老實說，這眞、眞的讓我覺得很困擾。」

他看來眞的很困擾，可是就算如此，我還是不可能放掉好不容易抓到的救生圈。

『這個嘛……這是個很玄妙的問題，或許是因爲你平日都有做好事吧！』

「這種玩笑一點都不好笑！神崎先生。」

他叫我神崎先生。光是這樣就讓我高興到骨子裡。

『對了！』我想起一件事，『我說早川你啊！』

「是！您有什麼吩咐？」他誠惶誠恐地向我這邊看了一眼，旋即低下頭。

『拜託你別用這麼奇怪的口氣說話！我記得你的老家在青森吧？』

「是的。母親是青森縣脇野澤村人，該處位於下北半島中央一帶，以北方日本猿猴的棲息地聞名。父親爲三代傳承的道地江戶人，因爲與朋友合資經營的美容器材公司倒閉，因此在我九歲那年遷居至巴市。至於出身脇野澤的母親與道地江戶男兒的父親在何時何地結識，這段過程就——」

『我沒問你這種事。』

「是，請恕在下失言。」

天啊！他居然還呈跪拜狀，而且遣詞用字也變得與平常不一樣。喂！快點恢復正常！

『我是不知道脇野澤村在哪裡，不過我記得下北半島是在恐山附近吧！以前好像聽你說過，你外婆是一位巫女（譯註：此指日本東北地方一帶的巫女）吧？那時我覺得這一定是個笑話，這該不會是眞的吧？』

「誠如您所聞，這的確是事實，她老人家於夏秋兩季的重要祭典中擔任靈媒一職。」

『這就對了！』

「請問這是什麼意思？」

『你的體內繼承了擔任巫女的外婆血統，也就是說，你遺傳到了靈媒體質或是某種天賦，所以才能看見普通人都看不見的我。這眞是太了不起了！』

「這種事……能說了不起嗎？」

『當然可以！這與歌唱得好或跑得快是屬於不同層次的特殊才能。這種人在幾萬人、幾十萬人中才出這麼一個，日本可能也只有寥寥數位，所以當然値得驕傲了，不是嗎？』

「老實向您陳述我現在的心情，我根本一點都驕傲不起來。該怎麼說呢？我有種『啊！我果然是怪胎』的寂寞感。」

早川的態度雖然還是很強硬，口舌卻變得愈來愈靈敏，還能一眨一眨地盯著我瞧。「我看你就出來吧！」我這麼對他說之後，他便像一隻冬眠的熊，慢吞吞地爬出來坐在椅子上。

『能試著正眼看我嗎？』我的口氣漸趨平穩。

早川望著我的眼。他似乎終於習慣這起突發狀況，但表情還是有點僵硬。

『可以告訴我，在你眼中的我是什麼樣子嗎？我自己看自己是半透明狀。』

早川嚥了一口口水，慢慢回答：「我看到的你也是半透明的，雖然輪廓還算清楚，整體內側卻是模糊的。而且……還微微發著光。」

『果然如此，不過還不至於讓人心裡發毛到無法正視吧？』

嗯，眞的不敢看——如果是這種答案，一定會很痛苦。可是早川卻肯定地點點頭。

「不會。其實看起來還滿耀眼、美麗的。因爲還看得出是神崎先生，如果換成可愛女孩，看起來可能會像神聖的天使吧！」

『喂！想說什麼何不直說？你是想說就算是幽靈，但因爲是爲人正直、誠實的神崎先生，所以不可怕，是吧？』

「應該吧！」早川的態度還是很執拗，臉上浮現一抹不自然的微笑。

『太感激了！來握個手吧！』

早川看著我伸出的右手，雖然有點畏怯，但仍有所覺悟似地與我握手。如果對方具有通靈的能力，是否就能和我產生物理性的接觸呢？我抱著這種想法嘗試與他握手，果然還是不可能。

『看來還是不行。放心吧！早川。雖然我很想擁抱你，但我還是沒辦法。』

「不用了、眞的不用。我不習慣那種親密接觸。」

我眞的很想抱住他，但是現在不是期待這種奢侈事情的時候。我已經感到非常滿足了。

「可以請教個問題嗎？」

『要問我問題嗎？啊！我眞是太感動了！雖然我有一堆非得向你說的話，不過沒問題，要問什麼儘管問。』

不知是否爲了鎭定情緒，早川放在膝蓋上交握的手指不停地動著。

「神崎先生是一個月前去世的吧！爲什麼會變成幽靈回來呢？」

『這問題眞直接！不先清楚說明不行。我自己也不知道爲何沒渡過三途川。但是，若就常理推論，可能是因爲還有遺憾所以無法成佛吧！』

「嗯，我雖然不知道這是否合乎常理，不過還滿有說服力的就是了。是因爲不知道被誰、因何事所殺害吧？」

『不，我知道犯人是誰。』

「是誰？」

我深吸了一口氣，說出經堂課長這四字，早川一時語塞。

『別跟我說你不相信這種話！這可是被害者本人的證詞！』

一察覺，雨已經停了。

8

我和早川分別坐在各自的位子，將椅子轉向面對面坐著。雖然桌上的花感覺不錯，不過總覺得應該不是須磨子供奉的。

『喝吧！』

「咦？」早川一臉莫名其妙，不明白我在說什麼。

『你不是特地跑去重買了嗎？快喝吧！』我指指他用雙手小心翼翼捧著的第二杯咖啡。

「那我就喝了。」說完，他開始啜飲咖啡。

我又不想喝，加上幽靈之身也沒辦法喝，所以他實在沒必要跟我客氣。

「總算冷靜下來了。總之，我認同成爲幽靈的神崎先生之存在，也承認自己大概眞的遺傳到外婆的通靈能力，可是，我還是無法相信經堂課長殺害神崎先生一事。」

我暫且認同地點頭，『若是立場相反，我也會這麼認為。可是我說的都是事實。我剛才不也說了，這是被害者的證詞，所以能請你認真地想想我所說的嗎？』

「我懂了，那就請你盡可能地詳細說明，課長是在何時、何地、如何殺死神崎先生？還有，他的動機為何？」

早川一舉切中所有要點，認眞地看著我的雙眼，確實地提問。之前總覺得他是個不太可靠的菜鳥，沒想到還挺有一套的！太好了，我終於可以將鬱積內心的事全都一吐為快。

『犯罪時間為十月十六日晚上九點十六分，兇案現場為釋迦海濱。那天傍晚，課長表示有話要跟我談，約我在釋迦海濱碰面——對了，我的遺體應該是在那裡被發現的吧？』

「沒錯。愼重起見，我想跟『本人』確認一下。能請你說明犯罪手法嗎？」

『就是射中這裡。』我指著左胸的某一點，『有子彈貫穿的感覺，當時的光線雖然很暗，但是因為距離很近，所以兇器看得很清楚，我記得是俄羅斯製手槍。』

「是托卡列夫（tokarev）吧？嗯，原來是這樣。但是現場並沒有找到任何兇器。」

『我知道，兇器被經堂帶走了。應該連彈殼也撿走了吧！那個混蛋本來還想對已經奄奄一息的我往額頭再補一槍，可是沒膽這麼做就逃了。可能是很確定已經給我致命的一擊了！』說著說著，我的怒氣又再度沸騰。不行！我得冷靜點。

「突然就給你一槍嗎？」

『在那之前，我們先閒聊了五分鐘左右，不過都是講些【習慣東署了嗎？】或是【和須磨子如何？】之類無關緊要的事，沒有發生任何爭執。』

「課長是單獨犯罪吧？爲什麼課長非得殺害神崎先生——」

『我怎麼知道！』不等早川說完，我便急急地回答。『這起案件對被害者【本人】也是個謎。我不記得自己有任何足以令對方怨恨自己的行爲。既沒有金錢上的糾紛，也不可能冒犯貌美如花的經堂夫人，更沒握有什麼秘密以威脅課長，也不會是什麼世仇。就這樣莫名其妙地慘遭殺害，眞的很不甘心。』

「是啊！就連知道理由而被殺害都很不甘心了，更何況是莫名其妙地被殺。——不過這件事眞的很奇怪，居然找不到殺人動機！但課長看起來也不像殺人魔啊！而且還特地叫你到人煙罕至的海邊後才槍殺你，可見這是有計畫的犯罪，應該有什麼理由。」

他說得對，不過完全沒有線索可尋，因此也無法理解其理由。他到底是爲了什麼非得致我於死地？當我在心裡描繪經堂那張臉孔時，我突然想起一件事。我竟粗心地忘了最重要的事。

『……對不起。』

「對不起什麼？」

『課長在槍殺我之前，對我說了句【對不起】。不只如此，他好像還想說些什麼。我想大概是【別恨我】或是【這不是出自我本意】之類的話。』

早川向前傾，雙眸散發刑警般的銳利光芒：「這是什麼意思？感覺像是有人指使他這麼做。所謂並非出於己意……可以解讀成課長不知受誰脅迫而殺害神崎先生囉！」

『被脅迫？有什麼根據？』

「這就不清楚了。也許不是威脅，而是收取相當報酬而行兇……」早川毫不猶豫地將自己的想法全盤說出。

『哈哈！難不成課長還兼差當殺手嗎？你該不會眞的這麼以爲吧？』

「嗯……的確不太符合現實。」

『也不太可能因爲房屋貸款就做這種事。不可能！』

「如果不是因爲金錢而動手，那就有可能是遭誰抓住把柄而被脅迫吧？」

雖然這比經堂兼差當殺手的說法更符合現實面，可是我怎麼也無法理解。包括課長，我不覺得有誰對我懷有殺意呀！

「不會錯的，想殺害神崎先生的幕後黑手確實另有其人。」早川不平地說，「以前有過什麼會遭人怨恨的衝突嗎？」

『我不是那種很會立功的刑警。』

「我不是這個意思。明明都成了幽靈，說話方式還是那麼乖僻。」

『反正我天生說話就是這樣啦！俗話不是說，人死後才會學乖嗎？那是騙人的！一個人的性格和特質就算死後也不會變。——這種事情不重要，問題是出在我連被誰、爲什麼殺害都不知道，搜查小組應該也瞭解這種狀況吧？』

「是啊！還眞是個難解的謎，像毬村主任就認爲從神崎先生的私生活重新著手會比較好。」

『啊——這更行不通。除去警察的身分，善良的我更不可能與人結怨。這是什麼牛頭不對馬嘴的想法啊！那個只會享特權的警官。』

我的腦海中浮現毬村那張嘴角上揚，一副皮笑肉不笑，把別人當笨蛋耍的嘴臉。身爲有錢小開的他不但令人討厭、自戀、我行我素又自大，還是資產總額達二十億日圓的毬村家長子，當刑警只是玩玩罷了。對他而言，掌握權力使喚別人也許讓他倍感愉快。

「冷靜點、冷靜點。愈是挑剔這種小事，搜查就愈容易陷入僵局。」

『這不會太離譜嗎？你們每天面對面難道都沒察覺？拜託你們也振作點！就是這樣我才困惑地成不了佛啊！』

「就算你這麼說也沒用啊！根本沒有任何證據證明能課長涉嫌，現場沒有遺留任何證物，昨天和今天也還在持續搜尋那把兇槍，這一個月來大家眞的是拚了命地搜查。」早川有點不滿地說。

我完全不曉得這些事情，這麼責備他似乎有點過分。『對不起！我不知道你們這麼辛苦，一時之間說得太過分了。不過，現在已知兇手就是經堂芳郎了，所以才希望能早點將他繩之以法。』

然而，期待他能回答「當然」二字的我顯然太過天眞。

早川受不了似地說：「你說得可眞簡單，神崎先生。你倒說說看要如何逮捕課長？沒有任何證據，就連動機也不明。」

『那種東西根本就不需要！有我這個被害者的證詞就好了！』

「這才傷腦筋呢！這可不是什麼搶劫或詐欺之類的案子，既然是兇殺命案，怎麼可能還會有被害者的證詞？『各位搜查本部同仁請聽我說，其實我有通靈能力，日前成功見到神崎達也刑警的幽靈。依其所言，眞正的兇手就是我們刑事課長經堂芳郎警官。』你該不會要我這麼說吧？」

『不行嗎？』

「廢話。要是說出這種話，人家不認爲我瘋了才怪，沒有人會相信的，相信的人才奇怪呢！」

慘了，沒想到事情會變成這樣。『那該怎麼辦？』

「對啊！該怎麼辦才好呢？這眞的很棘手耶。」早川說完，雙手抱胸沉默不語，就這樣一動也不動地持續兩分鐘以上。

我舉起右手在他面前揮動著。『喂！早川。你還醒著吧？』

「還醒著啦！」

『因爲你都沒說話，我還以爲你睡著了！』

被這麼一說，早川似乎有點生氣，突然用拳頭敲了一記桌子。「神崎先生，你說這是什麼話？把難題全丟給我，自己就不用動腦了嗎？這不是你自己的事嗎？沒想出什麼好主意，就少說些風涼話。」

『您、您說得是。』我完全被這股氣勢壓倒。

早川繼續說：「而況光繞著課長打轉也不能解決事情！依你方才所說，課長似乎是受某人唆使而殺害你。所以就算逼問課長，他也不可能供出那傢伙。若是沒有查出躲在幕後操控這一切的人，案情是不可能水落石出的。」

又是一連串至理名言。

『沒錯，正如你所說，那就拜託你了。可否先暗地調查誰是幕後眞兇呢？』

即使如此，早川還是沒有給予正面答覆。「等等，神崎先生。你會不會想得太過簡單了？暗地調查？要是眞的可行就好了。對在局裡被本部的人使喚來、使喚去的我而言，你憑什麼認爲我能勝任這種事？請別淨說些根本不可能的事。」

『我也很清楚自己丟了個大難題給你，可是你不覺得自己的說法太不通人情了嗎？我很遺憾竟被你說成這樣。如果我有肉體，我就會自己行動，但現在的我只是個幽靈，是個沒人看得見，沒人聽得到的幽靈，根本什麼也不能做！』

雖然我拚命地動之以情，早川還是冷峻地搖搖頭，「這些我都知道！除了不能親自搜查外，正因爲你是幽靈才能不被發現地潛入各處調查，更能發揮作用，不是嗎？而且還可以二十四小時緊跟著嫌疑犯，就連夏洛克．福爾摩斯和明智小五郎（譯註：日本推理小說家江户川亂步筆下的名偵探）都沒這等能耐。神崎先生雖然失去肉體，卻還是搜查一課的刑警啊！你想想，親手逮捕殺死自己的兇手是何等大快人心啊！」

我再也忍無可忍了，倏地站起：『早川！』

「啊！」他尖叫一聲，害怕地縮起脖子，「對不起、對不起。都怪我一時得意忘形說錯話，我跟您道歉，還請大人不計小人過。南無阿彌陀佛，觀世音菩薩。」

『拜託！你在拜什麼啊！我沒有生氣，是經你一說才恍然大悟。』

「是……」

『你說得對。只會一味抱怨的我實在太懦弱了。這是我自己的事，應該親自查個水落石出，而不是一股腦兒地全推給你。好！我要找到經堂是犯人的證據，讓唆使這一切的幕後眞兇無所遁形。沒錯！就算成了幽靈也還是名刑警，所以早川……』我做出握住他雙手的樣子。不曉得是不是被我這股氣勢給震懾住，早川的身體有些僵硬。『我需要你的協助，畢竟我能做的有限。譬如，就算我知道課長桌上的菸斗藏著有力證物，也無法打開。所以還是需要你的幫忙。當我想在誰那裡找什麼東西時，就必須拜託你了。我會奮力一搏的！因爲我就算死了也還是名刑警，請你無論如何一定要幫助我。』

早川雙頰泛紅。他的決定會是如何——

「我明白了，非常明白！『就算死了也還是名刑警』這句話我會銘記於心。這樣才是熱血的神崎先生啊！連我也開始充滿幹勁了。我，早川篤會盡全力協助你，一定會解決這起兇案，以告慰你在天之靈，我們這對幽靈刑警與靈媒刑警搭檔正式誕生。」

這眞是太令我感動了！雖然覺得他這番表現有點誇耀，不過還是由衷感謝。早川對我而言，也許就像是在地獄裡遇到的菩薩。

「既然決定了就趕緊行動吧！」他突然站了起來。

都這時間了還能到哪裡去做什麼呢？

「我再去買杯咖啡提提神，然後進行只有我們兩人的午夜搜查會議。」他哼著歌走了出去。

會議中總是坐在最後面的他，肯定是因爲即將有機會成爲主角而興奮不已。這樣不是很好嗎？也許能幫早川立下什麼功績。雖然他一副前輩似的自滿口吻，不過若沒有他，我還眞是無從使力。

今年初春才成爲刑警的早川是被派到巴東分局刑事組搜查一課的菜鳥，有時若沒有上級長官指示，就會出現一副不知所措的樣子。雖然反應沒別人快，不過只要抓住搜查流程，也會有亮眼的突出表現。他就是那種頭腦不是很靈活，但是思考還算周延的人。極富正義感與責任感的他算是個不錯的工作夥伴，對性急又不拘小節的我而言，或許是個絕佳的合作搭檔。

終於找到方向而安下了心，我環顧辦公室內，視線又落在牆上那幀新田克彥的遺照，五個月前慘遭殺害的另一名警官。我凝視著他，覺得他的嘴似乎在蠕動，說著「也別忘了我的事！」我雖然沒忘，但還是得以未能成佛的人爲優先。

不知爲何，我的目光總會被這幀遺照吸引。

新田和我一樣也是慘遭槍殺，兇案現場位於材木町三丁目的自宅，那天沒值勤的他在家遇害。現場沒有任何打鬥痕跡，研判兇嫌應爲熟人，由死者招呼其入內！雖然行兇時間接近傍晚，不過因爲左右鄰居皆上班沒人在家，兇嫌有可能是以軟墊抵住槍口，或是算準ＪＲ列車通過兇案現場附近的時間而開槍，因此沒人聽到任何槍響。此外，也沒有人目擊附近有可疑人士出沒，連兇槍也沒有找到，因此大家紛紛耳語，這又是一樁難解的懸案。

四個月前調來巴東分局的我，就是參與偵辦這起新田警官兇殺案。搜查工作才進行到一半，如今整起案件又陷入膠著，我也應該負點責任。

『新田警官，你想說什麼嗎？』我試著問遺照。『你就說吧！好歹我們同樣都是亡靈啊！』

室內還是一片靜寂。果然新田克彥的靈魂對這浮世不再留戀，早已飛去遙遠彼方。

遙遠彼方。

那是在哪兒呢？

9

不久，一陣球鞋聲漸行漸近，單手拿著紙杯的早川神采奕奕地回來了。

「久等了。好了！開始吧！看來得熬夜了。」

『我是沒問題，不過你還眞有精神呢！年輕就是有本錢。』

「你在說什麼啊？神崎先生也才二十八歲啊！我們不是只差兩歲嗎？」

『請容我修正。因爲生日還沒過，所以才二十七，得年二十七歲。』

「聽到站在面前的人說什麼得年幾歲總覺得怪怪的。——放心，我只是最近有點失眠罷了。加上深夜多喝了幾杯咖啡吧！倒是你，不會累嗎？」

我又不是活人，不會感覺到累呀！本來打算這麼回答，想想還是算了。雖然失去肉體的所有感覺，但是精神上的確有點累了。經歷從陰間回到陽世的漫長旅程，回來後情感又飽受折磨的我，會不會太逞強了點？可是早川都這麼熱心幫忙了，這種軟弱的話我實在說不出口。

『放心，我可是不死之身呢！』

「喔！很帥氣哦！」早川笑道，「若是由佐山先生說出這種話，只會讓人覺得他就是那種冷硬派，喜歡擺架子的難搞傢伙。神崎先生就不一樣了，你可是眞正的不死之身。——啊！不好意思，我又離題了。那麼，關於這起案件的梗概，我們從頭復習一次如何？」

『從頭復習一遍啊……可是我覺得有比這更……』我看著新田的遺照。

早川也循著我的視線望去，「哦！那個嗎？新田先生怎麼了？」

『他的案件也沒什麼進展吧？』

「是啊！所以就這樣掛上他的遺照。……你千萬別介意喔！明天也會將神崎先生的遺照掛在他旁邊。」

『掛這個是爲了激勵搜查人員嗎？看來似乎沒什麼效果。而且事件都已經發生一個多月了，不覺得太遲了嗎？』

「新田先生隸屬生安課，可是神崎先生好歹是同課同事，掛那種照片總覺得怪怪的，而且那麼大的照片要裝框也不便宜……」

『其實根本沒那種預算吧！』夠了，眞是小氣。『算了，照片的事不重要。——新田一案也陷入膠著嗎？』

同一分局在四個月內連續發生兩起警官遇害案件，而且都沒有破案。莫非這兩起案件有什麼關聯？雖然這麼想有點不合情理，不過會如此認爲也是理所當然的吧！而且——

「你很在意新田先生的案件嗎？」

『是啊！我在想，殺害新田的兇手該不會也是經堂課長吧？』

早川並沒有露出驚訝神情。這也難怪，新田遇害時，經堂曾一度被懷疑涉嫌。

「這個嘛……課長確實是有殺害新田的明確動機，因爲新田先生與課長心愛的妻子傳出曖昧。但是，課長的嫌疑已經被洗清了，這一點神崎先生應該也很清楚吧！」

我當然知道，經堂在新田遇害那段時間有不在場證明。『不過，他的動機非常明顯。課長曾毫不避諱地在局內大吼【我不會這樣就算了！】並與新田扭打在一起。如果搜查陷入瓶頸得返回原點時，也許就有必要重新調查課長的不在場證明。』

早川喝著咖啡，揮手反駁我：「重新調查沒有任何意義，那不是那種隨口說說的不在場證明，光是縣警本部監察室就有五個人可以幫他作證，兇案發生的六月二十二日下午四點到七點之間，經堂課長正出席本部的審議會，光是這點就絕對站得住腳。」

『出席審議會……那可眞是絕對無法推翻的鐵證！』

經堂出席審議會就是爲了他對與妻子私通的新田暴力相向一事。身爲警官竟然有此暴力行爲，而且還在職場發生這種事，本部當然不能輕忽。不過，只被經堂打中一拳的新田，傷勢還算輕微，加上經堂已經徹底反省，被打的新田也有不是之處，因此最後只予以口頭警告。幸好整起事件沒有被洩漏，若是被跑警局新聞的記者知道，肯定會引起大騷動。

『是因為死掉的關係嗎？我實在想不起來課長是什麼時候毆打新田的啊？』

「在他遇害的一週前，六月十五日。」

無法拿筆抄下來的我，只好在腦子裡想像個白板，手上握著白板筆這麼寫下：

六月十五日　經堂對新田施以暴行
六月廿二日　新田遭不知名人士殺害
七月十三日　神崎至巴東分局就任
十月十六日　神崎遭經堂殺害

從這順序來看，調至巴東分局就任的我，因為在追查新田遇害一案中愈來愈逼近眞相，因此才會被倍感威脅的犯人滅口。這是警匪劇中常見的迂腐劇情。當然，我並沒有查到任何殺害新田的嫌疑犯，也想不起做過什麼令嫌犯誤解的行動。

『你有看到那天課長打人的時候吧？』暴力事件發生於我調到這分局之前，我當然想問清楚。

「我剛好目擊整起事件的始末。那天十二點過後，我正準備出去吃飯時，瞥見那兩個人在走廊上碰個正著。課長叫住經過的新田先生，但他無視課長的存在，就這麼走過去，於是課長又補了句『等一下！』並抓住新田先生的肩膀。他狠狠甩開課長的手，這動作惹毛了課長，課長便大吼『別以為我什麼都不知道，我不會這樣就算了！』並——」

先出了一記右鉤拳，接著又補了一記下鉤拳。

「結果有一拳擊中新田先生的太陽穴，但因爲腰沒有使力所以力道不是很大吧！新田先生也身手敏捷地閃躲。眼看課長還想衝上前，一旁的我和漆原組長趕緊壓住課長，從後面勒住他的脖子，那時情況好比忠臣藏的松之廊（譯註：忠臣藏爲日本歷史事件，赤穗藩藩主在江户城的松之廊與人發生衝突，身爲受害者結果卻被賜死。之後，其藩屬的武士因不滿而挺身報復）那一幕呢！」

『【就發生在局內】嗎？——之前聽說的新田與課長夫人關係曖昧一事。』

「是啊！我也耳聞過一點。新田先生與課長夫人是國中同學，兩人好像還交往過，但最多只是一起看電影、在公園吃冰淇淋之類的吧？然後去年秋天，他們在局內運動會時再度相會，才會演變成那樣……」

把國中時代曾經交往的事說成戀情死灰復燃，不覺得太誇張了嗎？

「這地方就這麼一點大，所以很難避人耳目吧！有警員看到他們一起從祇園的旅館走出來，就這樣開始傳得沸沸揚揚。娶了個年輕貌美的妻子果然很辛苦。」

『眞受不了那些流言蜚語。但是新田的長官似乎無視這些閒話呢！』

「倒也不是，可能沒傳到他耳裡吧！聽說生安課同事中曾有人委婉勸告過新田先生，但他卻一副『我什麼都不知道』的樣子，故意裝傻。」

『新田克彥到底是什麼樣的傢伙呢？一聽到他對別人的妻子出手，就對他沒什麼好印象。』

「我沒跟他接觸過，所以也不太清楚，不過倒沒聽聞他有什麼不好的風評就是了。聽說他工作態度認眞，還擔任反毒活動的負責人，也曾爲了宣導防止少年犯罪而企畫搖滾演唱會，並熱心地投入各種活動，加上人又長得帥，也挺受女警歡迎呢！」

『我聽說新田在兩年前離婚之後就一直單身，我想他跟課長夫人只是玩玩吧！』

「應該還不至於橫刀奪愛吧！聽說被揍了之後，兩人就沒再來往了。」

也許只是作作表面功夫而已。因爲人都過世了，事情眞相也就更難釐清。

我回想在課長家看到他們夫妻相處的樣子。雖然嗅不出什麼恩愛的感覺，夫妻之間倒也不至於關係破裂，況且妻子還很擔心丈夫疲勞過度。

「總之，」早川以堅定的口氣說，「關於新田先生遇害一案，在經過嚴密調查之後，證明課長是清白的。相反地，就算課長是殺害新田的兇嫌，也和神崎先生的案子無關。莫非神崎先生也與課長夫人有什麼曖昧嗎？」

什麼跟什麼啊！『怎麼可能！我只是——』

「剛才我就說過，再也沒人像你這樣多管閒事。況且神崎先生已經有了森小姐。」

我們之間陷入一片沉默。一聽到須磨子的名字就覺得心痛。

早川似乎也察覺到我的心情，「森小姐……完全看不到神崎先生嗎？」

『沒辦法。』我只能簡短回答。

早川一臉沉痛的表情說：「我也不是自願的啊！雖然不曉得是不是遺傳自外婆，但我眞的很不想擁有通靈這種奇怪的能力，要是森小姐具有這種能力就好了，這樣神崎先生就能跟她說話了。一想到這裡就覺得很抱歉……」

『別說了。』我阻止他再說下去，再怎麼說也無濟於事。

「可是……」

『因爲你，我才能得救，所以我眞的由衷地感謝你，也從來沒想過要是你是須磨子就好了。所以別再說那種話。』

「我無法理解。」早川說。

也是啦！我也還沒達到那種大徹大悟的境界。

「七、八年前不是有部電影叫做《第六感生死戀》嗎？男主角被捲入某樁陰謀而被殺，並變成幽靈守護著愛人。」

這部電影很有名，我曾在電視上看過，雖然富有喜劇與懸疑感等要素，但卻是一部和我形象不太符合的浪漫電影。

「那部電影的男主角拚命將自己的存在傳達給愛人知道。好像只要練習一下就能移動東西了。也許神崎先生也有什麼不錯的方式可以試試看。」

『我也拚命試過啊！但還是不行，我無法像電影演的那樣。』

「你應該繼續試著探索各種可能性。神崎先生能坐在椅子上，也能用雙腳站在地上，這就是物理性存在的證明啊！」

『我不是眞的坐下或站著，只是習慣改不掉，做些生前會作的行爲罷了。——算是受慣性法則驅使吧？我還會搭公車呢！』

「咦？為什麼要搭公車？」

『仔細想想，這其實一點都不奇怪。先不管幽靈是否為物理性的存在，但它確實受到某種物理法則作用。若非如此，我也無法像這樣一直和你面對面交談。地球每秒——我不太清楚正確數字——以好幾公里的速度繞著太陽公轉，如果幽靈只是浮遊物的話，早就在瞬間從地球飛出去了。』

「原來如此、原來如此。那有和森小姐做什麼——」

我覺得他實在很孩子氣，輕輕嘖舌說：「你很煩耶！」

「對不起……」

我瞥見早川的眼角落下一滴淚，嚇了一跳。看他這樣讓我也有點想哭，趕緊導回正題：『不過我想兩件事多少還是有點關聯吧！同分局連續有警官遇害是很不尋常的事，而且又是個別事件。』

早川表情也隨即嚴肅起來，「那麼該如何串聯起來呢？我真的理不出什麼頭緒，而且也覺得不要有先入為主的觀念比較好。」

他的意思是說我太先入為主嗎？話不能這麼說吧！我可是在做合理懷疑。『這麼想如何？課長並非出於己意，而是受幕後黑手唆使將我殺害，因為不可能是為了金錢，所以應該是受到要脅。也就是說，問題就出在幕後黑手握住了課長的什麼把柄。』

「這些話剛才就討論過了。」

『所謂的把柄或許就是殺害新田先生一事。』

早川輕拉右耳耳垂，低吟著。「也就是說，幕後黑手知道課長就是殺死新田的兇手，以此事威脅課長：『不想這件事被知道就得連神崎達也一併解決。』」

『這樣總合情合理吧？』

早川還是不認同，「勉強可以吧？但是，爲了成立這個假設，我們必須找到證據證明課長就是殺害新田的兇手。這不太可能辦到吧？因爲課長並不是兇手。」

『你是指不在場證明嗎？也許他做了什麼僞造工夫，推理小說和連續劇不是也常這麼演嗎？』

「神崎先生要推翻那個不在場證明嗎？召開審議會的本部距兇案現場約四十公里遠哦！算了！推翻就推翻吧！所以，課長是殺死新田的兇手，並被幕後黑手以此要脅。但還有幾處疑點。」

『我知道。你是指那個幕後黑手爲何要除掉我的理由吧？』

「沒錯。不過我個人認爲課長的不在場證明是眞的，殺害新田的兇嫌另有其人。」

『你是說關於殺害新田一事，至少課長是清白的嗎？』

「我瞭解神崎先生想將這兩件事聯想爲一件案子的心情。不論是誰，都會想除去龐雜枝節，由最簡單的結論中找出眞理，但是這種想法幾乎沒有任何根據。」

『嘿！你倒是繞圈子說了不少漂亮話嘛！但是，我並不是期望什麼簡單的結論。反正什麼答案都好，只要事情能夠水落石出。』

「只要能水落石出，你就能成佛是嗎？」

『大概吧！如果不能成佛，我也不曉得該怎麼辦了。但是，我也不太清楚靈界究竟是個什麼樣的地方。』

我現在不想考慮太多這種事，因爲只能想像到一些不怎麼好的事，覺得有些害怕。如果天國有位置等我去坐的話倒還好，就怕自己會落入虛無的黑暗深淵。明明是個已死之身，居然還會這麼不安，眞的很奇怪。

「從你身亡到現在，你到哪裡做過些什麼事嗎？」早川以平穩的口氣問著。

雖然覺得他這麼問涉及個人隱私，不過，只要是人，誰都會好奇吧！『沒聽你外婆提過嗎？』

「沒有。說起來，通靈這種事情可能只是一種表演罷了。但是，你和外婆說的不一樣呢！她說若不是死了百日以上的亡靈，靈媒是無法與其通靈的。」

『你們家代代都當靈媒嗎？』

「靈媒也有所謂的家族傳承。不過，在成爲靈媒前，必須接受師傅的口傳指導，進行連續斷食一週以上之類的嚴苛修行，直到神明附體爲止。我外婆在太平洋戰爭時當上了巫女，恐山現今的靈媒傳統便是從戰爭那時沿襲下來的。也許靈媒的存在就是爲了安慰那些擔心丈夫或兒子之生死的親屬吧！」早川出其不意地哼唱起來，「啊——噯——彈響第一把弓，初次呼喚啊！直到請來神明下凡！用布纏上第二把弓，虔誠引請神明顯靈。彈響第三把弓，就能從日本六十六處邀請各路神明來此……。請感受一下吧！這就是降神。」

我不禁啞然失笑，別過頭用雙手輕抱桌上的藍色花瓶。那凜冽的觸感彷彿能傳達至體內。百合的花瓣是如此純白，雄蕊的橘色是那麼美麗。

『我還清楚記得被經堂槍殺的那一刻，自己就這樣死去的遺憾心情，可是之後的事就完全不記得了。既沒有體驗到靈魂從肉體分離的決定性瞬間，也沒有漂浮在醫院的天花板，俯瞰醫生宣告我已離開人世的那一刻。感覺像是睡了好長好長的一段時間，卻突然被一陣嬰兒哭聲給驚醒——』我仔細說明自己被不可思議的光源吸入、回到陽世的經過。

早川專心地聽我陳述，等我一說完便深深地嘆了口氣，「原來是這樣啊！——不是常有人在說瀕死體驗嗎？什麼在花田中行走，來到了河川邊，看到死去的親人在對岸向自己招手，搖搖晃地想走過去時，卻被說『你來早了，快回去吧』，然後就復活了。這與你說的有點不太一樣呢！眩目的光芒是常聽到的景象，但是你的體驗中並沒有出現花田、河川與死去的親人。」

『是嗎？和死而復活的人說的不一樣啊！是因爲這不是我的瀕死經驗，而是死亡體驗吧！你不會覺得很無趣嗎？』

「不會，我不會這麼認爲，畢竟這是很神秘的事。但我死的時候不見得會見到同樣的景象吧！我曾讀過一本關於瀕死體驗的書，雖然這種體驗會出現共通的影像，但也會有非常獨特的光景。」

『哦！譬如什麼樣的？』

「譬如，有人一回神便發現自己浮在一條又窄又暗的水道上，身穿白衣，雙手交叉置於胸前，感覺非常安祥。前後有好幾個人與自己一樣載浮載沉，但那些人的臉因爲溶於黑暗的水裡，根本看不清楚。直到這時才發覺自己正往某個方向流去，而且前方的人逐個消失，也不知道到哪兒去了。一害怕之下便開始掙扎，身體於是往上浮起，來到彷彿極樂世界般的美麗景色中。在享受著這種幸福的感覺時，還想著是否會遇到已故的祖父，但接著卻掉落至有無數老鼠與死人骸骨的世界，胸口彷彿被緊緊揪住一般。這時忽然有一道光芒射入，在光芒的那端有扇大門。因爲一心想逃離這裡，便往光源走去，拚命敲打門扉，卻怎麼也打不開門。此時，這扇門突然往自己倒下，就在即將被壓倒的瞬間——躺在醫院病床上的自己醒了過來。」

『聽起來眞精采！』

「還有這種情形哦！有人說他看到一片開滿各種花卉的花田，有條小河潺潺流過其間。不可思議的是，上游兩旁各有個巨大的雛菊花壇，各坐著好幾百、好幾千個不認識的人，全是一身出家人裝扮，好幾千個和尚就這樣站在雛菊壇上呢！右邊的和尚戴著帽子、唱誦佛號，左邊的和尚則是沒戴帽子，誦著法華經。兩邊的聲音愈來愈大，都在催促他快作決定。站在河川中間的他一時無法決定，愣在原地不知如何是好。」

看到光芒或花田這類景色的確滿常聽說的。原來如此，每個人看到的景色竟有如此差異。難不成有多少人就會有多少不同的景象嗎？這與爲了逃票而從地鐵的自動剪票口下方鑽過的道理好像不一樣。

『果然是靈媒之後，雖然質疑外婆的能力，但對死亡這話題還是很感興趣吧？』

「畢竟有血緣關係囉！不，也許無關吧！」早川承認。

『如果我能成佛再告訴你是什麼樣的心情吧！或許會說：【啊！太棒了！你也一起來吧！】』

似乎不怎麼有趣，早川臉上沒有絲毫笑容。拿自己的幽靈之身開玩笑是不是太過火了。不知爲何，總覺得胸口悶悶的。

「我想你眞的很累了。雖然無法從臉色看出來，倒是可以感覺得到……」

『眞的很累了。心很疲憊吧！提不太起勁。』

「我沒注意到，眞是不好意思。我看今晚就先這樣吧！」

我也這麼覺得。反正不可能一夜就解決所有事情，休息一下養精蓄銳也是很重要的。

『我也是，眞是抱歉。雖說失眠，不過好歹也要休息一下，不然明天怎麼有精神進行調查。那我走囉！』

「請問……」他一副欲言又止的樣子，「那……你要去哪啊？」

『對啊！要去哪好呢？要潛入自己房內的衣櫥睡呢？還是飛到山上，靠在我父親和神崎家歷代祖先的墓碑上睡一覺呢？隨我高興囉！』

早川一臉困惑，不知道該說什麼的樣子。

我倒是挺有精神，快活地說：『我哪兒都能去啦！如果想惡作劇，還可以跑到某間頂級飯店，躺在大號雙人床上舒服地睡一覺。想刺激點的話，也可以躺在平交道正中央呼呼大睡。很羨慕吧！對了，乾脆來個東京空中散步好了。』

「空中……散步？」

『沒錯！我還可以飛哦！』

「不會吧！」早川說。

不如現在表演一下我擁有的能力，讓他大開眼界吧！『沒騙你，我表演給你看好了。我會從這扇窗戶飛出去，你可別嚇得大聲尖叫哦！』我站起來走近窗邊，『我還會再來的，好好睡吧！可別一覺醒來，以爲今晚和我交談一事全是夢境哦！一切就麻煩你了——再見。』

我張開雙手奔向窗戶，一瞬間飛了出去，浮在半空中。站在玻璃窗內側的早川目瞪口呆地看著我。漫畫般的誇張驚訝神情怎麼看都很好笑。我輕鬆地表演了一記後空翻，輕輕揮手。早川打開窗子對我投以憧憬的眼神。

「太棒了！神崎先生太厲害！」

『這只是雕蟲小技罷了，你看。』我又表演了一次，雖然只有一位觀衆爲我鼓掌。『晚安，祝你有個好夢。』

早川一直目送漸漸往上飛的我。他好像在喊什麼……彼得潘？是嗎？我成了彼得潘嗎？雨後的夜空有無數的星斗眨著眼，我在星空中散步。該往哪兒走好呢……

我的視線落在矗立前方的高塔。那是巴市的地標，也是市公所屋頂上的尖塔。最上面是鐘樓，掛著青銅製的「市民之鐘」。過去的片段回憶浮現腦海，成人式那天，我曾莫名其妙地被選爲成人式的代表，敲過那只鐘。

對了，今晚就睡在那個鐘樓吧？反正也沒人，一定很好睡，而且只有在特別節日時才會敲鐘，回老家或去須磨子那只會勾起悲傷的情緒。決定了！今晚就在「市民之鐘」下睡個好覺！彼得潘朝那兒飛去。

一降落才發現尖塔相當髒亂。切身感受到空氣品質在這樣的地方市鎮也是糟到不行，酸雨也侵蝕了鋼筋水泥。七年前，當我穿著新買的西裝登上塔頂時，在這方只有十疊榻榻米大小的空間，二十位成人式代表、市長以及官員們被媒體團團圍住，頭頂響起澄澈高亢的鐘聲。現在，這裡卻像海底般沉靜又寂寥，過去的一切彷彿是場夢。

我試著觸摸從未如此近看的鐘，當然沒有任何感覺。若用流著血液的手去碰觸，肯定是種冰涼的感覺吧！我眺望燈火稀疏的街景想著，各位市民，其實我失去肉體還比較好呢！若有辦法抓住東西，我肯定會胡亂敲鐘，吵得整座城市的人們無法成眠。

我的心好累。

眞是一趟漫長的旅程，每天都得忍受嚴苛命運的考驗。

我翻了個身側躺，閉上眼睛。看來就算是幽靈也需要睡眠，眞是謝天謝地！我居然可以睡覺。可別一覺醒來，錯覺今晚的一切全是場夢！我雖然對早川這麼說，但這一切若是一場夢該有多好？一覺醒來的我，發現這一切不是夢境時，或許會長吁短嘆的吧！眞是討厭。

應該要醒來嗎？成了幽靈返回陽世的人，一旦在這世上沉沉睡去，是否有可能從此消失？對我而言——不，是對人類而言，不論這世或那世的事都是完全的未知。彷彿什麼也不知道的影子總是跟著主人飛來跳去般，人類始終不懂生與死的意義。是的，所謂的生命也許不過是存在無數未知的陰影。

『該如何是好呢？』我喃喃自語著。

意識慢慢地溶入黑暗中，感覺好舒服。如果在夢中能一身白衣地飄在水上，流向任何地方，一旦尋到光源，絕對會毫不遲疑地飛過去。雖然對現世還有眷戀，還是非得重新啓動錯過的按鈕。若眞有無悲無苦的世界，請讓我去那吧！

啊！睡意已經襲來。

我身爲幽靈的第一天總算落幕。

明天，會來嗎？

10

麻雀啾啾鳴叫。

很有活力地在我頭頂附近喧鬧。

習慣向左側睡的我，醒來第一眼看到的是往左呈九十度傾斜的欄杆。一時之間忘了自己到底睡在哪兒，起身一看，頭上垂個大鐘，是「市民之鐘」。這時才喚醒一切記憶。

『原來如此。』無意義的呢喃。

成爲幽靈的第二天開始——就是這麼回事。

既無法消失也無法成佛地迎接嶄新一日，不知該喜還是悲。不，目前尙無法確定現在醒來的這個世界是否與昨日一樣，也許我轉生到另一個完全不同的世界了。

不，不能這樣，不能老是想這些鬱悶之事，千萬別一早醒來便爲了如此沉重的事而煩悶不已。

『決定了！別再胡思亂想，想做什麼就去做！』

終於落到自言自語的地步，也許是爲了塡補沒人能聽我訴說的不滿與空虛吧！

聽到麻雀鳴囀，下意識覺得是早上，太陽也已高掛南邊青空，大概接近正午了吧？一看手錶，指針仍停留在不吉祥的九點十六分，令人心情沮喪。

『我可眞會睡啊！看來我的心眞的很累吧！』

麻雀的啾啾聲彷彿在回應我的獨白。輕輕伸手想觸摸那蹦蹦跳跳的可愛麻雀，果然還是不行。算了，沒關係，正因爲我是幽靈，這小傢伙才能毫無戒心地待在我身旁。雖然不是愛鳥人士，但是看著小麻雀卻讓我覺得心平氣和，爲了感謝牠帶給我如此舒適、無憂無慮的感覺，我替牠取了「啾吉」這名字。雖然不清楚牠是否常會飛來這座鐘樓，姑且先將牠當作寵物好了！牠右邊的翅膀受過傷，一部分羽毛豎了起來，很容易與其他麻雀區別。若是有那種嘲笑我明明是個幽靈還妄想養寵物的傢伙——唉！要是眞有這種傢伙也好，就像遇到啾吉這般可愛的朋友也不錯。雖然無法給牠麵包屑，至少能給牠關愛。

我就這樣觀察左右交互輕躍的啾吉好一會兒，才想起現在不該在這裡打發時間，畢竟現實再怎麼不通人情，還是得去面對。

——神崎先生雖然失去肉體，卻還是搜查一課的刑警啊！應該親手逮捕殺死自己的兇手，不是嗎？

我想起早川說過的話，更況且這也是我的決心——就算成了幽靈，還是一名刑警。

這能稱得上英勇嗎？有道諷刺在腦中響起，那是內心深處的另一個自己正在嘲諷我的聲音，那傢伙叨叨絮絮地低語，就算揭露經堂芳郎與幕後黑手的罪行，也無法死而復生！

『你很煩耶！你懂什麼？』

我當然不認為舉發犯人能讓我起死回生。雖然如此，或許我是想得到一些祝福或恩惠的，不論多麼微不足道的事都行。就算只能對須磨子說一句話也可以。希望眞的會發生什麼奇蹟，我如此祈禱著。

沒什麼好迷惑的了。都已經睡到日正當中，該是開始活動的時候了。那麼，先做什麼好呢？對了，先去一趟巴東分局吧！得掌握些搜查情況才行，而且槍殺我的經堂課長也在那裡。

腦海裡又浮起早川說過的話。

——除了不能親自搜查外，正因為你是幽靈才能不被發現地潛入各處調查，更能發揮作用，不是嗎？

——就連夏洛克·福爾摩斯和明智小五郎都沒這等能耐。

沒錯。搜查方向就這麼決定了，我只要緊緊跟著經堂，好好監視他就行了。案發一個月後，搜查雖然陷入膠著，但兇手肯定還不敢大意。負責執行的經堂與幕後黑手不可能都沒有私下碰面、交換情報，或許是因為保持高度警戒，避免直接接觸，所以只透過電話聯絡。不過，成了幽靈刑警的我可以緊跟著經堂，並不需要竊聽器這種麻煩的東西，這是無法拜託早川，只有我才能辦到的搜查任務。

決定了如此明確的目標眞令人慶幸。躍躍欲試的我隨即站起來，飛向巴東分局。

本來還擔心睡了一覺的我會不會忘記如何飛行，才一伸展身體想像浮在空中的感覺，突然就這樣漂浮起來。果然，從重力中解放的我是自由的！我是幽靈，是彼得潘，也是一名刑警。

我漂浮起來，升得比鐘樓尖塔還高，飛向彼方的巴東分局。遠眺彼方，想像自己正遨遊天際，自豪地飛翔。

途中瞥見了百貨公司的鐘台指著十二點半。已是午餐時間，但卻沒有絲毫飢餓感。可以在空中飛翔，也不需花什麼餐費，方便得令人可悲。

一到目的地，我先在周圍盤旋了兩、三圈，也許是因爲心中多少有些膽怯，但是，這種感覺對透明人而言只是多餘。

白天的辦公室會是什麼情形呢？我這麼想著，緊張地穿過二樓窗戶，辦公室內有兩張一個月不見，令人懷念的臉。

主任毬村正人坐在自己的位子上，我飛入的窗邊則是坐著佐山潤一，兩人絲毫未察覺我這個不速之客。大概已經吃過飯，正在午休吧！膚色白皙的毬村穿著三件式的合身駝色西裝，佐山則是穿著襯衫，捲起袖子，搭配一件黑色背心。可想而知，這位小開與硬漢大概至死都是這副德行。

『好久不見！我是神崎。』我大聲打招呼，確認沒有任何回應，對他們的無視，我並不會感到失望，也覺得無所謂，因爲我有早川能像生前那般待我。

兩人沉默著，沒有交談。毬村低頭用銼刀磨指甲，佐山則愣愣地眺望窗外景色——喂！客人來了，還不趕快工作！

「神崎於公於私都很單純清白，沒有什麼問題。」佐山終於先說話了。他面向毬村的背影，從我這邊可以看到他有些戽斗的下巴。

主任磨著指甲回說：「果然一如外表，是個品行端正的熱血刑警。沒有內容，也沒有深度，平得跟什麼似的。」

『你說什麼！』有種被侮辱的感覺，我有點生氣。眞想拔光這小開的長睫毛。

「沒有內容、深度，平得跟什麼似的傢伙是吧？這種說法對他有些失禮吧！」

沒想到佐山居然替我抱不平。雖然昨晚他別有居心地打電話給須磨子時，我一時氣昏了頭，但沒想到這傢伙竟還有可取之處。

「我只是坦白說出我的感覺，不是故意說些什麼失禮的話。我只是覺得神崎是個很容易瞭解、個性單純的人，並也不是說他是個單純的笨蛋。」

『光這幾句話就夠沒禮貌了，更何況還當著本人面前說。』我有些受傷。任由別人批評的感覺實在很難受。

「是眞的。」毬村微笑，「他是個好男人。一看就是那種爲人正直、內心坦蕩之人。就連我也對他深有好感——你可別誤會啊！別看他那副長相，不論是組長大人還是森小姐，他可是很受女人的歡迎呢！」

什麼叫做「別看他那副長相」啊！

「沒錯！就像毬村先生說的，他是那種不靠長相也吃得開的傢伙。」

少囉嗦！

「女人對那種略帶粗獷的男人最沒輒了！你也別只是外表裝酷，做個眞正的硬漢如何？」

「眞是辛辣啊！」佐山一臉不服氣地坐回自己的位子，斜睨著毬村。「那主任自己又如何？爲什麼到現在還沒有半個女朋友呢？明明頂著二十億資產的光環不是嗎？」

這番話聽起來頗爲挑釁，但毬村仍一臉平靜。

「你也挺敢說的嘛！我不是沒女人緣，只要我想找，一定能找到最適合自己的另一半，只是現在沒這種心情。」

「難不成，你愛的是男人……」佐山這傢伙淨說些無聊話。

「拜託！佐山。我對男人這種一身汗臭又粗魯的生物可是一點興趣都沒有，我只要自由，不想要另一半。」

「哈哈！獨身主義嗎？還眞符合向來自我中心的主任呢！不過，只要找不婚主義的女人玩玩不就得了？要交幾個就交幾個，圍繞身邊隨時待命。」

「你根本就不懂，要是這麼簡單就好了！女人可不能這麼對待，因爲她們會出於本能地想束縛男人，這是我不能忍受的。既非妻子，也非情人，有需要時玩玩就好了。」

這話要是被女權主義者的漆原組長聽到，肯定會被視爲極惡劣的發言。

連佐山也苦笑著說：「你眞令人無法理解！既然那麼崇尙自由，爲何還會選擇警察這種體制內的工作？我眞的不懂。神崎曾經說過，『主任當刑警只是憑一時的喜好』。」

「他算說對了一半。或許，我是想尋求某種刺激吧！而且也有藉這份工作回饋社會的想法。」

「回饋？」

「回饋能生長在富裕環境中的恩情。喂！別一臉詫異好不好！這是我的眞心話！繼承父親留下的龐大遺產、生活優渥無慮的我，也會想爲別人做些什麼，譬如維護社會正義之類的事。而且這麼做也是在保護承載自己的搖籃。」

拜託！我可不想聽這種正經八百的話，我和佐山同時嘆了口氣。

「你應該不同吧？」毬村終於放下銼刀。「你不是爲了高遠理想而獻身公職，而是爲了——」他用手比了個射擊的動作。「這個吧！因爲想玩眞槍所以才當警察，我沒說錯吧，硬漢？」

「你當警察是爲了維護社會正義，而我只是個槍械迷？別開玩笑了！」佐山一臉哭笑不得。

雖說只是一場午休時間的短劇，但是一聽到「槍」這個字眼，我便浮躁不已。我知道佐山對槍枝的確很有興趣，常說等不及平時固定的射擊練習日，想趕快一試身手。也常纏著神槍手須磨子討教。對這個很有興趣的他，身手當然也很矯健，在署內僅次於須磨子。

這個沉迷槍械的硬漢果然不討人喜歡，等你自己挨一槍，就知道這究竟是什麼東西了。

「這樣說來，明後天就是射擊練習日了，你一定躍躍欲試了吧？」

「別尋我開心。都這種時候了還說這種話，神崎先生才剛遭遇不幸……」

這傢伙或許還不錯呢！……畜牲！我在稱讚誰啊！

「剛才你猛逼問我結婚一事，那你自己有意中人了嗎？不是馬上就直逼三十大關嗎？」

其實毬村也已經三十好幾了。

「拜託！主任你也很清楚，我們哪有時間和女孩子約會啊！況且職場上的女性又少得可憐。」

「會嗎？又不是鑽到炭坑裡工作，還是有機會和女性接觸吧！局內不是有既具膽識又優秀的女警嗎？我們刑事一課也有一個啊！」

『喂！你是指須磨子嗎？』不用問也知道，另一位女性課員漆原組長是已婚婦女。『你到底是哪根神經搭錯線了？明知道戀人剛死的她有多麼憔悴，居然還能這樣無所謂地開玩笑？難道小開連體諒人的心都沒有嗎？』

要是我還活著，一定會痛扁毬村一頓，幸好佐山這小子還算有常識，毅然地嚴詞反駁。

「你就別再裝了！神崎不在之後，你不是就立刻向須磨子示好嗎？」

「我表現得很明顯嗎？」佐山仍是一貫的強硬口吻，沒有正面回應毬村。

「不是表現上的問題，只是身為一個人，什麼該做，什麼不該做——就是與一向冷酷的硬漢形象完全聯想不起來的溫柔。也就是實踐菲力普．馬羅（譯註：作家雷蒙．錢德勒筆下的冷硬派偵探）『不夠堅強就無法生存，不夠溫柔就沒有生存資格』的人生哲學，是吧！——哈！哈！你的心情我很瞭解，她的戀人已不在世上，對一直暗戀森小姐的你來說，確實是個大好機會。莫非送神崎上西天的人就是你——開玩笑的，別生氣！」

我還不至於氣到怒髮衝冠，不過佐山似乎真的很火大，他雙手撐在桌上，倏地站了起來，雙頰微微泛紅。

「請不要隨便開如此低級的玩笑。指責我對須磨子有意這件事讓我非常不愉快。」

「哦？是嗎？那就是我的觀察力有問題囉！」

「什麼觀察力，你也配？別笑掉別人大牙了！」看來佐山真的很生氣。

這時突然從門口那邊傳來聲音。「你們在吵什麼？」

一瞬間，我誤以為那聲音是衝著我問。看來，聲音的主人一定聽到毬村和佐山兩人在爭執。

「沒什麼，組長。只是隨便聊聊，幫助消化而已。」毬村一臉認真地說，佐山則曖昧地點頭。

「是嗎？可是聽起來不太像和氣地在聊天哪！」組長雙手撐腰微笑著。她在走廊上恐怕已將兩人的爭執聽得一清二楚。

漆原夏美，三十八歲，警部補。一年半前由本部轉調來此的菁英。橘紅色上衣搭配黑色窄裙，包裹著她的勻稱身材。這個人看起來也不太像刑警。披散在眉梢的參差瀏海下是一雙細長鳳眼，總是閃耀著懾人光輝，嘴唇上方有顆黑痣的唇形十分性感，笑起來的臉卻有些駭人，稍微膽小的嫌犯總會嚇得渾身發抖。

「算了。以後講話得小心點才行，以免說曹操，曹操就到。」

曹操是指我嗎？難道漆原組長覺得變成幽靈的我，或許正在聽著？——其實並非如此。

「森小姐已經來了，你們說話謹慎點。」

原來組長擔心這段愚蠢至極的對話傳進須磨子耳中，這份體貼眞令人感動。

「須磨已經來了嗎？」佐山顯得有些驚訝，「她今天不是應該還在請假休息……」

「她說一直悶在家裡也不是辦法，所以就來上班了。現在正在資料室調查神崎的案子！眞是個認眞又有毅力的女孩。」

「光有毅力就能升官的話，就不用這麼辛苦了。」

毬村火上加油的話讓我更生氣，一陣子不見，這傢伙惹人厭的本領又精進不少。

不過，他似乎察覺自己說了不該說的話，趕緊用右手遮著嘴巴，不好意思地搔搔頭。「午休還有點時間，我去喝杯咖啡。」

當他經過漆原身旁時，漆原問「去『傑爾丹』嗎」，毬村應了一聲「嗯」便走出去。舞台隨即換上另一位演員。

「今天又要去『傑爾丹』了，還眞是有錢又優雅的小開呢。那裡不太像警察會去的店吧！一杯藍山咖啡要一千日圓，還眞是奢侈！我這做主婦的實在無法理解。」

『可是招牌咖啡只要六百日圓就喝得到啦！』我順口插了這句話。在這種小城市是貴了點，但是那家店的咖啡眞的很香醇。我還在巴西分局時，只要來這邊洽公總會進去品嚐一杯。因爲店裡氣氛不錯，調來這裡之後更常去光顧。不過還是點不起一千圓的咖啡，只能喝招牌的。

這種事就不用多說了，反倒是漆原夏美自稱主婦一事與事實稍有出入。她曾說過，她先生原本是上班族，婚後辭去工作當起家庭主夫。她那小學一年級的獨生女很黏她先生，若是夫妻吵架，她女兒一定不理媽媽，害她只好先投降。

「對了，組長在忙什麼嗎？早上都沒看到妳。」

被佐山這麼一問，漆原只是聳肩微笑。散發成熟女人魅力的她看來更不像刑警了。「沒什麼，只是去調查一些事情，到時你就會知道了。」

「眞令人好奇！能告訴我在調查什麼嗎？如果不想讓本部的人知道，我可以暗中幫忙。」

「需要幫忙時會跟你說一聲。現在還不用，還沒有什麼頭緒。」她一坐上位子便抽出一根涼菸叼著，局內已頒布全面禁菸令，但看來應該還沒實施。

我也很在意漆原到底在調查什麼。毬村與佐山的爭論其實沒什麼意義，不過現在似乎總算要開始談論關於搜查的事情。正當我這麼想時，突然發生一件令人錯愕的事——

穿著制服的須磨子走了進來。不同於昨夜，現在的她神情十分嚴肅，她在職場時就是給人這樣的感覺。不愧是須磨子，令人佩服。

『須磨子……』我呼喚著，卻被漠視。

「組長，剛才眞是抱歉，我因爲太過專心才會那樣隨便回應妳。」

「唉唷！沒關係啦！」漆原無所謂地回應。

佐山不知所措似地重新坐直身子，一旁的我則忿忿地咬唇。

「妳看來明明很累，爲什麼不好好休息呢？太逞強會弄壞身體的哦！」

「謝謝您的關心。」

我走向正在回禮的須磨子，撫摸她那束起的秀髮——假裝撫摸著。她只是直視前方，眼神十分嚴峻。

「關於神崎一案，我做了些調查。他調來東分局才三個月，並不算久，我想應該沒惹上什麼麻煩事才對。」

佐山說得沒錯，殺死我的人並不在搜查資料中，因爲他可是具有刑事課長身分，坐在那張桌子辦公的男人。

對了，怎麼沒看到經堂那個男人？我可是爲了監視他才來的，難不成他今天一整天都在外面？

「我是想說有沒有什麼疏漏之處，所以重新審視一遍。也許有什麼是我們沒有注意到的。」須磨子明快回應。

雖然全面懷疑並沒有錯，但這次可不一樣！何不大膽懷疑犯人也許是經堂呢？不過，應該行不通吧？因爲就連我這個被害人也不知道經堂爲何非殺我的原因。

「關於這件事，等一下會有客人來，也許會聽到什麼有趣的事喔！敬請期待吧！森小姐。」漆原詭譎地笑著，看來似乎與命案有關。

正當我想著到底是誰呢？一陣腳步聲逐漸走近，本以爲應該是經堂，緊張地回頭一望——

早川站在門口，紙杯從他右手滑落，宛如錄影帶倒帶重播般。

11

『喂！咖啡又灑出來了！你到底在搞什麼啊？』

「唉呀——」、「怎麼啦？早川。」同事與上司的聲音蓋過我的問話，靈媒之後則一臉茫然，沒有任何回應。

「又……出現了。」

『什麼叫做又出現了？』我向他靠近，他卻畏怯地退後一步。難不成還在怕我嗎？

「果然不是夢，因爲連白天都看得見。」

聽他這麼說我才明瞭。明明我們一直天南地北地聊到拂曉，看來他還無法相信我變成幽靈回來一事。也許這是種自然反應。

「早川？你在自言自語什麼？『又出現了』是什麼意思？」

經漆原一問，通靈男「啊！」地一聲，顯得有點狼狽。「是……是……是說我……我又打嗝的意思，最近老是打——打嗝。」

早川回答組長，並斜睨著我。我向他輕輕揮手，眼睛睜得大大的他卻別過臉去。

『這不是夢，這是現實，請別忘記爲了解決這件懸案與你搭檔、從黃泉歸來的神崎達也。』

「當、當然不會忘記。你、你生氣了嗎？」

「拜託！我爲什麼非得生氣？」漆原皺眉。

「啊、我不是說組長啦！」

「不是我的話，那是誰在生氣？」

「那、那是……嗝、哈哈！又開始打嗝了。沒有人生氣啊！只是無聊地自言自語。驚訝巴市居然有警察連續遇害——嗝！」早川語無倫次地說。

明知不該笑，我卻還是忍俊不住。

「眞是個怪人！」漆原聳聳肩，又點了根菸。

佐山和須磨子則是一臉莫名其妙。

「哇啊！打了個嗝咖啡又灑出來了——眞是的！我去拿抹布來擦。」

早川說完後飛奔出去，我也跟了上去。只見他靠著走廊牆壁深呼吸。

「啊！嚇死了。一進辦公室就看到神崎先生和漆原小姐站在一起，壽命都嚇短了。」

『活著的傢伙可眞好啊！可以說得那麼輕鬆。』

「……你生氣了？」

『我沒生氣。讓你嚇到眞是抱歉，還讓你浪費了咖啡錢。雖然我想賠你，可惜無能爲力。』

「不用了，沒關係，這沒什麼。以後我會留神點，下次碰到神崎先生不會再那麼慌張了。」

『嗯。還有，如果有第三者在場，也別大剌剌地和我說話，被人家看到你對著什麼也沒有的空氣說話，你會被認爲精神有問題的。——我們到遠一點的地方說吧！免得聲音傳進辦公室。』

我們走向茶水間，小聲交談。

『沒看到課長，他去哪了？』

「被叫去本部作簡報，下午才會進來。」

『那個殺人兇手該不會裝蒜說，【雖然已經非常努力，可是目前仍毫無進展】吧？』

「冷靜點，你可是刑警耶！」

被這麼一斥責，我覺得有點羞愧。早川要我別太意氣用事，身爲刑警，即使是至親或朋友成了被害人，也必須客觀地看待案件，因爲搜查過程中最需要的就是冷靜的判斷，尤其是身爲被害者的我親自搜查這起案件，更要有此體悟。我知道，我會的。

茶水間沒半個人。我們就像連續劇裡喜歡在茶水間說三道四的粉領族般站著聊天。

『怎麼都沒看到本部那些傢伙？出勤嗎？』

「大部分的人都休假了。不要瞪我！因爲這一個月來大家幾乎都沒有休息，希望你能體諒我們連假日都得執勤的辛勞。」

『我知道啦！對了，本部那邊是派誰過來？』

「中井警部那一組。中井先生今天也去本部，所以應該不會進來吧！」

中井洋佑。我雖然不認識他，但他可是縣警裡無人不知，無人不曉的一號人物。雖然長得一臉狸貓樣，感覺有些深沉，但人不可貌相，他可是解決過許多懸案的厲害刑警。而且，聽說那位中井警部還頗難搞呢！

『今天沒辦法見到中井警部了，只好期待明天囉！——好了，來討論我們的搜查進度吧！就照昨晚說的，我負責跟監課長，一有眉目就告訴你，然後你就讓該受懲罰的人好看。』

「瞭解。不過眼前該做些什麼呢？」

『調查課長的辦公桌吧？不少人會將不能放在家裡的東西藏在工作場所，譬如毒品或色情片之類的。』

「嗯，一般公司職員是有可能這麼做，但這裡可是警察局耶！怎麼可能會將寫著殺人計畫之類的紙條塞在抽屜裡？」

『應該不會有那種奇怪的東西吧！我想找的是更瑣碎的證據，能隨手一放的東西。我也無法具體形容，就是那種雖然嗅不到犯罪氣息，但卻能令知道兇手的人激發靈感或線索的東西。』

「原來如此，也許還能找到與幕後黑手聯繫的蛛絲馬跡呢！好，我試試看。可是課長的抽屜總是上鎖的啊！」

『撬開啊！那種鎖隨便一撬就開了。如果沒辦法，就去問問那些關在拘留所裡的慣竊吧！』

「別胡扯了！你就是想叫我去做就是了！好啦！我做。畢竟這是神崎先生的吊慰之戰。」

『應該是說爲了我與你的偉大功績。你也該回去了，我怕他們會覺得你怎麼這麼慢。』

「說得也是。」早川抓起抹布。「對了，那神崎先生要做什麼呢？」

只能等課長回來吧！其實現在飛去本部也行，只是錯過就麻煩了。『課長回來前，先觀察局裡其他人的動靜吧！組長好像獨自在調查什麼，是搶先一步找到了什麼線索嗎？還是偷偷進行其他事呢？我還滿好奇的。』

「組長獨自調查？很像她的作風。聽說連本部的傢伙都拿她沒輒！大家都曉得她很有一套。」明明叫他快點回去，卻又拉住他說個不停。『我從以前就覺得很奇怪，她爲什麼要調來東分局呢？雖然也常有本部的人轉調轄區，可是我覺得她怎麼看都比較適合本部一課，你有聽過什麼傳聞嗎？』

「這個嘛……沒聽說過耶！只知道她是因爲家住巴市，考慮通勤方便所以希望轉調過來……」

『不可能只爲了這種理由吧！總覺得她有什麼秘密。』

「你是說，她有可能是唆使課長的幕後黑手？」

『倒也感覺不出和課長有什麼牽扯。啊啊！不能光用嘴巴說，也要開始行動了！快點快點！刑警可是靠雙腳辦案的，趕快分頭進行吧！我會在局內到處看看，可能不時會碰頭，別再嚇到了。還有，也得開個搜查會議交換情報才行，今晚可以去你那兒嗎？』

他沉默半晌，一副很爲難的樣子。大學時的我也曾有過被學長夜半登門騷擾的經驗。

「雖然來我家最方便，可是我家眞的很亂……」

『瞭解。那去別的地方吧！不過也不能去咖啡店或小酒吧之類的地方。若別人看到你對空氣自言自語，肯定會以爲你精神有問題。』

「光是想像就覺得恐怖啊！」

雖然想說去經堂與我碰面的釋迦海邊好像也不錯，不過這種玩笑可是一點都不好笑。沉默一會兒的早川提議去他家附近的兒童公園。

『可是一個年輕男子三更半夜在那種地方閒晃，不是很詭異嗎？何況十一月已經過了一半。』

「放心，不會被當作變態的。我平常就喜歡晚上在公園邊鞦韆，所以附近的人和巡邏警察已經習以為常了。」

『……總覺得你的生活還眞是寂寞啊！』

「這是個人興趣，你就別管了。好了，開始行動吧！」

早川查發現明明也要回刑事課辦公室的我沒有跟上，於是停下問：「怎麼了？」

『雖然很在意組長的事，不過我還是先去看一下毬村好了。他說他去【傑爾丹】喝杯咖啡，搞不好是和誰約在外面碰頭。』

「和誰約在外面碰頭？……啊！莫非是和課長？你懷疑毬村先生可能是幕後黑手嗎？」

『你這說法有語病，我沒有理由懷疑他，只是想調查課長身邊的人。那我走了！晚點見！』

我從茶水間的窗子飛出去。「傑爾丹」就位於分局正對面。玄關旁有座捧著水盤的丘比特石膏像，是一間氣氛有點詭異的咖啡店。因為橡木製的店門異常厚重，小磨砂窗又無法窺視店內，走入才會知道這是一間裝潢氣派的店。若是一時興起走進來的人，看了菜單上的價錢後大概會後悔。

即使成了幽靈也還有嗅覺，一到店門口便聞到一股飄散在店內的咖啡香，我迅速穿過門扉，看見毬村坐在最裡面，一手端著杯子，一手拿著報紙。他一臉嚴肅，是不是在看命案的相關新聞呢？一上前才發現他是在看股票專欄。大概是股票又被套牢了吧！

我坐在他附近的空位觀察他。老闆是忠實的巴哈迷，小提琴聲一如以往地流瀉著。店內明明瀰漫紫煙與咖啡香，我卻完全不想抽菸或喝杯咖啡。跟監時既沒有飢餓或口渴等生理欲求，也不會有惱人的便意侵襲，看來我眞是一位模範警察。但是，唯獨透明這一點稱不上是什麼優點。

花了一段時間看完股票專欄的毬村，目光又移至財經版。從日本銀行金融經濟月報到知名製造商的新產品開發情報全都瀏覽一遍。也許因爲景氣不好，他一直深鎖眉頭。既沒有任何可疑人物出現，也沒有什麼神秘電話，這次跟監看來是無功而返了。沒關係，就算這樣也無所謂——

『你到底打算混到什麼時候？都已經一點多了！別光是喟嘆自己的財產又短少多少，趕快回去工作！』——我實在很想這麼說，但對方根本聽不到，彷彿我的話都成了耳邊風。他一定認爲，與其和漆原、佐山這些傢伙一起在假日執勤，還不如在家睡覺！我心想跟監這種傢伙根本就是浪費時間，正想飛出店外時，只見毬村收起報紙站了起來，還隨手抓了一包砂糖迅速塞進口袋。沒想到有錢小開竟然也有小氣的一面，難不成愈有錢愈吝嗇嗎？

一瞬間還挺期待他接下來會出現什麼可疑的舉動，但他只是穿越馬路回到局裡，原來眞的只是在打發時間。我後悔地跟著毬村走回去。算了，要是眞能突然挖掘到事件核心也是僥倖吧！而且，自詡瀟灑的小開背地裡其實挺沒品的，居然在樓梯間拔鼻毛。他雖然是個很難讓人有好感的人，可是這樣偷窺他的一舉一動，多少還是會有罪惡感。

一回到刑事課辦公室便發生一件意想不到的事。有個男人坐在我那供著花的位子上，一群人正圍起來質詢他。

「發生什麼事了?」

『怎麼了?』

我和毬村同時開口,一群人全抬頭看向我們。我記得中間的那張臉,我在西分局時曾逮捕過這男子,雖然已經事隔一年多,可是他的樣子完全沒變,瘦削的身形,一張讓人隨即聯想到嚙齒動物的臉,兩三顆牙齒從雙唇間暴出。雖然容貌有些缺陷,但不可思議地,整體看來還算端正,也許是因爲有一雙清澈的明眸。不過,看他身上那件有點破舊的廉價上衣就知道他混得不太好。可能是受傷了吧?額頭還貼著一大片藥膏。

爲什麼他會在這裡呢?就算是在我們轄區內犯案,也應該歸竊盜課處理才是。

「喲!毬村,你終於回來了。你不在時,出現了一位挺有意思的客人。快過來吧!」漆原說。

雖然我有問題想問,但沒有任何人能回答我。

『妳說的那位客人就是這個男人嗎?——喂、早川。這傢伙不就是 Doctor X 嗎?』

「啊!你知道他嗎?沒錯,他就是 Doctor X,本名久須悅夫,三十二歲,居無定所。」早川隨即回答我,卻換來周遭的注視。

「早川先生,你在跟誰說話呢?」須磨子一臉狐疑。

「啊!」早川趕緊摀住嘴,拚命地企圖掩飾過去。「當、當然是毬村先生囉!我最近身體不太舒服,注意力有點渙散。眞的是這樣!眞的。」

「你到底在說些什麼?這傢伙的綽號叫 Doctor X 嗎?」毬村微愣地看了久須悅夫一眼,又說了句看不出這傢伙是醫生或博士。

這倒是眞的，久須在工作上自稱 Doctor X，類似一種稱謂，是除了「久須悅夫」這個本名之外的別名！還眞是諷刺的名字。

「毬村似乎沒聽過他的傳聞呢！」漆原興奮地說，「他可是在某個領域的有名專家喔！對吧，Doctor？」

「沒有啦！」久須一臉認眞地搔著頭。「沒那麼厲害啦！不過還算有職業水準就是了。」

「混蛋！明明是個慣竊，還敢自稱什麼專家！」

被佐山這麼一喝斥，久須嚇得像烏龜般縮起脖子，隨即又抬頭抗議：「請你們尊重我一下！我只是開個玩笑。而且我的本業不是那個，今天也不是因爲犯罪在這裡接受偵訊！你們不是想從我這裡打聽什麼嗎？我是以一介善良市民的身分提供協助，請你們別忘了這一點。還有，說我居無定所也是錯的，雖然這兩個月比較拮据，但我可都有在旅館登記住宿，才不是什麼居無定所！」

『你這個滿嘴歪理的傢伙！』

「啊！我想起來了！」毬村直盯著久須的臉。「我聽竊盜課的人提過，有一個綽號很特別的怪賊，叫 Doctor X，原來就是你啊！你的工作還眞特別呢！」

雙手抱胸的毬村猛地說出這些話，久須則是厚臉皮地嗤笑。

久須的確堪稱專業級慣竊，他曾因竊盜與買賣贓物前後被逮捕了五次，其中一次就發生在我還任職於巴西分局的時候。久須侵入動漫周邊商品專賣店，盜走數十件公仔非賣品。對這種東西一點興趣也沒有的我實在很難理解他的動機，不過因爲受害金額高達五百萬日圓，所以案子不算小。由於從犯案手法就看得出是 Doctor X 的慣用花招，於是我調查他常出沒之地，終於逮到了他。

光是這樣應該還無法瞭解這個有 Doctor X 之稱的小偷的獨特之處吧！

他專偷玩家最垂涎的模型贈品，尤其是貼有星形標記、有製造年份的樂器之類的「寶物」，不碰現金與貴重金屬。還曾躲在ＪＲ車站內，從無人搭乘的回程電車上偷走防護無線機。也就是說，他不偷書畫古董、美術品這類「寶物」，自有一套與亞森・羅蘋、千面怪盜截然不同的偷竊哲學。「我喜歡玩家最愛的超值非賣品，也享受價值觀錯亂的樂趣。天性叛逆的我最喜歡打亂自以爲健全的經濟活動。」雖然曾聽他洋洋灑灑地這麼說過，不過，我實在不懂他在說什麼。

然而，就算是再怎麼高價的「寶物」，若是沒買家也賺不了錢。關於他在哪裡找到買主，因爲本人堅持不透露，因此還是個謎。不過他並不是偷了之後才找買主，大多都是接受玩家委託後才去偷的。令人百思不解的是，明明也沒在報紙刊登廣告，居然還找得到委託人。

「我與玩家建立了一條交易管道，我只要等客人上門就行了。」被偵訊的他咯咯地笑著說。眞是個奇怪的傢伙。雖然很多同事都很討厭他那種乖僻扭曲的性格，但我卻不這麼覺得。相反地，還有點被他神秘的地方給吸引。

「什麼叫做『今天是以一介善良市民的身分在這裡』？」毬村問。

「Doctor 是某起暴力事件的受害者，昨晚在西分局睡了一夜。我一聽說這件事，便請他過來坐坐了。」漆原回道。

『這是什麼意思？』我問早川，只見他用食指抵住嘴吧，使眼神叫我別說話。

「沒錯，我可是被害者呢！你們看。」久須指指額頭上的藥膏。「我是被暴力分子毆傷，可不是被遭竊的商家揍的哦！只是走在路上，居然就遇上這種無妄之災。」

「你八成喝醉了吧？」佐山不滿地說。

「我沒喝得酩酊大醉，充其量只是微醺。我在高砂町一帶散步，不小心與一個學生模樣的年輕人擦撞，只是說了一句『走路要看路啊！小兄弟』，對方就沒來由地賞了我一拳。要是我沒醉，他絕不可能輕易地得手……」

身形瘦削，但還頗具膽識的他，不是那種怕打架的人。出其不意吃了一拳的他立刻站起來撲向對方，不過酒精的效用似乎比想像中來得快，他一個踉蹌跌坐在對方身上，更糟的是，對方也喝醉失去了理性，所以兩人便在大馬路上扭打成一團。

「當時才九點多，路上人還很多，四周可是圍了一大群人呢！那時有輛巡邏警車剛好經過，幸好圍觀群衆中有好幾個人幫我作證說『是那個年輕人先出手』，否則鐵定掉入爭論誰先出手的死胡同，就這樣，兩人昨晚被請進西分局過了一夜。」

「不是大打出手嗎？怎麼只貼了一枚藥膏？傷得還眞輕呢！你說自己是被害人，可見對方一定也傷得很慘囉！」毬村提出了我的疑問。

漆原呵呵地笑說：「聽說對方也只貼了一枚藥膏呢！聽他描述肯定會認爲打得很慘烈，實際上就像兩隻醉貓扭打在一起而已。」

久須一臉被說中的窘樣說：「所以隔天酒醒，聽取事情經過後便要放我回去。但是，一聽說有名的 Doctor X 在西分局，便急忙請我過來，說有事要問我。沒錯吧，森小姐？」

「是的。」須磨子目不轉睛地看著 Doctor。

「那就趕快進入正題啊！審問證人的程序應該已經結束了吧！」

「沒問題！」漆原一邊嘴角微揚地笑說，「那我就開門見山地問了。你認識曾待過西分局的神崎達也巡查吧！一年前曾受過他照顧，是吧？」

Doctor 點點頭。

「那麼，那個人如何？」漆原又點了根涼菸，指指掛在牆上的遺照。

「……雖然忘了名字，不過我還記得他，好像是這裡生活安全課的人吧？」

「新田克彥巡查。」須磨子立刻回應。

「對，新田先生，沒錯。」

「你應該也受過新田先生的照顧。今年二月的事還記得吧？你侵入山毛櫸大道上的票券商店，偷竊電話卡等價值三百多萬的商品，剛巧被在附近搜查別起案件的新田巡查以現行犯逮捕。」

「……就算否認也沒用吧！的確有這回事，那又怎麼樣？」

久須的神情漸漸不安了起來。我也很在意須磨子的話中是否有什麼含意。

「你應該知道這五個月內，新田巡查與神崎巡查相繼遇害一事吧？因爲新聞都有報導，而他們兩位刑警都曾逮捕過你。」

Doctor 的臉上頓時失了血色。「該不會……妳懷疑我挾怨報復，殺害他們……」

「只是想請善良市民協助，看看能否提供什麼線索。」漆原很享受似地吐了口菸。

佐山、毬村和須磨子冷竣地窺伺 Doctor 的反應，早川則一臉疑惑地看著我。

我用力搖頭說：『Doctor 什麼也沒做，兇手是經堂芳郎。須磨子雖然妳很辛苦地調查出這些資料，可是妳搞錯了，不要再把事情扯遠了。』

早川沉默不語，這也難怪，因爲他無法對衆人說：「神崎先生的幽靈說 Doctor 不是犯人。」

「和、和我無關啊！別把我牽扯進來，最怕殺人的我怎麼可能會做那種事？」

「可是與兩件事情都有關聯的人就只有你了呢！有沒有想起什麼呢？」

被漆原這麼輕聲一問，Doctor 頓時像缺氧的金魚般，嘴巴一張一闔的。這時門開了——

一臉沉痛的經堂站在門口。

胸前捧著我的裝框遺照。

「啊！是神崎先生。」Doctor 合掌膜拜。

其實根本不需要這麼做，因爲本人就站在這裡。

『這傢伙居然捧著被他殺死的人的遺照，眞是太會裝模作樣了！』

早川出聲制止忍不住想撲上前痛揍他的我。「冷靜點！你是刑警啊！」

我一時怔住，四周頓時沉寂。

「早川，你在說什麼啊？才剛回來就被你嚇了一跳。」經堂側頭說道。

早川只是嘿嘿地傻笑：「眞是不好意思，您別介意。我只是自言自語，想給自己打氣一下。冷靜點，我可是個刑警啊！就是這樣，哈哈！」

一旁的須磨子悄聲地說：「早川先生，你從剛才開始……就很奇怪耶！」

12

我那看來十分苦悶的遺照就掛在新田克彥的右邊，這好歹讓我心裡好過了些。靠近一瞧，發現框緣一角鑲上刻著菊花的警察徽章，新田的框緣也有。

『是特別訂作的嗎？還是事先準備好的？……』

即使如此，我還是不爲所動。感覺就像殉職警員的遺照展覽會似的。

漆原戴上眼鏡，坐在辦公桌旁打電腦。我站在她的身後偷窺，螢幕上出現的是保管庫收押品清單，有時她還會攤開記事本上類似的清單對照，似乎在確認數量。

『原來如此！』我自言自語。『原來是這樣！也就是說，組長懷疑射殺我的槍枝可能是來自保管庫的收押品，眞是獨具慧眼啊！一點也沒錯！經堂課長犯案用的兇槍是托卡列夫，應該不可能購自暴力集團，所以或許是偷自保管庫的槍枝，我也是這麼想。組長眞是太敏銳了！今後也請鎖定這條線索繼續追查！』就算再怎麼褒揚、煽動，她還是沒有聽到。

也許是有點累了，漆原停下來嘆了口氣，喃喃自語：「果然不一樣。」

「怎麼啦？」坐得離她稍遠的經堂抬頭問。

這還用說！當然是收押品的槍枝數目不合啊！我眞期待聽到這個答案的經堂會有何反應。

「沒什麼。只是電腦的設定有點問題。」組長含糊回應。

如果收押品數量眞的不符，那問題就很嚴重了。她爲什麼不說呢？莫非她也懷疑課長？

『眞是愈來愈精采了。這個女人的確有一套，聰明人是不會輕易洩露自己好不容易抓到的線索的。如果兇槍爲收押品，那就只有警局內部的人有可能將其帶出。妳是懷疑連同課長在內的所有人嗎？是這樣嗎？……唉！她還是沒有聽到。』

漆原關掉電腦，叼著一根涼菸，目光嚴峻地凝望窗外。

經堂故意乾咳一聲，視線又回到手上文件。他看的是正在別的房間接受偵訊的 Doctor X，久須悅夫的資料。眞是個會裝蒜的傢伙！殺害我之後也只能裝出這樣子繼續搜查吧？

正在偵訊室裡和佐山與毬村周旋的 Doctor 不曉得怎麼了？眞想去看看。雖然明知道他與事件無關，不過有時這麼做也是一帖良方。眞正的善良市民才不會有什麼壞心眼，也不會像 Doctor 這樣視偵訊室爲自家客廳。

我穿過課長斜後方的門，進入這間單調的小房間。隔著一張桌子，一邊坐著佐山與毬村，另一邊則是 Doctor。在警匪片中，這時的桌上都會擺個小檯燈，但實際上並非如此。如果放那種東西在嫌犯面前，有可能會被說成拿它逼供或對嫌犯施暴。

「這個社會眞的愈來愈恐怖了！居然會連續發生警察遇害的事件，眞的太誇張了！我還是搬到治安好一點的地方去好了。」Doctor 雙手交疊頸後，一副悠閒狀。

佐山與毬村坐在椅子上，神情有點疲倦。不論怎麼逼問 Doctor 都沒用，偵訊就這樣轉為閒聊。

「要是你眞的搬到別的地方，我會送你手帕當餞別禮的，這條街多少也能乾淨些。」

「這話可眞毒啊！佐山先生。你說得好像在除蟲似的。」

聽到 Doctor 的抱怨，毬村哼了一聲說：「難道不是嗎？我實在無法理解怎麼會有人想去偷別人的東西，這到底是什麼心理啊？如果是因爲手頭緊倒還能理解，不過，貧困這種事雖然與我無緣，但是這世界也不致於悲慘到這種地步吧！你明明不缺錢，卻基於樂趣而犯罪，說你罪孽深重一點也不爲過。」

「拜託！我進這房間又不是因爲偷東西被逮，沒道理聽你們說這些吧！——毬村先生這種人最討厭了，一看就知道是不愁吃穿的少爺，而且又說那種話，我看你在局裡應該沒什麼人緣吧！」

「你笑什麼？佐山。」

被毬村睨了一眼，這個喜歡裝酷的硬漢說了句「沒什麼」又恢復嚴肅表情。

「我啊，」Doctor 露出門牙，「大概天生就喜歡人吧！我最喜歡看到別人高興的樣子。從小時候起就是這樣，從來不拒絕別人的請託，開始發揮自我才能是在十一歲那年——」

「哼！才能啊！」

「不要隨便打斷別人說話！佐山先生。」

意外地被這麼一數落，穿背心的男人頓時沉默下來。

「我記得小學五年級時，班上有個叫做高野的人，我們感情非常好，可惜他後來轉學了，不過我們有約好要常常通信，保持聯絡。他在轉學前只有一個很大的遺憾，他很喜歡我們班上一個叫千鶴的女孩，因爲還是小孩子，所以不敢在搬家前向她告白，但他眞的非常喜歡她，只希望能擁有一張她的獨照，不是那種遠足時的合照，這樣他就能毫無遺憾地轉學。於是我答應他會想辦法幫他弄到一張，想說無論如何也要幫好朋友實現心願。其實，我在說『交給我吧！』這句話時就已經想到方法了。」

「該不是潛進女孩家偷照片吧？」毬村冷冷地說。

「才不是。十一歲的小鬼怎麼可能做得出那種大事！」

「也不可能直接向那女孩要照片吧？因爲你剛說這是自己首次發揮才能。」

「沒錯。那個叫千鶴的女孩家裡開了一間照相館，是那種柱子與牆壁都漆得雪白、設計時尚的小店。與一般的照相館一樣，店門旁也有一片大櫥窗，裡面擺放許多展示用的照片，有抱著小嬰兒的雙親、穿白紗的新娘、穿著嶄新制服的新生、老爺爺穿著慶祝六十大壽的坎肩（譯註：類似小朋友常穿的羽絨背心）、還有手提千歲糖慶賀七五三節（譯註：日本小孩在三、五、七時過的節日）的姊弟合照，其中還有千鶴的照片，不過似乎不是什麼紀念照。照片中的她穿著短袖洋裝，感覺十分休閒。可能是父親幫寶貝女兒隨手拍下的照片，覺得還不錯便裝飾在櫥窗內吧？連對她沒感覺的我都覺得那張照片好可愛，照片裡的她胸前拿著一頂草帽，開心地笑著。我心想，無論如何也要拿到那張照片送給高野。」

這件事我還是第一次聽他提起。

「問題是要怎麼得手。我想了三天三夜還是想不出什麼好辦法，於是決定硬幹，敲破玻璃，只有這個方法了。下定決心的我對高野說：『我一定會送你一張千鶴的照片，可是要等你轉學之後才能給你，我會郵寄到你們新家。』」

「爲什麼要這麼麻煩？轉學前拿給他不就行了。」

「不行不行，這樣一來就麻煩了！毬村先生。千鶴的相片若在他轉學前被偷走，他肯定會第一個被懷疑。」

「怎麼說？難道大家都知道高野喜歡千鶴？」

「不是。只是小孩子的直覺非常敏銳。『該不會是高野做的吧？』要是傳出這樣的謠言，他就太無辜了。所以我得等他搬家後才能犯案，這樣他就有完美的不在場證明了。」

思慮還眞是周到。

「我在他搬走後的隔天犯案。半夜騎腳踏車在照相館附近徘徊肯定會被巡邏員警盤查，所以我趁拂曉前偷溜出來。那時已經十月了，清晨已有點涼意。我用拳頭大小的石頭擊破櫥窗，偌大的聲響劃破拂曉的寂靜。不過還不至於大到驚醒熟睡的人。我已經有被怒斥的覺悟，不過還眞的沒有半個人被吵醒。我小心翼翼地避免被玻璃劃傷，謹愼地將手伸進去，成功拿到那張照片。不只如此，我在瞬間還下意識地想到障眼法，順手偷了其他幾張照片。因爲這麼做就不會讓人懷疑是喜歡千鶴的同學幹的。我將生平第一次得手的『寶物』小心地收進書包，拚命踩著腳踏車逃逸。雖然不是什麼特別的犯罪手法，不過冷靜沉著的計畫與執行力也算是一種才能吧！」

「照片就這樣送到了朋友手中吧！這就是所謂的友情啊！還挺感人的呢！」

「佐山，你好歹是個警察，注意一下自己的措詞。」毬村出聲責備，「眞是的！你對那種溫馨感人的故事很沒輒吧！」

Doctor 竊笑著。敲門聲這時響起，須磨子走了進來。大概是剛才外出用餐，晚了點回來。她穿透我走向 Doctor。

「妳回來啦！美女刑警。剛好換班，我也差不多該告辭了。浪費大家的寶貴時間眞不好意思，很遺憾沒幫上忙。」

「森小姐，看來這男的和案子無關。剛才雖然說了一個少年時代的犯行，不過那已經是很久以前的事了。若他堅持要回去，也只能放他走。」毬村說。

「這樣啊！」

須磨子顯得有些失望。我瞭解她的心情，不過另尋方向才是對的，譬如調查經堂。

「那我告辭了！」Doctor 站起來，走到門口時又回頭，「我還可以再過來坐坐嗎？東分局的警察都很和善，我聊得很愉快。」

「來是可以，不過也得帶點伴手禮吧！像是中古屋的買賣情報之類的。」

Doctor 向這麼說的佐山揮揮手便走了。須磨子一直盯著他逐漸遠去的背影。

毬村安慰她：「妳的著眼點並沒錯，可惜沒有成功。那傢伙怎麼看都不像個殺人犯，帶點怪盜感覺的他應該不會做出傷害他人的行爲，他是爲了興趣才當小偷的。」

是嗎？那不就與因興趣而當警察的你一樣嗎？

「或許吧！我自己也知道他犯案的動機很薄弱，我會再找其他線索。」

如此果斷非常好哦！須磨子。所以去查經堂、查經堂就對了。

經堂突然在這時走進來。我眞想叫大家趕快將這傢伙銬起來。

「久須心情不錯似地回去了，還吹著口哨呢！」

「他還問可不可以再來玩。眞是的！連這種玩笑都敢開。」佐山苦笑，「看來我們巴東分局刑事一課被人家看扁了。」

「若遲遲無法找出殺害警察的兇手，不但市民的譴責聲浪會升高，也無法收打擊犯罪之效。」

畜牲！你這兇手在胡說什麼啊！

「爲了打破僵局，我認爲重回兇案現場勘查會最有效。得趁本部那些傢伙休假時找到些線索才行，大家再去一次釋迦海濱找些蛛絲馬跡吧！」

是因爲你知道當時根本沒有任何目擊者，所以才下這麼離譜的命令吧！不過雖然沒人附和，倒也沒人反駁。更令人生氣的是，佐山竟問須磨子「要不要和我一組」！

這傢伙終於露出狐狸尾巴了！有沒有搞錯啊！又不是跳土風舞，你到底將偵查兇案當成什麼！

我雖然非常憤怒，但須磨子卻點頭說「好，我去換件便服」。啊！眞令人沮喪。

我恨你，佐山。剛才毬村煽風點火，說你在我死後立刻向須磨子示好的時候，你明明就很生氣的。還是說，那只是種策略？

「那麼，毬村與早川一組。他去請款，馬上就會回來。」

對於課長的命令，毬村主任冷冷地回了句「知道了」。

當大家全都回到辦公室時，早川剛好從會計課回來。一看到我就說：「喲！你還在啊！」

「什麼叫『你還在』？剛才不是跟你說大家都去偵訊室了嗎？」

聽到漆原這麼說，靈媒之後不太好意思地搔搔頭。

大家的眼神都在示意——早川今天果然不太對勁。

「早川，現在要去命案現場附近探查，你和我一組行動。」

聽到毬村這麼說，早川又說溜了嘴：「是的。那神……」

他是想問我該怎麼辦吧？只是他硬是將這句話給嚥了回去。

「『神』什麼？」

「啊！那個……是我想到的一個謎題啦！『少爺在土佐高知的播磨屋橋買什麼東西？』答案就是『髮簪』……」

「拜託！你到底在想什麼啊？好了，出發了！GO！」毬村硬推著早川的肩膀，他就這樣看著我，被推出門外。

『去吧！我留下來監視課長。』

早川回了句「瞭解」。

「你到底在看哪邊說話啊？眞是個怪人。」毬村埋怨，兩人就這樣消失在走廊彼端。接著我又咬牙切齒地目送佐山與須磨子出門，有一種自己的情人正與別的男人約會的錯覺，心裡眞的很不好受。不過，現在不是煩惱這種無聊事的時候。

少騙人了，什麼叫做多跑現場才有用，根本就是想支開其他人。不過，我正好能藉著這個機會觀察你會有什麼有趣的行動。

四周變得一片寂靜。

辦公室內只剩經堂和我。

『好了！那些煩人的傢伙都不在了。開始來玩些有趣的事吧！讓你好好地見識一下。』

我一屁股坐在課長的桌子上，貼近他的耳邊低語。經堂將攤開的文件堆在一邊，望著遠方，視線落在牆上的兩幅遺照。

『哦！很在意那個嗎？告訴我，殺害新田克彥的人也是你，對不對？』

靠近一瞧，經堂的雙眼今天也是布滿血絲。是因良心苛責而夜不成眠嗎？不過，就算這樣也無法消弭我心中的不平。

『殺死新田的人也是你吧！因爲不原諒他與自己的妻子通姦而槍殺他，對不對？你倒說說你是怎麼僞造不在場證明的啊？』

經堂凝視著遺照。

『兇槍托卡列夫是收押品吧？漆原組長已經在調查囉！』

經堂一副失神樣。

『你是如何處分掉那把托卡列夫？到底丟棄在哪？給我說啊！』

突然喀嗒一聲，經堂隨即嚇得大叫。這是什麼聲音啊？一看才發現因爲開窗的關係，我的遺照被風吹得發出聲響。經堂撫胸喘了一大口氣。

『被嚇到了嗎？以爲被自己殺害的人怨念深得令遺照搖晃是吧？怎麼喘得這麼厲害呢？明明有殺人的勇氣，沒想到竟還這麼膽小。』

我不停咒罵用手帕擦拭額頭冷汗直冒的課長。罵了一陣子之後覺得有些空虛，開始靜下來思考——究竟是什麼原因讓如此怯懦的人動手殺人呢？非得殺人才能守護的東西究竟爲何？

經堂似乎十分痛苦。他平常總是面無表情，一個人獨處時原來竟是如此苦惱。

『憋在心裡很痛苦的話，不如一吐爲快吧！你不老是對那些嫌犯這麼說嗎？』

不再盯著牆看的經堂，什麼也沒做就坐下。也許是被風吹得喀嗒響的遺照讓他覺得怪怪的。時間悄悄流逝著。經堂試圖讓自己平靜下來。

照這樣下去也不太可能有什麼收穫。而且我對課長的監視行動漸漸有些倦了，反倒愈來愈在意須磨子那邊的情形。一想到那滿臉橫肉的佐山竟然與她同組探查現場，內心便焦躁不已，滿腔妒火難以壓抑，於是我決定撇下經堂，去看看須磨子與佐山。

我迅速地飛出刑事課辦公室。雖然釋迦海濱範圍很廣，不過我相信從空中搜尋一定找得到。那是我告別陽世的地方，也是我再度回到這世的地方。

不一會兒就來到了海濱。碧藍海面揚起顯眼的白色浪花，看來今天的風勢似乎不小。由空中俯瞰才明白我被殺害的現場離附近人家有多遠。如果早知對方想殺自己，我就不會乖乖來這種地方赴約了。

雖然知道須磨子是在這一帶搜查，但老在無人沙灘上徘徊也不是辦法。有點迷惑該從何找起，總之，先向東邊飛去吧！那附近沿國道開了幾家餐廳和汽車旅館，他們既然與毬村、早川那組分頭搜查，也許會來這一帶吧！

沿著海邊飛著，不到一分鐘便來到一棟看起來像疊了三層鬆餅的餐廳「信天翁」。當我經過面海的那扇大窗時，忽然瞥見了什麼趕緊停下來。

須磨子就坐在裡面，與佐山面對面地坐在靠窗的位子啜飲柳橙汁，可能是趁搜查空檔喝杯冷飲歇息一下吧！但我還是無法容忍，因爲他們的位子正是每次我與須磨子愉快享受晚餐時的老位子。須磨子難道忘了嗎？我有種珍貴回憶被蹂躪的感覺。

我停在那扇窗前。因爲早過了中午時刻，店內沒什麼客人。兩人臉上毫無笑容，不知在談論什麼，大部分都是佐山發言，須磨子只是斷續地回應。隔著厚厚的玻璃根本什麼也聽不見，於是我趕緊穿過窗子站在桌旁。

「這麼說，神崎已經在契約書上蓋印了？」

「嗯，可是契約尚未成立。」

「還沒交給保險公司是什麼意思？」

「還放在家裡。伯母整理他的遺物時發現的，聽說還嚇了一跳。」

「投保了近一億日圓的保險還眞是大手筆呢！一名刑警投保這麼巨額的保險，保費一定很可觀吧！不過，這的確很像他的作風。對了，要是這張契約眞的成立的話，那須磨不就成了億萬富翁？……當然了，拿這種錢也不會開心。」

好像在談論我投保的事。沒錯，我是以須磨子爲受益人，買了身故保險金高達九千五百萬日圓的保險。我索取了契約書，也塡好資料，蓋了印章，雖然沒有拿給須磨子看，可是她知道這件事。我想等通過升等考試，正式升爲巡查部長時再提交這張保單，這是不善表達愛意的我的求婚方式。

在成了兇案的被害人後，這張在我房間找出的契約也理所當然地被攤了開來。我在意的是，爲何須磨子會和佐山談到這件事？如果與搜查有關倒還無所謂，若不是的話……

——神崎不是向須磨正式求婚了嗎？

——沒有。他只是說希望我能成爲他的保險受益人。

——這分明就是求婚啊！那神崎蓋印了嗎？

我勉強還能忍受自己笨拙的求婚方式成爲他們談論的話題，但是佐山一定是基於私心想問清楚我到底有沒有正式向須磨子求婚，這樣根本就與搜查無關啊！

『不准你接近須磨子！』

我雖然憤怒，但身軀卻沒有……發抖。明明就氣得渾身顫抖，我的身體卻沒有任何反應，只能狠狠斜睨他的側臉。

我想起毬村與佐山的對話。那個小開主任開玩笑地說：「難不成殺死神崎的兇手就是你？」這眞的只是玩笑嗎？也許不是，或許佐山握有課長的把柄，並威脅課長「殺了神崎」。我無法否定這突然其來的假想。

「別再提這件事了。」須磨子口氣強硬地毅然說道，「這與搜查無關，我們應該是來討論如何展開搜查的吧？」

『就是這樣！狠狠訓他一頓！』

「要是讓妳覺得不舒服，我道歉。」

看到佐山驚慌失措的樣子，我的心裡多少痛快些。他伸手要拿帳單，卻被須磨子搶先一步。

「之前你請我喝咖啡，這次換我請，下次再各付各的吧！」

「好吧！」

須磨子頭也不回地走向櫃台，這個虛有其表的硬漢慌張地穿上外套，還不小心將手套錯左右袖子。

『眞受不了你這白癡！你還是去找和你同等級的女人吧！』

我做出踹他屁股的動作，但還是覺得很鬱悶。

要是能有個人肯聽我傾訴，一定能瞭解我忿恨佐山的理由，肯定也會說他是個卑鄙的男人，竟然趁人家男友剛死便對她出手。這股怒氣現在還算合理，但是它會持續到何時呢？就算過了一年、兩年，還是十年，只要有男人接近須磨子，我都會嫉妒得發狂。沒有人能理解我的憤怒，因爲連我都覺得自己嫉妒得很沒道理。

即使如此，我還是無法放棄須磨子，也無法原諒接近她的男人。

可是——

可是，面對還活著的須磨子，而且也愈來愈美麗的她，我並沒有權利對她說：「妳這一生都不能再愛上除了我以外的男人。」

我總有一天得迎接那悲傷日子的到來。

混蛋！我到底還要經歷多少試煉啊！

13

飛過市公所尖塔前，牆上的時鐘指著十點五十五分。

趕著前赴搜查會議，我飛向早川所說的兒童公園。

就是那兒吧！前方有個公園，我飛低一看，早川正坐在鞦韆上眺望街燈，看來就像個老婆與情人私奔而失魂落魄的男人。他發現到我，向我揮手。我翩然落在他旁邊的鞦韆上。

『等很久了嗎？』

「等了五分鐘而已。辛苦了，神崎先生。你看來還挺有精神的嘛！」

其實不然。自從在「信天翁」聽見須磨子與佐山的談話之後，心情就很低落，低落到獨自在沙灘上徘徊，回到巴東分局時都快七點了。至命案現場調查的四個人也全都回來了，除了課長與早川以外，其他人全收拾一下便下班了。我向早川低語『十一點在你說的兒童公園碰頭，我先去跟監佐山』，總之，目前的目標是這個硬漢。

『雖然沒有肉體上的疲勞，但遇上了許多事之後，還是會覺得累。』一陣睡意襲來，這還是成了幽靈之後第一次打呵欠。

「跟監佐山先生有收穫嗎？」

我搖搖頭。他先在自家附近的小館子吃了一客味噌鯖魚定食，之後去打柏青哥，一小時就花了三千日圓，接著去居酒屋小酌，十點回到家立刻洗澡，洗完澡看電視，就這麼迷迷糊糊地睡著了。

「這樣啊！又做白工了。」

雖然毫無收穫，不過確定他今晚沒有打電話給須磨子之後，至少有比較放心。但這種事不能對早川說。

『第一天就出師不利。雖然已瞭解這些傢伙的搜查情況，但卻完全沒有進度可言。』

「這是可以預期的結果吧！誰叫課長下了那樣的指示。」

『沒錯，眞可恨！那傢伙根本就吃定現場附近沒有任何目擊證人。』

「他一定有什麼弱點，找到之後就能一舉揭發他了！」

『查過課長的抽屜了嗎？』

「抽屜上鎖——」

『不是叫你想辦法破壞嗎？』

「他一直沒離開座位啊！而且要是真的弄壞就麻煩了。課長也許會有疏於防備的時候，現在只能等了。」

『眞想看他的抽屜！你要不要拜 Doctor 爲師，學習開鎖？』

「請不要搞砸我的警察生涯。」

『對不起。』

我們突然沉默下來。我環顧四周，被街燈照著的幾張長椅、溜滑梯和水泥製的栗鼠與大象隱約地自黑暗中浮現。栗鼠與大象雖然都很可愛，但是蒙上一層陰影後看來有點詭異。

『你每天晚上都來這裡嗎？』

「也沒有每天晚上，一個禮拜兩、三次吧！這裡很安靜，是個適合沉思的好地方。」他緩緩地盪起鞦韆，鐵鍊發出嘰嘎的聲響。

『想些什麼事？』

「這個嘛……」早川低著頭，「很多啊！」

看來不好再追問了。公園內只有一個鞦韆不停地前後搖晃著。

「課長的確有點怪。」他出其不意地丟出這句話。

『怎麼說？』

「今天我和課長最後離開辦公室，因爲我覺得，在局內時要好好監視他，接著又稍微試探了他一下，結果他眞的出現不太尋常的反應。」

『譬如？』

「我問他有沒有想過殺死神崎先生的兇手也許是自己人，他問我有什麼根據，我就說：『神崎先生託夢對我說的。』」

這樣會不會做得太過火了？但或許能歪打正著，就此瓦解經堂的心防，不安的他就會主動與幕後黑手聯絡。

『那他的反應呢？』

「臉色變得很蒼白。過去可能是我沒注意到，不過這次不一樣，我是以知道他是眞兇爲前提來觀察他的反應。只見臉色蒼白、神色有異的他苦笑著說：『你若是認眞地這麼說，大家肯定會覺得你的腦筋有問題。』」

『果然露出馬腳了。』

「我又說想和其他人交換一下意見，也許也會有人與我同樣看法，結果他的臉色益發慘白，反問：『誰會相信這種事？』我沒有回答，隨便地敷衍過去。」

像這樣稍微刺激他應該會有不錯的效果吧！不過若做得太過火，讓早川被盯上的話，那搜查工作就會變得困難重重，我想早川自己應該也明白這一點。

「我會有分寸的。只要讓他曉得身邊有人懷疑是自己人所爲，內心多少有些不安就可以了。」

『沒錯。你可眞有一套呢！』

「我想他今晚多少會有所行動吧！因爲他得整理提給本部的報告。其實他也很想趕快解決這件事，對故意留下來、還對他說兇手也許是自己人的我顯得很不耐煩，還對我催說：『早川，你還不回去啊！』」

『會不會是想趕你回去好與誰聯絡呢？』

「也許吧？不過我的動作總是慢吞吞的，結果我都還沒收拾好，他就站起來說要回去了。聽到我說『我也要回家了』，他還有點不高興呢！」

『看來頗有進展哪！就照這樣子繼續進行吧！一步步瓦解他的心防，我則等待他與幕後黑手聯繫的那一刻。』

「然後由神崎先生負責揪出幕後黑手，我則暗中找尋證據，以這樣的方式進行搜查，對吧？我懂了——我們的搜查方向應該沒錯吧？」

『目前也只能這樣了！反正緊緊盯住他就對了。』我很興奮地說。

「一起加油吧！」早川停下鞦韆，「今晚的會議就到此爲止吧！」

雖然覺得還沒聊夠，但情報也還沒收集充分。『也好。你不是睡眠不足嗎？早點休息吧！』

「那神崎先生呢？」

『我去向課長道聲晚安，有時間的話還想繞去看看其他人。』

「哇！大家都會被偷窺啊！只要被神崎先生盯上，根本就沒有隱私可言了。」他似乎發覺自己說得有些過火，隨即又說，「我不是這個意思啦！我當然知道神崎先生絕不會因個人喜好而隨意偷窺，要是我說了什麼讓你聽了不太舒服的話，我向你道歉。」

還不至於要道歉啦！成爲幽靈的我如果眞的想做這種事，那每個人根本都赤裸裸地呈現在我眼前。不過，他會對這種事這麼反感也是可想而知。今晚提議去他家開搜查會議時，他就以家裡很亂爲由拒絕，所以多少感覺得出他挺在意這種事。

『沒關係啦！我或許也太過輕率了，我會盡量不去侵犯他人隱私，況且，做這種事我心裡也好過不到哪去，像今天就看到不想看的事。』

他露出防備的神情。

『也沒什麼啦！只是看見在【傑爾丹】喝咖啡的毬村順手拿走糖包，還有佐山房裡有很多關於警察故事的電影、連續劇的錄影帶。』我隨便舉了兩個不大不小的例子，看到早川露出笑容才鬆了口氣。

「什麼啊！原來是這種事。毬村先生還眞是小氣。佐山也是，感覺就是個怪人。」

『對啊！而且佐山還收集了許多有華麗槍戰場面的影片！那傢伙可能嚮往著能與嫌犯火拚一場吧！牆上還擺了二十幾枝模型槍，眞是叫人嘆爲觀止！還有，毬村先生偷拿糖包應該不是第一次，我之前還在巴西分局時，有一次來巴東分局洽公，結束後順道去【傑爾丹】時也看見他做過同樣的事。反正就是這樣了，我看這些事情還是別太張揚了。』

「我會當作沒聽過，也請神崎先生以後別再對我說這些事了。」

早川爲人比我還正派。沒錯，別再張揚了，肆無忌憚地道他人長短眞的很沒禮貌。

『那解散了！明天見。』

「神崎先生也別太逞強啊！」

我飛上天揮揮手。眼下變得好小的早川站在鞦韆上向我行禮。

別太逞強啊！

多麼溫馨的話語。昨天此時，我正因爲須磨子看不到我而絕望不已。一想到她，心還是很痛，不過遇到早川一事多少拯救了我，再多的感謝也不足以表達我對他的感激。

但是這不表示我不會擔心自己與早川的關係。我一直在想，他到底會幫我多久呢？這問題的重要性甚至超越能否將經堂定罪一事。這世上能與我溝通的只有早川一個人，我希望他永遠都是我的夥伴。然而他是否能忍受老是被幽靈糾纏呢？被一個既非親兄弟，也非妻子或情人，只是職場前輩的男人給纏住，對他而言也算是種災難吧！「我已經厭煩你了」、「我很煩，請不要再纏著我」、「你已經侵犯到我的隱私，我很困擾」——一旦被這麼說，我就不再是「人類」了，屆時將有如墜入地獄般悲慘。

『不要再胡思亂想、自尋煩惱，別再鑽牛角尖了！』我斥罵自己，再度陷入自我厭惡。

算了！來唱些能讓心情振奮一點的歌吧！

我在二百公尺高的巴市上空高聲歌唱。在三大男高音都不可能站上的舞台唱著〈錢形平次〉的主題曲。不用怕人聽到，扯開喉嚨大聲唱歌的感覺好舒暢，我的心情終於放晴，舒暢無比。

我想，一般二十七歲的男人應該不會唱〈錢形平次〉的歌才是。加上我是天生音癡，對流行歌也沒什麼興趣，所以每次同事相約去唱卡拉ＯＫ時總讓我相形見絀。更傷腦筋的是，課裡淨是些歌喉好的傢伙。佐山屬於盡情高歌的人，拿手歌曲是澤田研二的〈武士〉，他最喜歡「隻手拿槍，心中有花」這句；已婚婦女漆原妖媚地演唱瑪丹娜的〈Like a Virgin〉更是局內有名；總是高傲模樣的小開毬村的模仿秀也堪稱一絕，他只要稍加練習便能將女歌手模仿得維妙維肖，不過他總是唱些〈昭和狗尾草〉、〈神田川〉之類的老歌，真的很惹人厭；須磨子則屬於美聲派，音感極好，她最擅長時下的流行歌曲，但是我對這方面近乎一知半解，就算聽好幾遍也記不得是哪個樂團唱的，所以漸漸變得不太想聽她唱了。

不對，現在不是回想須磨子的時候，不是要去經堂家看一下嗎？

『你看著好了，我一定會揪出你的狐狸尾巴！如果請你最喜歡的森進一與五木廣志去探監，你的牢獄生活應該會過得很快樂吧！』

我與昨夜一樣降落在陽台。還亮著燈的臥室裡，課長夫人美保正靠在床頭翻閱雜誌，經堂則躺在另一張床睡著了。

沒想到特地趕來卻晚了一步。今晚就這樣告一段落嗎？方才唱歌恢復了不少精神，總覺得還能再做點別的事。不如去看一下毬村和漆原好了。

——不去須磨子那邊嗎？我在心裡這麼問自己

——不。

今天不去了。一見到她只會更痛苦。不論何時何地，只要想見還是能見到她，所以我想等精神狀態沉穩點再去看她，母親那邊也是。

決定了！成爲幽靈的第二天就以去主任和組長家探訪爲句點吧！先去毬村家好了。我毫不遲疑地往他靠山而建的豪宅飛去。

我向北飛去。小開的城堡就矗立在街景一覽無遺的高台上。有一次到附近查訪時，他還對我說「那邊那棟別墅就是我家」，果然是棟氣派的豪宅。

自上方俯瞰，那是棟佔地約四百多坪，建地約百坪左右的豪宅。雖然天色昏暗，不過還看得出是一棟由鋼筋水泥打造、具設計感的時尚宅邸，四方窗戶都大得嚇人。

有扇窗還亮著燈，看來小開應該還沒就寢。我從那扇窗進入——

屋內流瀉著樂聲。

是古典樂，那種清澈高亢的音色……沒錯，應該是鋼琴或豎琴之類的樂器。毬村坐在房間正中央的搖椅上閉目養神。本以爲他睡著了，靠在扶手上的右手卻有節奏地動著，看來相當入神陶醉。不過這音量可眞大，由屋外完全聽不到的情形判斷，這裡一定裝有隔音設備。這宅邸眞是奢華！雖然我對音響設備一知半解，不過還看得出來那絕對是頂級的家庭音響設備。一整面牆的架子上放滿數千張ＣＤ，幾乎都是古典樂，其他還有很多歌劇，只爲了虛榮是不可能收集這麼多的，也許這就是他對「傑爾丹」情有獨鍾的原因，因爲店裡放的音樂很合他的口味。

我在房內站了一會兒，並沒有什麼不尋常的事發生，毬村依然一臉陶醉地聽著音樂，可能是氣氛過於舒服，我的眼皮愈來愈沉重。

『主任，我要退場了，你慢慢享受吧！』

飛出窗外時，屋內忽然傳出笑聲。我回頭瞥見毬村嘴角露出一抹微笑。是在回應我嗎？好像不是。他正陶醉在音樂中，就像洗完澡那般舒暢。

「眞的太好、太棒了。」他聽著音樂喃喃自語。

我覺得沒必要再監視下去了，於是急忙趕往漆原組長家。

這次往西南方飛。雖然不知道組長家的確切位置，不過我應該找得到。之前閒聊時曾聽她說過她家位於神足二丁目的公車站附近，而神足町一帶確實有住宅區。

環視公車站四周，一眼就發現漆原家。二樓的窗子全暗，不過一樓的窗還亮著燈。進去一看，原來是餐廳。漆原夏美正與一位應該是她丈夫的男人對飲啤酒。是本來如此？還是當了主夫才變成這樣呢？她丈夫看來就像個性沉穩的居家好男人，穿著很有設計感的高級毛衣，一點也沒有家庭主夫的邋遢感，甚至比在職場中打滾的中年男人更有活力。

「已經十二點多囉！該休息了，妳也累了吧？」

聽口氣就知道是一位體貼溫柔的丈夫。

「是啊！你不也說明天從早上開始就要打掃。」她將剩下的啤酒倒進杯裡。「我喝完這杯，你先上去吧！」

「嗯。」她先生轉身上樓，啪嗒啪嗒的腳步聲之後緊接著是關門聲。

什麼啊！這裡也要打烊了嗎？眞是的，要是早點來應該還能聽到一些夫婦與孩子之間的對話。

不曉得爲什麼，我就是高興不起來。

就在我又重燃睡意時，漆原的眼神忽然有異。她打了一個酒嗝，拿起桌上的手機——這麼晚了打給誰呢？我出神地想著。

「我是漆原。」是她在工作上一貫的機敏口吻。「這麼晚才打電話給您，眞不好意思。」應該不是親人或好友。猜想到底是誰時，一時疏忽忘了看她是撥幾號。

「我這裡一切照計畫進行，目前還不需要支援。……嗯，沒問題。」

什麼計畫？

「……嗯，是的。不過有個大問題，不能這樣放著不管。」

問題？

「還是確認一下比較好吧！……是，就是這意思。我會小心處理的。……嗯嗯……嗯嗯。」

好想知道談話內容，該不會是什麼極機密的計畫吧？難道沒什麼方法能竊聽嗎？——笨蛋，既然是幽靈，當然能大方地湊近話筒偷聽啊！

可是，當我察覺這點時已經太遲了。漆原說了聲「再見」便掛了電話。眞是失策！她關掉餐廳的燈上了二樓，連表情也來不及觀察。

眞是一通詭異的電話。到底是打給誰呢？她始終都以很恭敬的口吻說話，如果是打給工作上的人，那麼對方一定是上司，換言之，就是經堂芳郎。

不過，眞是如此嗎？這兩人之間會有什麼不可告人的關係嗎？白天只剩他們兩個時，明明就覺得他們之間很冷淡、沒什麼互動。

現在的我根本無法追問正在二樓的漆原，看來只能去確認經堂的情況。我再次前往課長家。如果眞的是打給經堂，那他不太可能立刻離開電話旁邊，當然，這只是我的猜測。快一點！飛快一點！我以將近一百公里的時速飛行著。

約莫五分鐘後，我降落在陽台上。寢室的燈已經關了。穿過窗子進去一看——經堂夫婦早已就寢。

「給我起來啊！課長。你方才不是才與漆原通過電話嗎？」

沒有任何反應，看來他眞的睡著了。也就是說，漆原不是打電話給經堂囉？

即使如此，我仍無法遽下定論，因爲他也有可能講完電話，五分鐘內隨即入睡。

這到底是怎麼回事？

我應該已經得到連夏洛克．福爾摩斯和明智小五郎都羨慕不已的能力，但我竟未察覺這種超能力也是有極限的。

即使是幽靈，也不可能同時出現在兩個地方。

14

成爲幽靈的第三天。

我再度從麻雀啾啾聲中醒來。昨天幫牠取名的啾吉又飛來停在鐘樓欄杆。

『早啊！』

仰頭向牠問早。昨夜明明還是繁星點點的夜空，一到早上卻變得灰濛陰鬱。但是天氣好壞對我根本沒影響，就算傾盆大雨我也不會淋溼，更何況成爲幽靈的第一天就已經證明了這件事。不過，抬頭瞥見灰濛濛的天空，心情怎麼都開朗不起來。

這是我有早川這個搭檔，著手調查經堂的第二天。已死的我雖然再怎麼焦急也沒用，但我仍想盡快了結這一切，昨天有些收穫，今天的搜查工作應該能往前躍進才是。

我又看了一眼手錶，不悅地嘖舌，一時之間還是改不掉看錶的習慣。昨天早上也是如此，一定得改掉才行。

我浮在半空中，俯瞰著市公所正面的時鐘。已經十點二十分了，我居然失職地睡過頭。巴東分局的搜查會議都是八點半左右開始，本來打算過去看看的。但是，查訪課裡每位同仁的家居生活直到深夜，又跟監課長，作息無法正常是必然的，不過搜查會議還是去一下比較好。

昨天大部分的搜查人員都休假，今天應該會全員出席吧！我也很想拜見那位中井警部的本領。我迅速飛往分局。

突然從窗外飛入可能會令早川嚇一跳，可是得讓那傢伙趕緊習慣這一切才行。於是我飛快地穿過窗戶。

辦公室裡幾乎空無一人，只剩下穿著制服的須磨子坐在位子上——難不成大家都出勤了嗎？

『須磨子。』雖然知道喊也沒用，但就是忍不住。『須磨啊……』

我從後面靠近她，想將手搭在她肩上時，電話突然響起，須磨子趕緊接起電話。

「是，我是刑事課的森。」

好像是在等待什麼聯絡進來。難不成搜查行動已經全力展開了？我忽然緊張起來。

「除了我以外的課員全去巴銀行高砂分行支援了……是，本部的中井警部也在那裡。若有急事請直接用手機聯絡，因爲我想目前可能不太方便接電話……是，麻煩您了。」

對話結束。須磨子放下話筒，打開手邊資料夾，樣子有點怪怪的。

以中井警部爲首，大家全去了巴銀行高砂分行，是發生了什麼事嗎？我不懂我的事爲何與巴銀行有關，還是因爲發生別起事件？高砂分行明明是巴西分局的管轄範圍，爲何巴東的刑警也要過去支援呢？若是這樣的話——

『該不會……』

我走出辦公室去看看位於三樓的警備課，果然也是空無一人。局內氣氛不太尋常，上去四樓的局長室看看好了。令人懷念的局長不在，只有副局長弓著身子講電話。

「我們也會傾全力支援的……是，沒錯，局長已經過去現場臨時指揮所……是的，我留在這裡待命，聽候本部指示……是。」

我確實聽到「局長前往現場臨時指揮本部」。如果地點是在巴銀高砂分行，能想到的就只有一件事。

我與仍在講電話的副局長擦身而過，往巴銀所在的高砂町一丁目的十字路口飛去。因爲是與剛才飛行路線完全相反的方向，一時未察，現在才發現車流量的確有些異常。與我同方向的車輛一台也沒有，這就足以說明前方可能發生大事。再往前，距離十字路口還有三十公尺左右的地方設有拒馬阻斷交通，所有往這邊來的車輛都必須回轉。拒馬附近還圍了許多與警察遙遙相對的好奇民衆。

位於十字路口西北角的銀行被機動警察團團圍住，『果然沒錯！』我喃喃自語，眞的被我料中了。銀行門口有五台機動隊車輛並排，四周氣氛十分緊張。錯不了的，巴銀行遭搶匪入侵佔領。看這番龐大陣仗，匪徒想必相當兇暴，可能是持槍搶劫的集團。

『情況不太妙呢！』

我停在銀行招牌上環視四周，警方至少動員了一百五十名以上的警力。穿著制服的員警拚命阻止企圖闖入封鎖區的媒體記者；五名便衣刑警站在正面玄關旁；機動隊車輛與建築物的隱蔽處還有大批手持合金盾牌的機動隊員待命；救護車與裝甲車並排停放，大概是爲了以防萬一而在一旁待命吧？還是已有受傷的人質被別輛救護車緊急送往醫院了呢？搶匪應該是在九點的營業時間開始後闖入。要是沒睡過頭就能目睹事件經過了，眞令人懊惱。

雖然巴東分局出動了不少機動員警支援，卻看不到刑事課那些傢伙。聽著現場吵雜的怒罵聲，我疑惑著這到底是怎麼回事。我決定進入銀行一窺究竟，如此便能瞭解所有狀況，反正就算犯人手持機關槍也拿幽靈沒輒。

我大大方方地降落在銀行門口前，穿過幾乎快拉下來的鐵捲門，一進去就看到牆上貼著好幾張海報。海報上出身當地的年輕女星微笑的樣子與眼前狀況差了十萬八千里。我想裡面的情況或許會如地獄繪卷般令人膽寒吧？——幸好！地板上沒有血跡，只有天花板開了一個像彈痕的黑孔，可能是搶匪爲恐嚇人質而開槍吧！

我大剌剌地走向櫃台。櫃台裡的分行長座位附近站了十幾個人，三名男行員、七名女行員、一名保全、兩名男客人與三名女客人，總計十六個人。大家的雙手都放在頭上，乖乖地坐在地上。

坐在兩旁椅子上監視人質的兩名男子就是搶匪，兩人都戴著太陽眼鏡與口罩遮住大半個臉，約莫三十出頭。高個子的留長髮，矮個子的則是短髮。不知道是否刻意變裝，兩人都穿著過大的俗氣襯衫搭配牛仔褲，手中各自拿了一把自動手槍。雖然嫌犯臂膀垂下，槍口朝向地板，但人質們心裡大概都很絕望吧！

那是奪走我性命的東西。一看到它，我就滿腔怒火。這些傢伙到底想幹什麼？

憤怒地站到櫃台上的我，無意識地瞥了人質們一眼，不禁訝然出聲。

『亞佐子！妳怎麼會在這裡……』

狼狽地發現妹妹也在其中。不過，她會出現在這裡一點都不奇怪，因爲她的錢就存在巴銀行，可能只是來辦個事情，然後就成了受害者吧？她看起來還算冷靜，但是蒼白的臉色卻令人心痛。

『妳等等，我一定會救妳。』

「給我老實點！只要乖乖地就不會對你們怎麼樣，不過子彈可是不長眼的，要是敢亂動，挨了子彈就是你們自找的。」短髮搶匪用含糊的聲音對著人質咆哮。

明明就沒有人亂動，他是覺得這樣恐嚇別人很有趣嗎？長髮那個緊閉著嘴，一聲不吭，看不出來到底誰是帶頭的，而且兩人看起來都不太健康，皮膚都很粗糙。

十六名人質，兩名嫌犯，沒有其他同夥，而且拿的都是眞槍。這些事警察都確認過了嗎？他們如果還不知情，我必須趕快通報才行。只有早川聽得到我的聲音，所以我得趕緊找到他。不過，在這之前要多收集些有利情報，所以還是再觀察一下好了。沒錯，身爲幽靈的我能做的就是觀察。

「太多了。」長髮搶匪吐出陰沉的聲音。光憑這句，短髮搶匪似乎就懂他的意思。

「這樣啊！那就放男的囉？」

「只留下女的。」

「五、六個嗎？」

看來只想留下女人質。若是只留女行員，那亞佐子就能被釋放。但我的期待卻被那個長髮搶匪給擺了一道。

「女的客人也要留下來。」

「是喔！這樣銀行方面就麻煩啦！嘿嘿！」

短髮搶匪發出不懷好意的笑聲，感覺有點像性變態，令我很不安。照他每件事都向長髮傢伙確認的這一點來看，長髮搶匪有可能是主謀。

「三個人太少了。手上至少要有六張牌，切牌時也比較方便。」

他所謂的切牌大概是指每釋放一個人質所能要求的條件，也就是交涉底牌。不過也有可能全部殺掉，所以人質的心中此刻想必非常不安。

「好吧！只留下三名女行員，這邊這幾個也留下，往那邊那位太太的旁邊移動。」短髮搶匪用槍指揮著。

有個看起來有點年紀的男子請求發言。他遞出一張印著分行長頭銜的名片。「請、請先放了客人，留下行員。」

「混蛋！照指示做！」

短髮搶匪朝地上吐了一口口水。分行長還是不死心地求情。

「那至少留我下來吧！我有責任——」

短髮搶匪不等他說完，便往他的肩膀踹了一腳，一名女行員發出尖叫。

「少囉唆！你這混蛋！搞清楚！你們現在可是人質，要是槍口向著你，看你還敢不敢說大話。這麼想死就成全你！別把我想得與你們銀行員一樣。」

他並沒有開槍，但行內卻充滿風雨欲來的危險氣氛。雖然長髮搶匪戴著太陽眼鏡看不出表情，不過他顯然很鎮定，也許這傢伙比較缺乏情感吧！

人質們畏於短髮搶匪的咒罵，嚇得直發抖。亞佐子無助似地緊閉雙眼。

「這傢伙，一副很偉大似的，什麼這是銀行員的責任，聽了就想吐。像你們這種人連走在路上的資格都沒有，想想你們自己幹的好事！毫不留情地欺負那些整天工作、渾身髒兮兮的工人，連個利息都不肯給，卻通融那些騙子開空頭支票，根本就是幫助犯罪！你們和這個混帳國家一起侵吞人民繳納的血汗錢，只會毒害這個世界！我就算對你們做什麼也不會有任何罪惡感啦！」說完又踹一下分行長的肩膀。

短髮搶匪的謾罵聲不絕於耳，看來已經氣得失去理智。

「啊啊、眞是亂七八糟！喂！既然這個分行長那麼想留下來，那就成全他吧！」短髮搶匪咬牙切齒地詢問。

長髮搶匪搖搖頭，「放他出去。」

是那種聽起來很有威嚴，有點低沉恫嚇的聲音。

「……知道了。就聽你的。」

短髮搶匪走出櫃台，將鐵捲門抬起一點點，向站在門邊的便衣刑警大喊：「釋放部分人質。」聽到這聲音，外面隨即起了一陣騷動。

我站在入口附近看著這一切。長髮搶匪用下巴示意，說了句「出去」，被點到的人用眼神向留下的人致歉，一個一個地鑽出鐵捲門。雖然分行長最後無法如願，但也不能不聽從。短髮搶匪似乎很享受這種操縱人質的快感，嘿嘿地笑著。明明已經被逼到死角，居然還笑得出來，眞是讓人不寒而慄。

「喂！」等分行長一出去，短髮搶匪便用槍向長髮搶匪示意。只見長髮搶匪將槍口指向人質，稍微往後退。「你看到那分行長沒？一副快哭出來的樣子，眞想讓我爸和哥哥也看看，看我如何折磨他，把銀行搞垮！哇哈哈！好痛快啊！要是融資課長那傢伙也在，我一定要痛扁他一頓，可惜他出差了。」

短髮搶匪靠近長髮搶匪身邊耳語。儘管隔著一層口罩，我湊近聽還是聽得一清二楚。其實從他剛才的惡言惡語便曉得短髮搶匪顯然對銀行懷有很深的恨意，也許銀行害他的家人嚐到了不爲人知的辛酸吧！

「受不了了！我興奮得全身發抖，生平第一次有這種感覺。」

長髮搶匪笑得眼角都皺起來了。「別太得意忘形了！現在的情形可不怎麼樂觀呢！」

「也是啦！還眞是一件徹底失敗的工程呢！不過，你不覺得有種大顯身手的感覺嗎？」

「這可不是在玩啊！再這樣下去我們都完了。光憑我們的事，至少得吃上十年牢飯。」

人質們應該聽不到他們的對話。大家全都害怕地看向這邊。因爲兩人的視線不時飄向他們，讓人有種在商量不知要拿誰先血祭的感覺。

等一下！

他們剛才好像提到「光憑我們的事」這句話，會不會是「因爲我們有前科」的意思？沒錯，就是前科。我總覺得長髮那傢伙很面熟，如果他摘掉太陽眼鏡和口罩會是什麼樣子呢？我在腦海中描繪，往記憶深處中搜索。

「別說得那麼恐怖啦！也許我們可以成功逃脫啊！不要放棄！我看我們輪流休息，準備長期抗戰。」

「遲早都會被捕的。」

「你振作點！那些警察也知道我們手裡有槍，不敢隨便出手的。」

「子彈沒了一事遲早會被識破。」

『喂、你說什麼？』可以的話，我很想一把揪住長髮搶匪的前襟。『你剛說沒子彈？是說你們的槍裡沒子彈嗎？』

「會嗎？不是開了一槍嗎？剛剛出去的傢伙應該會對警方說『那是眞槍，而且還對天花板射了一槍』，所以警方或許會認爲我們只開了一槍，子彈還很充足。」

「你太樂觀了！」

「是你太悲觀啦！你自從被『Bellstar』解僱後就變得很膽小。」

「Bellstar」，是指便利商店「Bellstar」嗎？長髮搶匪被那裡解僱……

我想起來了！這傢伙叫袋井，沒錯，是袋井左兵。因爲很像時代劇才有的名字，所以很好記。我還在巴東分局拘留所執勤時，他曾因搶劫便利商店被捕，原來就是他。雖然不太記得短髮傢伙是誰，不過有前科的話，應該會在哪裡看過。

『多謝你們提供不少珍貴情報！——亞佐子，妳再忍耐一下，別擔心。』

我向亞佐子說完後，隨即飛了出去。現在不但已經知道其中一名嫌犯的身分，也知道他們手上的槍與玩具槍沒兩樣，必須趕緊告訴本部才行——不，是趕緊告訴早川。

我在上空盤旋搜尋，但是始終沒在圍繞銀行四周的警察中看見刑事課那些傢伙。是去幫忙管制交通嗎？還是被本部分散到各處支援？有了！若是找不到他，就讓他來找我啊！

『早川，你在哪兒？聽到請回答啊！』

我大聲呼喊，並在十字路口低空盤旋，卻仍未發現任何回應。我不放棄地一直飛著，結果竟在意想不到的地方發現他，就在銀行的三樓窗邊。早川的手隔著緊閉的窗子輕輕揮動。原來現場指揮所設在那種地方啊！

我從他在窗邊的身影向內窺看，一間像會議室的房間擠了許多辦案人員。電話聲不時響起，宛如置身前線。我們局長也在其中，還有正接過影印好的地圖的漆原組長側臉。

「對不起，我不太舒服，可以開一下窗戶透透氣嗎？」早川編了個藉口，將窗子開了點縫。

做得好！我點頭說：『早啊！我睡過頭了，沒想到一醒來就發生這種大事！』

「我們現在很忙。有事的話，可不可以稍後再說。」

雖然他已經盡量壓低嗓音，但是還是有幾個人一臉狐疑地回頭看了一眼。

『你別說話啦！不然別人會覺得很奇怪，只要靜靜聽我說就可以了。——我剛才潛進銀行內，現在我把裡面的情形告訴你，你可以聽清楚了！』

我先將嫌犯的樣子、其中一人叫袋井左兵的事告訴他，接著簡短描述人質數目與行內的大概情形，當然還有他們的槍裡沒子彈一事。

「你確定沒聽錯？」早川發出像蚊子般的聲音。

『嗯！錯不了。我想嫌犯暫時還能持槍自重，狐假虎威。只要別刺激他們，假意安撫地逐步靠近，應該就能出其不意地逮住他們。他們打算長期抗戰，應該會有機可趁，所以不需配置狙擊手就能順利將他們逮捕。這樣瞭解嗎？』

早川雙手撐腰，嘆了口氣，「我知道了，但是我沒辦法這樣向課長報告啊！因爲沒有任何具體根據……」

『什麼根不根據，我不就是——』

當然不能說是經由神崎巡查的幽靈潛入銀行內部確認。早川用哀怨的眼神看著我說：「該怎麼辦？」

『什麼怎麼辦，那麼重大的事不是我們站著講講就可以的，得想辦法傳達給上面那些人啊！』

「那要怎麼做呢？」

「早川。」是漆原的聲音。「眞是的！我還以爲你在與誰講手機，可是看你手上又空空的，你到底在喃喃自語什麼啊？」

我們聊太久了。靈媒之後慌忙演起戲來。

「哎唷！我、我的胃很不舒服，想說分散一點注意力比較不會痛，所以就喃喃自語……」

「眞的很痛嗎？」

我忽然靈光一閃，趕緊向早川獻計：『很好，你就以肚子痛爲藉口離開這裡，我已經想到一個好辦法了。』

早川比出一個只有我才看得到的ＯＫ手勢。

「嗯！眞的很痛。在這種時候出狀況眞的很抱歉，我能出去買個藥嗎？吃了可能會舒服些。」

「好吧！」漆原答應了。「我會跟課長說一聲，你快去吧！」

「眞的很對不起，我馬上回來。」他用雙手抱著肚子，蹣跚地走出房間。

我從窗戶飛進來，跟著追出走廊。『眞沒想到會將總指揮所設在這裡！犯人明明就在一樓，你們是從哪裡進來的啊？』

雖然覺得不可思議，不過一問之下就覺得沒什麼了。

「大樓側面不是有一道安全梯嗎？從那裡可以自由進出二樓和三樓。對了，我們不是要去外面嗎？樓梯在這邊。」

我們打開走廊盡頭的門，來到安全梯。從這裡看得到布署在隔壁棟屋頂的機動隊員，所以不能讓早川做出任何看起來不太自然的動作。

『從這裡下去找電話吧！我想離現場遠一點會比較好。』

「要打去哪裡？」

『打一一〇到高砂分局啊！你假裝是認識袋井的人，當然不用報出姓名，因爲是密告電話。』

「密告電話？」早川直直往前走並反問我，「向他們說其中有一名嫌犯叫袋井，而且他們其實只有一發子彈，是這樣嗎？」

沒錯。袋井曾邀這個虛構的男子一起搶銀行，結果被駁斥拒絕。但袋井仍不放棄，所以才會出現今早的騷動。這個虛構男子嚇一大跳，於是趕緊通報警方——以上就是我的假想設定。

「眞是的！這可是要有相當的演技耶！我演得出來嗎？」

我們離開銀行，走出警察的重重包圍。這裡是以一樓為商店的綜商大樓聚集處，眞是難為這一帶的商家了，生意因此大受影響。

『絕對沒問題的！你扮演的男人因為看到朋友犯下滔天大罪而嚇得半死，所以多少有點語無倫次是正常的。不過要是沒有講到重點，反而被反追蹤就麻煩了。』

「就算防得了反追蹤，通話也會被錄音啊！這樣不就知道是我的聲音了嗎？」

『你總會捏著鼻子變聲吧？曾被嫌犯邀約要不要一起幹一票的傢伙當然不會希望眞實身分被知道。只要這麼做就無法與你的聲紋比對了。知道了嗎？』

「瞭解。」他終於答應。「這世上還是有只有我才能辦到的事，好，我做！不過或許會被當作惡作劇電話。」

『先說袋井的樣子。這樣他們一比對被放出的人質證詞，自然就會覺得你的話可信度很高。好好表演吧！早點救出那些人質……我妹妹也是其中之一啊！』

早川停下來看著我。「神崎先生的妹妹也被困在銀行內？」

『嗯！我都已經這樣了，萬一我妹妹再有個三長兩短，我看我媽這次肯定會倒下去，而且我妹夫也會很傷心。所以……』我一時之間不知該說什麼好。

「我明白了。」早川堅定地說了這句，繼續往前走。「包在我身上，我會努力的！請你更詳細地描述一下袋井的樣子與說話特徵吧！」

15

太好了、太好了。從剛才起，這句話究竟重複了幾遍呢？宛如慶賀意想不到的幸運從天而降，明明是再平淡不過的一日啊！既無所得，亦無所失。人類有時會因爲這樣而感激一切嗎？

亞佐子替雙頰泛紅的野野村倒了杯啤酒，老媽也遞出了杯子說「我也要」。坐在椅子上的妹妹轉身從冰箱取出一大瓶啤酒，桌上擺著一大盤外送壽司，一場小小的宴會於焉開始。

「看了午間新聞才知道巴銀行發生搶案，不然我還不知道發生了這種事呢！明知道妳沒有早上去銀行的習慣，可是就是有種不好預感，沒想到妳竟然會是人質之一。還眞是不可思議啊！」

「這就叫做母子連心吧！警察打電話來，說『你太太被搶匪當人質要脅，不過現在已經平安釋放了』，我聽到後還愣了一下，不懂是怎麼回事。」野野村瞇著像線一般細的眼睛苦笑著。

「只能說眞的太巧了。」亞佐子抓起鐵火卷說，「昨天房東打電話來，說我們還沒匯房租，都怪我沒察覺帳戶餘額不夠，所以我便一大早去存錢，沒想到居然遇上這種事。」

「沒事就好，眞是太好了。」

「全國的人都從電視上看到妳了呢！」

野野村才說完，妹妹隨即搥了一下他的肩膀說：「不要再說了啦！」

亞佐子對於自己上了電視的頭條新聞一事覺得很不好意思。要是亞佐子負傷，我看野野村也沒有心情揶揄她了吧！

我雙手抱膝蹲在餐廳一角，靜望這個團聚的場面，不知不覺自己也鬆了口氣。

這時電話響起，靠電話最近的野野村起身接聽，這已是我來這兒後的第六通電話了。每一通都是從新聞得知亞佐子從巴銀搶案挾持人質事件中九死一生的親友們打來的慰問電話——「她沒事，請放心。」他不停地邊講邊點頭致意——聽野野村的應答就知道這通電話八成也是。

「誰打來的啊？」等丈夫一掛上電話，亞佐子問道。

「是幫我們作媒的藏田先生，他說他是看九點NHK的新聞得知的，還對我說要對妳好一點。眞是的，我也不願意亞佐子遇上那種事啊！」

三人一起大笑，不過，聽在我的耳裡就成了四個人的笑聲。

「唉唷！都已經十點啦！我也該走了。亞佐子妳也早點休息吧！」

野野村趕緊勸住起身看了一眼時鐘的母親。「媽，今晚就留下來過夜吧！我有喝酒沒辦法開車送您，而且外面還在下雨不是嗎？」

母親說還有末班車可以坐，可是被女兒女婿拚命勸說後又坐了下來，看起來很高興。

「既然這樣，那就再喝點吧！反正喝醉也沒關係。」

聽到母親這麼說，野野村趕緊替母親又倒了一杯。「也別喝太多哦！」亞佐子出聲阻止，家庭倫理劇就這樣繼續上演著，看來還會持續一段時間。可以了，我該走了。

「對了。」亞佐子似乎想起什麼。「最後制伏那個長髮搶匪的警察不是說了他的名字嗎？那時我腦袋一片混亂，只匆忙地問了句：『謝謝，請問您貴姓大名？』而他一臉嚴肅地說：『縣警搜查一課IMOTO TATSUYA』。雖然不知道怎麼寫，不過他也叫TATSUYA呢！（譯註：與神崎達也的「達也」同音）」

「和你哥同名呢！」

「這不是很巧嗎？是達也救了妳一命，一定是這樣！」母親興奮地說。

『是啊！』我說了這句話便離開野野村家。

外面下著雨。

看著夜空落下無數如針般的細雨，再次有種安心感。

眞是千鈞一髮啊！雖然早川發揮了十足演技，但是本部卻沒有立即行動。因爲就算自人質那裡確定其中一名嫌犯疑似袋井，並判斷密告電話的確具有高可信度，但是也無法斷言嫌犯確實已無子彈，愼重起見，因此沒有立刻展開攻堅行動。只能繼續勸降並觀察情況。爲了與犯人交涉，穿著防彈背心的搜查一課課長脫掉外套，走近銀行玄關與歹徒對話，藉由與匪徒的交談中觀察犯人的拿槍方式，確認了槍枝確實沒有塡裝子彈。

下午三點過後，嫌犯提出送午餐進去的要求，本部終於決定趁隙強行攻堅。趁短髮搶匪爲了接過好幾人份便當而將槍塞進牛仔褲的瞬間，搜查一課三位特警飛撲上前制伏，迅速奪槍。「確定沒有子彈！」另有三名員警確認後大喊著攻入銀行內。這還是我當刑警以來第一次遇上這種場面，明明就是幽靈，卻不由得渾身起雞皮疙瘩。

袋井雖然早有覺悟，但還是失算。那傢伙棄槍掏出預藏的刀子，抓住身邊一位人質——也就是亞佐子——往她的喉頭刺去。慘了！眞是徹底失算，那一瞬間的我彷彿全身血液都凍結了般。袋井逼迫警察往後退，準備往外奔逃。於是我趕緊先跑到玄關前，對著包圍的警察們大喊，要他們後退十公尺。看見自己的妹妹就在眼前被刀子抵著，我卻無能爲力，眞的很令人懊惱。

一直都很冷靜的袋井顯得有點激動，拿著刀不停地在頭上揮舞，反覆作勢要刺向人質喉嚨，感覺隨時都會傷到亞佐子。妹妹的臉因極度驚恐而扭曲，我雙手抱頭，不知該如何是好。這時無聲無息往我身旁靠近的就是 IMOTO TATSUYA 刑警。假裝往後退、其實躲在觀葉植物背後的他，由斜後方慢慢靠近袋井，用特殊警棍俐落地打掉嫌犯高舉的刀子，這一擊似乎也打到袋井的手指，只見袋井按住右手倒了下去，完全無法再抵抗。五、六名警察立刻衝上前制伏，事件歷經約六個半小時圓滿結束，好漫長的一段時間啊！

雖然有點慚愧無法親自搭救被刀子抵住而驚恐不已的妹妹，不過我已經盡了最大努力，至少也該有個人犒慰一下自己吧！

『就是啊！』

希望得到誰的稱讚呢？一起作戰的早川嗎？不，不是的。我最想聽到的是須磨子的讚揚。

我在空中飛舞。

雖然因爲諸多巧合，今天的搜查完全沒有進展，但是仍得和早川開屬於兩人的搜查會議。因爲下雨無法約在兒童公園，因此改約十點在巴東分局的辦公室碰頭。他大概已經等很久了吧！得飛快一點。

一如往常地從那扇窗子飛入，看見早川正坐在位子上啜飲咖啡。大概是因爲終於從白天的緊張氣氛中解放，顯得輕鬆自在。

『唷！』

「喔……」

連回應都很隨意。

「等你很久了！你看起來還眞漂亮呢！尤其晚上看更美。」

『拜託！幹嘛對男人說這種恭維話！』

「不，不是恭維，眞的彷彿天使般閃著光輝。」

『夠了！看來你終於可以喝一杯沒有潑灑出來的咖啡。』

「因爲我們約好了，所以不會被嚇到。對了，你今天辛苦了。」

『彼此彼此啦！你的演技也沒話說呢！打完那通電話後又回到現場指揮所受人差遣是吧？』

「其他人也是啊！」

『可是沒看到毬村主任和佐山啊！』

「因爲他們兩個有其他任務。本部確定犯人是袋井左兵後，想請他家人到現場勸他投案，所以派偵防車去接他母親和弟弟，我還眞想坐一次毬村主任開的車子呢！」

眞是夠了。

『要是沒有你，我眞不曉得該怎麼辦。雖然沒有先行確認袋井是否持有利刃是個嚴重疏失，不過幸好一切平安無事。』

「眞是讓人緊張得直冒冷汗呢！不過沒事就好，眞的是太好了。不只是你妹妹，其他人也都沒事，眞是太好了。不過，也因為這件事，我們完全沒有任何進展。」

『也沒想到會發生這種事吧！』

「嗯，就是啊！明天再重新開始吧！」

環顧室內，每張桌子都收得十分乾淨。大家今天都去了巴銀行，沒有處理什麼事情。

「大家一直留到剛才爲止呢！十點才陸續離開。」

『我不會氣得大吼【怎麼沒有加班】啦！大家今天眞的累癱了。』

「你變得愈來愈體貼了！」

『哪有，從以前就是這樣啊！』

「唉呀！失禮了。」

只是這樣不著邊際的閒聊就讓人覺得好溫暖。能與人交談眞是一件幸福的事，好高興。也許我一直都很期待晚上的搜查會議。

「好了，會議開始吧！我這邊沒有任何事要報告。」

『我也還沒掌握到什麼，因爲擔心亞佐子會不會受到什麼打擊，所以一直待在我妹妹家直到剛才才趕過來。幸好我妹和妹夫、我媽都沒事。』

「這種事很重要，當然要確認。所以，你那邊也沒有新情報囉？還是有想起什麼事呢？」

『根本沒什麼時間思考自己的事。』

搜查會議果然沒進展。

早川盯著紙杯邊緣，揉揉鼻頭說：「你說課長在開槍前對你說了『對不起』是吧！有沒有可能聽錯呢？」

什麼跟什麼啊！

「啊！這麼問眞的很抱歉，只是我覺得向要殺害的對象道歉眞的很奇怪，所以想確定一下。」

『我沒有聽錯！他眞的是邊道歉邊槍殺我。』

「邊道歉邊槍殺嗎？你明明掌握了這麼重要的情報，卻已經死了。到底是誰唆使課長這麼做的呢？」

『一定是他身邊的傢伙。』

「身邊的人嗎？關係近到什麼程度也是個問題，是在這間分局內呢？還是我們自己內部的人？或是……不，應該不可能是工作關係以外的人。」

『如果牽涉到個人隱私，我和經堂並沒有共同認識的人啊！』

「那麼，幕後黑手果然還是自己人嗎？……我不太想這麼認爲，因爲用懷疑的眼神看待同事是件很痛苦的事。」

現在不是說這種天眞話的時候吧！

『喂！來查看課長的抽屜吧！』

「咦？不太好吧！」早川面有難色。「要是弄壞可是會引起大騷動的。」

『要是找得到決定性證據就能解決此事。』

「如果沒發現什麼，也只會令對方心生警戒。沒人會把那麼危險的東西藏在辦公室的抽屜。」

『給我做就是了！這是命令。』

早川有點生氣，「命令？爲什麼我非得聽從你的命令？你那麼堅持就自己去做啊！」

『就是沒辦法才拜託你啊！』

「說什麼拜託……剛才還說命令我呢！憑什麼我要聽你的命令——」

『因爲我是你的長官。幹嘛？那什麼臉啊？你是想說我們一樣都是巡查是吧？』

「嗯……沒錯啊！」

哼！我輕哼了一聲，雙手交抱胸前，擺出不可一世的樣子。

『早川，你再仔細想想，你是小卒，但我不是——看來你還沒搞懂哦！』

「聽不懂啦！你到底想說什麼？」

『我算殉職的吧？警察與自衛官殉職時，會特許晉升二級，這是常識吧！』

「啊！」

哈哈！瞧他一臉愕然。『你終於想通啦！——我是神崎警部補。』

「眞卑鄙！」

『嗯？你剛才說什麼？早川巡查？』

「……沒有，沒什麼。」

『什麼叫『沒有，沒什麼』？說話跟小學生沒兩樣，既然已經瞭解是怎麼回事就快去做啊！』

「遵命，警部補。」

『等、等一下。』

正走向課長辦公桌的早川，一臉不耐地回過頭。

『這句話聽起來眞痛快啊！【遵命，警部補】聽起來眞有快感！可以再說一遍嗎？』

我知道這麼做很幼稚，但身爲長官的我卻合掌拜託他再說一次。「好啦！」早川答應了。大概已經習慣我的胡鬧了吧？

「遵命，警部補。」

他還加上行禮的動作。以通過升等考試晉升巡查部長爲目標的我，一下子就成了警部補。看來殉職也只有這點好處了。

『啊啊！眞的好痛快！對不起，可以再說一次嗎？』

反正喊都喊了，早川似乎也豁出去了，只見他挺直背脊，雙腳併攏，行了一個令人陶醉萬分的禮——

「遵命，警部補！……這樣可以了吧？」

『可以了、可以了。謝啦！這樣就夠了。快點打開課長抽屜，責任我來扛。』

「要怎麼個扛法啊？」他抱怨地伸手拉抽屜，果然上鎖了。

「看來只能撬開了。仔細看這鎖挺小的，眞的能對刑事課課長的抽屜做種事嗎？或許他會以爲有小偷入侵這裡吧？」

他喃喃自語地回到自己的位子取來剪刀和別針，然後在鎖孔裡鑽來鑽去，似乎挺樂在其中的。當我跟他說用別的抽屜鑰匙或許能打開時，抽屜應聲開啓。

「打開了！這道秘密之門。」

我們湊近窺看，裡面只有一些本部傳來的公文、去年的記事本和喉糖等，林林總總地塞了一堆東西。一個個仔細查看過後，並沒發現什麼可疑之物。看來這裡並未藏有我們期待的兇槍，令人大失所望。

『謝啦！總算死了心。』

早川輕輕地關上抽屜。雖然留下一點鎖孔被破壞的痕跡，但這也是沒辦法的事。

「看來得對課長來點硬的了。不然等他與幕後黑手接觸不知道要等多久，這樣下去沒辦法解決事情，沒有任何頭緒啊！」

『你突然變得很激動哦！』或許是做了與小偷類似的事，膽子大了起來。

「雖然發現課長很可疑而必須更謹愼行事，但在已確認經堂芳郎是執行者的情況下，我們只採取這樣的行動好嗎？」

『冷靜點。就算要來硬的，也無法用嚴刑拷問。即使逼迫他，他也不見得會吐出實情。』

「可是——」

『你一直認爲不能太過相信自白，但卻又這麼幫忙我，我眞的很高興。不用那麼急也沒關係，反正我已經死了。』

其實我眞的很想趕快作個了結。可是，萬一因爲我的魯莽而害了早川，那就眞的後悔莫及了。

「我知道了。那就再繼續觀察課長一陣子好了。」

『這樣比較好，我想，再過不久應該就能有結果了。課長意外地是個很膽小的人，只要一步步逼近，最後他一定會舉白旗投降的。』這是說給我自己聽的台詞。『我會繼續跟監課長還有他身邊的人，你就發揮你的演技，藉著與大家交談時暗中探查。』

「這是命令嗎，警部補？」

我笑了。『笨蛋！已經夠了。明天還請多多指教了。』

我們道別。

外面還下著雨。

明天見——可能是因爲耳邊還留著早川的這句話吧！今晚已提不起勁進行任何搜查工作，也或許是因爲銀行搶案一事讓我深感疲累。

今晚要睡哪裡呢？

最好是聽不見雨聲的地方。我已經厭倦市公所的鐘樓了，也不想在又冷又寂寥的雨聲中沉沉睡去。可以的話，即使無法感受到肉體的溫暖，我也想在燃著紅色火焰的壁爐邊安眠。

伴隨著胸口的痛楚，我飛向須磨子的住處。在這樣的夜晚，我只能去那裡了。

她的房間就在前方，燈還亮著，彷彿暴風雨中照亮海面的燈塔。

難不成佐山又打電話來了嗎？我將耳朵貼近窗子，聽到了須磨子的聲音。

「好累啊！就算留在局裡待命，也是接電話接到手軟呢！」

口氣聽起來相當溫柔，我的心臟不禁揪緊。

「那個將嫌犯刀子打落的人是搜查一課的井本辰也，現在大家都視他爲英雄。那些緊盯著電視的女警們還尖叫著說他好帥。或許你會覺得我胡說，可是，和你比起來，他眞的長得不怎麼樣。」

沒有聽到對方的聲音，應該是在講電話吧！是和誰呢？我忍不住衝進屋裡。

坐在床上的須磨子背對著我，本以爲她是透過話筒講電話，但是一看才發現通話燈並未亮起。

「只有名字像而已啊！TATSUYA。」

原來須磨子拿著我的照片，對照片中的我說話，所以語氣才會那麼溫柔。

當我明白這一切時，整個人不由得無力地癱在床邊。

「今天都沒有處理到你的案子，眞是對不起。我明天一定會努力的。」

須磨子下床將相框放回梳妝台，到廚房倒了杯水，吞下常服用的安眠藥，在關燈前向我的照片道了聲晚安。

四周變暗。

好靜。

雨仍不間斷地下著，依稀還可聽到雨聲。

『今晚讓我在這裡過夜吧！』

我爬上床躺在須磨子身旁。很快入睡的她傳來「嗯」的一聲鼻息，像在回覆我似的。

我想起自己好像忘了跟早川說什麼。是什麼呢？——我想起來了！就是昨晚漆原組長不曉得與誰神秘地通電話一事，那究竟是怎麼一回事？

明天再說吧！

明天事情一定會有很大的進展，我有這樣的預感。

嗯——須磨子的呼吸聲又如此回應。

16

成爲幽靈的第四天。這還是第一次八點就到分局報到，而且還與須磨子同行。兩人並肩站在搖晃擁擠的公車裡，享受短暫、彷彿新婚夫婦的酸甜感。當然，就算我們眞的結婚了，大概也無法像這樣在同一間分局的同一個部門吧！

「早安。」須磨子邊打招呼邊走進辦公室，我也緊隨其後。

「早安。啊！神……」早川一時語塞，大概被我如此意外的登場方式嚇到吧！須磨子則一臉不解。

「怎麼了，早川？難不成神崎的案子有什麼……」

「我不是說神崎先生啦！」早川極力否認。「我只是忽然想起雜誌上刊的填字遊戲。『〈綠野仙蹤〉的舞台是在美國哪一州』的謎底是堪薩斯州（譯註：堪薩斯州的第一個音節與「神崎」的第一個音節發音一樣）啦！」

「原來如此！……你對謎題和填字遊戲好像很有興趣呢！」

『還眞的呢！說你學生時代曾加入謎題研究會也不奇怪哦！』

聽到我加油添醋地說了這句，一臉慌張的他立即駁斥：「才沒參加呢！」

「沒參加什麼啊？」

「不好意思，我在喃喃自語啦！……眞是的，一早就這樣。」

須磨子一臉莫名其妙，無法理解早川的舉止。「你最近眞的很奇怪耶！還想睡的話，去洗把臉清醒一下會比較好哦！會議結束後，九點就開始射擊訓練了。」

「對哦！今天早上要在巴東分局最自傲的射擊練習場進行射擊訓練，又能看見森小姐的神準槍法了。」

『不好意思啦！我會安分一點的。』我對早川說，可是這次他徹底地忽視我。眞糟糕，要是他不肯理我就完了。

早上的搜查會議從八點半開始，我還是初次目睹本部那些傢伙一字排開的光景。因爲想看看是場如何的會議而去一窺究竟，但內容完全是些與搜查進展無關的報告，一點都不熱烈。我坐在最後面的空位上旁聽，聽到中井洋佑警部洋洋灑灑地說明搜查方針後，頗覺失望。雖然他是一位評價很高的警察，不過這次似乎沒什麼收穫，那雙細得像狸貓般、快睡著似的眼睛讓人不免懷疑他是否眞如傳聞那麼厲害。會議的總結包括迅速解決昨天巴銀行發生的搶案，還有相較之下，負責偵辦殺警案件的人必須更積極才行。其實不只是沒盡力，而是根本不知道該怎麼偵辦吧！確認完今天的工作流程後，會議便結束了，前後不到三十分鐘。可能是過於期待，因此相對地也很失望。看來只能藉早川的協助，自己來解決這件事了。

會議結束後，員警們魚貫地進入位於地下室的射擊練習場。被槍殺的我雖然變得對槍枝過敏，不過這種練習早已見怪不怪。本打算休息一下等他們練習結束，可是又很想看看須磨子許久未見的射擊英姿，念頭一轉，還是進了地下室。射擊練習並非使用空包彈，而是實彈，槍聲響遍天花板有點低矮的練習場，一股煙硝味直衝入鼻。

六人一字排開站在射擊範圍中央。須磨子以銳利的目光凝視標靶，雙手握著 New Nambu M60（譯註：雷明頓半自動散彈槍），採站得直挺的高位射擊姿勢——

射擊！

一舉命中二十公尺遠的靶心，黑點部分早已被穿透無數個彈孔。須磨子的技術依然一流，還有令人膽寒的集中力。當我愛慕地看著她時，她又連續射中靶心，神準得令人打冷顫。

佐山站在須磨子右側。對這個槍械迷而言，使用實彈的射擊訓練應該是他最感幸福的時刻。不過，不論再怎麼努力，他的槍法仍無法與須磨子相較。有時他還會偷覷須磨子，發出技不如人的嘆息。

漆原、毬村與早川也認眞地練習著，只有經堂，從我進來後只射了兩、三發便停手。或許是因爲想起槍殺我的那一幕，心裡不太舒服吧！沒錯，一定是的。雖然想徵求早川的附和，但萬一害他注意力分散就慘了，所以還是打消念頭。

爲時約十五分鐘的訓練結束，與其他課的人交換練習。佐山走近須磨子，誇讚她的技法一流。

「妳眞是太厲害了，每次都那麼神準。站在妳身旁都能感受到一股魄力，這次的奧運一定也沒問題！我一直很想追上妳，可是還差得很遠，老是抓不到訣竅，到底是哪裡有問題呢？」

不知他是純粹想請須磨子指導，還是別有居心？但須磨子仍以一貫冷冷的態度回了一句「只要注意力夠集中就可以了」，之後便快步上樓。站在一旁目睹這一切的毬村笑彎了腰。

佐山雖然覺得有點沒面子，但仍裝作沒事般向經堂說：「課長，這是我的個人看法。我覺得日本警察不要用 38 special 子彈，改用中凹彈（Hollow Point）不是比較好嗎？那是一種著彈面積比較廣，彈頭有孔的子彈，像目前這種抑制殺傷力的武器根本無法與日益增多的暴力犯罪事件抗衡。而且中凹彈不會貫穿目標，一定會留在嫌犯體內，所以也能避免市民被流彈掃到……」

「這種事不是我們能決定的。」經堂敷衍地回應，佐山於是一臉自討沒趣的樣子。

「森小姐愈來愈精進了，眞是厲害啊！」漆原將參差的瀏海往上撥，向毬村說道。「彷彿被鬼神附身似的，全都命中靶心！能有這種集中力，也許是因爲暫時不去想神崎的事吧！」

「嗯，眞是太性感了。看到全身充滿緊張感、專注於射擊的美女眞叫人受不了！站在她與組長中間的我簡直快暈過去了。」

「你在胡說些什麼！」女權主義者的警部補冷不防地用手肘朝小開刑警的胃部賞了一記，只見毬村搗著肚子，發出痛苦呻吟。

練習完後到洗手間洗手的早川，爲了製造和我講話的機會，故意磨磨蹭蹭地，並搓了滿手的肥皀泡。

「眞有你的！昨天是在銀行搶案現場不停盤旋，今早則與森小姐一起上班。你好像滿熱中在變換每天的出場方式呢！不過，我求你別以太意外的方式登場。」早川用手帕擦手，略帶不滿地說。

『就算你這麼要求，但我這裡也有各種狀況啊！不過，我會盡量注意。』我也只能如此承諾。

『對了！那種沒什麼進展的搜查會議就別開吧！而且中井警部也不像外傳的那麼厲害。』

「沒辦法，因爲這件案子眞的很棘手，神崎先生是這起案件的目擊證人……這麼說有點怪……那是因爲你知道犯人是誰，所以就會覺得大家特別無能吧！」

『會議結束時，你不是和那個與本部刑警一組、我的高中朋友說話嗎？明明什麼進展都沒有，還得跟他說聲【您辛苦了】。還有，津田那傢伙也許會說我壞話，你聽聽就算了。』

「你和他有什麼過節嗎？」

『也不是多卑劣的事啦！有次暑訓舉行試膽大會時，扮鬼的我將他嚇個半死，害那傢伙在喜歡的女孩面前露出畢生難忘的醜態，從此之後再也抬不起頭了。』

「哇！」早川皺眉。「好慘哦！難不成他丟下那個女孩逃走了嗎？還是嚇得尿褲子？」

『都不是，他突然叫了一聲【媽媽！】』

「那可眞是致命傷啊！人生還眞殘酷。」

或許就因爲這樣，所以我才會變成鬼。

『我想鎖定課長與漆原進行偵查。今天應該不會下雨，晚上十一點在公園見吧！』

「瞭解。鎖定漆原組長是有什麼意義嗎？」

我告訴他漆原深夜講秘密電話一事，早川似乎頗感興趣。

「因爲組長的語氣十分恭敬，所以第一個聯想到的人就是課長。可是那兩人看來沒什麼交集，也不可能鬧出婚外情。」

而且，就算他們兩人眞有不可告人的關係，也沒理由殺我啊！眞是謎上加謎。

當我們討論到兩人在晚上碰面前分頭行動時，卻突然瞥見毬村站在洗手間門口。因爲沒想到有人站在那兒，早川「哇！」地驚叫出聲。

「你幹嘛嚇成這樣？應該是我被嚇到吧！」

「對不起。」早川撫著胸口，「我正在想事情。」

毬村用狐疑的眼神瞧著他，「你這個人本來就滿奇怪的，可是這幾天特別嚴重，大家也都這麼覺得，難不成你隱瞞了什麼事嗎？」

「絕、絕無此事。」早川用力搖手。一冷靜下來，他的語氣就變得很文言。「唉唷！毬村主任不也一樣，爲什麼要站在洗手間門口啊？」

「因爲發現外套袖口不小心弄髒了，想說要用水洗一洗。你看，就是這裡。」他指指有點髒污的地方，「然後就聽到你一個人在裡面自言自語，覺得很奇怪，裡面明明只有你一個人啊！……難不成還有誰在嗎？」

不知道他站在外面多久了，看來有點不妙。怎麼辦啊？早川。

「沒、沒別人，就我一個人而已！因爲……因爲……唉唷！就是那個、那個嘛！因爲我在練習尾牙要表演的落語啦（譯註：類似單人相聲）！」

「落語？利用射擊練習結束、等會兒要出勤的空檔在洗手間練習落語？你果然很奇怪！你還是去作一下腦波檢查會比較好。」

雖然編了如此亂七八糟的藉口，不過倍感莫名其妙的毬村並沒有駁斥他說謊。因爲早川刻意壓低聲音與我對話，所以他應該聽不到我們的談話內容。毬村沒有再追問，掏出手帕將濡溼的袖口擦乾。

「我會好好反省的。」早川低頭致歉，迅速逃出洗手間。看來應該順利矇騙過關了。

『大家都開始覺得你有點怪怪的，得小心點才行了。那就晚上見囉！』

早川在胸口附近比了個ＯＫ的手勢。就算這動作看在別人眼裡不太自然，也只能解釋成在練習手語。

經堂上午會一直待在辦公室，應該不會有什麼特殊的行動。相較之下，跟監獨自出勤的漆原好像比較能期待有什麼收穫。她在會議中報告要去找一些之前在縣警本部時得到的私人情報來源。這不是很奇怪嗎？她之所以單獨行動，或許是想暗中調查什麼。

她是與誰、約在哪裡碰面呢？我決定探個究竟。漆原既沒開車也沒搭公車，就這麼穿過山毛櫸大道往北走去。長大衣下襬隨風翻動，感覺很帥氣。我保持約五公尺的距離尾隨著她。雖然以幽靈之身大可大方地與其並肩而行，但我仍想製造一點跟監的氣氛，而且街上的人不多，不用擔心會跟丟。

但是，愈往市區最繁華的松園町走去，行人便愈來愈多。明明是平常日的早上，路上仍有一大群人晃來晃去。我發現了一群高中生模樣的年輕人在吵雜的電子音樂圍繞下，修行似地默默玩著電動，突然有種奇妙的感覺。或許那只是平日勤奮工作的青年在享受休假日吧！我不太喜歡電玩店，也幾乎不曾進去過，不過有時經過會偷瞄一下，發現最近好像流行起一種挺複雜的遊戲。

那是在做什麼呢？隨著身體的運動，螢幕上也會出現同樣的動作，似乎是可以體驗滑雪的遊戲呢！好像就叫做虛擬實境吧？原來如此，就算沒滑過雪的人也能在街上模擬滑雪，不會游泳的人也能進行深海潛水的活動，這種遊戲眞是太方便了。如果也有那種不需擔心會發生意外，可以成爲夢想中的太空人，體驗空中漫步的遊戲應該也很有趣。這些被指責會令孩子們無法分辨虛幻與現實的虛擬遊戲，其實也有可能豐富他們的新視野，不是嗎？

有點錯愕自己居然能悠哉地想這些事。不過還眞是有趣，所謂虛擬實境不就與我現在的處境很像嗎？眞實的世界鮮活地在我眼前展開，但是我卻連一根手指也無法碰觸，一個只能用眼睛看的世界，永遠也無法一把抓住、緊緊擁抱的眞實幻想。——不，我所看到的世界不是幻想，而是不容辯解的眞實吧？這麼說來，這不是世界，而是徹徹底底微不足道的我所存在的虛擬實境。

——我果然是個影子。

——遊戲中的影像。

——彷彿電腦中的資訊般短暫虛幻。

並非再次絕望，只是與我之前的領悟不太一樣，這是死後第一次獲得新的知識，但卻看不見前方的某個希望與遠景。我只是想說，這世界上有太多即使活著卻缺乏自我意識、膚淺地生存著的人類。他們或她們也算是一種幽靈吧！不，生前如果沒有遇到須磨子，我還能這樣燃燒生命嗎？這麼說來，在這世上徬徨的幽靈不只我一人，或許可以說，這世界因爲幽靈們變得更熱鬧。

夠了，別再想了。

像這種沒有建設性的事就留在睡前打發時間時再想，現在可是以刑警的身分進行搜查中，得集中注意力別跟丟前方穿著咖啡色外套的身影。一接近松園町十字路口，人潮又變得更多了。

漆原正在等紅燈，舉起左手瞄了一眼手錶，可能確認約定的時間吧？是約在附近的咖啡廳嗎？

變成綠燈了。她斜斜地穿過畫有斑馬線的十字路口，緊隨其後的我忽然覺得有人盯著我看。

盯著我看？不會吧！

我心想怎麼可能，繼續盯著漆原。她這時已走到與對面西北方呈九十度垂直的西南角路口。一群行人由對面往我走來，但沒人看我一眼。心想果然是自己太敏感時，卻看到一位穿著軍用大衣，上了年紀的男人佇立在斑馬線上。總覺得，他的視線似乎剛好與我對上。

……不。

……不可能。

男人那張輪廓很深的臉龐浮現一抹微笑，他緩緩地舉起右手，向我打招呼……！

『不會吧！』

我不禁驚呼出聲，無法相信路上居然站著一位能看得見我的人，我之前拚命地找尋，最後也只有早川能看得見我。這一定是錯覺，那個男人只是向我後面的誰打招呼。

我這麼想著時，卻又發現更驚人的事實。那男人身上散發出朦朧微光，全身透明，和我一樣。

也就是說，他也是——

『你是……幽靈嗎？』

我問他，我們的距離不會太遠，他應該聽得見。只見對方向我微笑著。雖然察覺到漆原的身影已經愈走愈遠，但我卻沒有那種心情追上去。我剛才才在思考這世界有很多如幽靈般活著的人，沒想到下一刻便遇上與我一樣的幽靈。這實在太令我意外。

男人向我走來。一路上有好幾個行人紛紛從前後左右穿過他的身體。無庸置疑地，他的確是幽靈。

『你好像相當驚訝啊！』向我走來的男人用有點沙啞的聲音對我說。他的個子大概只到我的鼻尖，但語氣相當具有威嚴，年紀約莫六十出頭。『你是第一次看到自己以外的幽靈嗎？』

『是的。』我點頭。

『我想也是，因爲你驚訝得張大了嘴。你應該還是菜鳥吧？遠遠看就知道了。』

『爲什麼看得出來？』

『光芒啊！』男人伸出右手與我的右手一比，『不一樣吧！』

我手上散發出的光芒相當明亮，男人的則非常微弱，彷彿快壞掉的電燈泡。所以我完全沒注意到他站在十字路口上。

『我才第四天。』

『那才剛出爐嘛！應該還搞不太清楚狀況吧！我是第一個說話對象嗎？』

『不是，因爲我朋友是靈媒之後，只有他——』

『那可眞幸運哪！我遇到的幽靈都沒有這種朋友呢！我也沒有。』

對我而言，早川的存在眞的太棒、太幸運了。

『不錯啊！這世上有太多自稱通靈者的傢伙招搖撞騙，百分之九十九都是假的。我去找過那些上電視、出書，自稱有通靈能力的名人，根本全都是騙子，充其量只是些演員罷了。』

『你遇到過幾個幽靈呢？』

『六個。十年來只遇過六個。』

『十年啊……』

我謙虛地問他，長久以來都是這樣飄泊不定嗎？

『是啊！我已經是個遊蕩十年之久的老鳥，恐怕是罪業太重了吧！唉呀！對年輕人這麼說好像不太好啊！——我上次遇到同伴已經是兩年前的春天了，是在京都遇到的一位年輕女孩。眞懷念那時在圓山公園盛開的櫻花樹下，聽她訴說自己遭遇的事。她是因車禍身亡的大學生，只有唸小學的弟弟能與她溝通。她對她弟弟說：【要是你跟別人說你看得到姊姊，人家會以爲你腦袋有問題，所以不能跟別人說哦！】眞是個聰明又可愛的女孩啊！』

有好幾個人穿過站著交談的我們。

『後來那個女孩怎麼了呢？』

『走啦！』男人很自然地脫口而出。『不曉得去哪了，大概是去我所不知道的遠方，也許是天國吧！』

『眞的嗎？』我不經意地大叫，感覺就像有條救生繩索咻地垂下。如果眞的能去天國，那麼不論多久、多悲慘的幽靈生活我都能忍受。但男人卻對我搖搖頭，我的希望彷彿被丟入水中破滅了。

『我可沒說一定會被召回天國哦！我只是說她消失了。在我面前突然消失。』

『所謂消失是指成佛吧？』

男人有點猶豫地點點頭。『大概吧！她說撞死她的卡車司機已經被逮捕，再也沒有遺憾，接著便消失了。』

『車禍是指肇事逃逸嗎？我是莫名其妙地被上司殺害，你也是被害者嗎？』

『我啊……對了，你站在人群中不會覺得不安嗎？我是已經習慣了。我們學學人類，到哪兒去坐坐吧！』

男人與我在老舊的銀行石階坐下。花崗岩的石階邊緣已大爲磨損。

『我也是死於他人之手。我半夜出去買菸的回家途中被好幾個歹徒襲擊。他們全都戴著口罩，我只知道是一群年輕小夥子。都怪我太大意了，當他大喝：【把錢拿出來！】時，我以爲對方只有一個人，隨即回他：【小鬼，別太囂張了！】沒想到這時從陰暗處又冒出好幾個人來。結果我被一個傢伙從後面持鐵棍之類的東西襲擊，成了致命傷。逐漸喪失意識之時，我感覺到有人在翻我的外套口袋，錢包裡大概放了十萬日圓。對我而言，這區區十萬日圓只夠我去銀座喝幾杯的小費，對他們那些搶人錢財的傢伙來說，應該也不是什麼可觀金額。但我卻因爲這樣而遇上這種事，眞的很怨恨。』

會去銀座喝幾杯，可見一定是住在東京附近了，而且感覺還滿有錢的。仔細觀察一下他的穿著打扮，純羊毛的高級外套，手上戴著勞力士錶，指關節突出的雙手中指各戴著一只白金戒子。

『明明就死了，卻在察覺發生什麼事之後，自己已站在命案現場。你也是這樣嗎？果然沒錯，在那之後就開始幽靈生涯了，對吧？』

『還沒抓到嫌犯嗎？』

男人點點頭。『因爲是臨時起意的犯行，而且嫌犯也沒有去自首。之後可能是因爲後悔殺害我並受到打擊，好像也沒再作案，就這樣不了了之地成了懸案。』

『你剛才說遇到六個幽靈，他們全都是被殺害的嗎？』

『不是。也有因爲工地意外或慘遭土石流活埋的人，反正都是一些天災人禍啦！不過大家都有個共通點，那就是對這個陽世非常留戀。我也不曉得這個說法正不正確，因為對這世太過留戀而無法成佛，所以才成了幽靈；也或許是因爲我們不曉得該何去何從，在無法預期的偶然下就變成這樣了吧？』

是這樣嗎……

『你剛才說你是被上司殺害的，是吧？警察沒逮到那傢伙嗎？』

『嗯。我先說一下我的工作好了——』於是我向他說明自己遇害一事的來龍去脈，男人似乎對警察殺害自己人一事也覺得十分詫異。

『原來你是刑警啊！原來如此，所以你爲了親手逮捕嫌犯而展開搜查。我還是第一次聽說這種事。雖然這麼說不是很恰當，不過有個清楚的目標未嘗不是件好事。』

沒錯，所以我才努力說服自己不要自暴自棄。

『那就祝你一切順利了！』男人很乾脆地說。

看來十年的幽靈生涯多少讓他失去大半情感。明明我是他隔了兩年才遇到的說話對象，但他看起來並沒有特別高興。難不成我也會慢慢變成這樣嗎？

『可以向你請教一些問題嗎？』

『難得有這種機會。想問什麼就問吧！』

『你在京都碰到的那個女孩，她在消失前有說什麼嗎？像是天使來迎接她，或是暗示即將去極樂世界之類的話。』

男人露出沉穩的眼神說：『我每天早上會固定與那女孩在公園碰面。記得那天她對我說：【剛剛警察打電話到我家，通知我家人肇事的司機已經被逮捕了。所以我們得道別了。】，我問她為什麼，她說就是有這樣的感覺，【我知道嫌犯被逮捕不久後，視線一角便出現綠色影子，而且眼前還有很多小光點一閃一閃地飛來飛去。】為了讓她安心，我告訴她之前我遇到的四個人也是在害死自己的人受到懲罰後才消失不見的，她卻微笑著說：【我不是不安，只是因為即將從這世上消失，想向你做最後道別。】，然後便……』

『消失了嗎？』

『那光芒倏地遠去，短短幾秒就不見了，她連【天國再見】的話都來不及說。不過，那不是什麼恐怖的變化，因為她是笑著消失的。』

『你說你遇到的那四人都是確定害死自己的人得到懲罰後才消失不見的，你確定嗎？』

『是啊！是有這樣的規則。』

『那……』我有點難以啓齒，『如果像你這樣連嫌犯是誰都不知道的話，又會如何呢？』

『就這樣一直留在這世上吧！隨著時間的流逝，悲傷、痛苦也逐漸淡去，慢慢成仙。不過，好像也不可能永遠以幽靈這種身分留在人世。』

『……這話怎麼說？』

男人指著雙眼眼角，『我從一週前開始發現視線一隅，就是這一帶，出現綠色影子，也有一閃一閃的小光點，終於要來迎接我了啊！』

『就算沒有逮捕到嫌犯，隨著時間的過去還是會消失嗎？』

『或許吧！我剛才說【之前遇到的四個人也是這樣】，其實人數有誤。』

經他這麼一說，我才發覺的確如此。在他遇到京都那個女孩前，應該遇過五個幽靈才對。

『剩下一個與我一樣，是因爲喝醉與人吵架而莫名其妙被殺死的中年男子，他也不知道嫌犯是誰，所以遊蕩了近十年，就像現在的我這樣，身體發出的光芒非常微弱。某天那個男的說：【我看見綠色影子和一閃一閃的光點，大概是變化的前兆吧！】之後就再也沒見過他了。』

『也就是說，成佛的條件有兩種。一種是逮到殺害自己的嫌犯，另一個是經過一定時間——』

『只能說消耗殆盡吧！保有靈體意識與形體的能量——不曉得能不能這麼說——長久下來終於被耗盡了，而且所需的時間大約十年。雖然是段漫長的時光，不過也快落幕了。』男人的神情愈來愈開朗，『不過，你的情況應該不用花太久時間，你已知道兇手是誰，而且也有知情的警察友人相助，所以只是時間早晚的問題，不是嗎？』

『是啊！』我答道，心中卻五味雜陳。經堂一旦伏法，也就是我要告別這世間的時候，那等於是一個幽靈的自殺。屆時，我也必須與須磨子分別。我當然不可能以這種樣子永遠在這世上徘徊，但我還有無法割捨的眷戀啊！『你……』

『嗯？什麼？』

『你已經徘徊了十年，當然很高興終於能離開這個世間，我很能體會你的心情。不過，你已經完全沒有任何留戀了嗎？』

這麼問雖然很唐突，不過對方似乎並不在意。

『我在剛成爲幽靈的時候的確是有所留戀，但現在沒有了。那時我想的只有錢，彷彿將雙手插進糞坑般賺到的大把金錢，結果還用不到兩成便不明不白地死了，當時眞的很怨恨。我是個貪得無饜的男人吧？』

『不、不會啦！……你不擔心家人嗎？』

『我沒有家人，只有三個情人。而且三個都是那種任勞任怨的好女人，但我卻沒有好好珍惜她們，眞是暴殄天物啊！而且也沒時間好好享福——那你呢？你有什麼眷戀呢？』

我一說有個論及婚嫁的女友，男人頓時臉色一沉，說道：『眞令人同情啊！』

連安慰的話都很簡短，兩人隨即陷入沉默。不久男人說聲『好了』，緩緩地站起來，似乎已經倦於與我談話了。

『你平常都待在哪裡呢？』

『想找我啊？我都睡在萩之森公園附近的墓地，也不是說幽靈就要像個幽靈啦！只是那裡既安靜，環境又好，我也喜歡住在看得到山與海的地方，所以會在那裡再待上一陣子直到消失吧！』

『我可以去拜訪你嗎？』

『可以啊！不過，可能也見不到幾次了吧？——好久沒這麼聊天，眞的有點累了。我得休息一下。』

『眞的很謝謝你。』

男人背對低頭行禮的我穿過了十字路口，雖然發覺自己連他名字都忘了問，不過這種細微末節的小事就算了，而且對方也沒問我的意思。

我的腦子裡現在一片混亂。如果事情還沒解決就從這世上消失，如果再也看不到須磨子——

17

海面閃耀著光輝，
水平線那端一望無雲，
只見遊艇張起的白色船帆，
我雙手抱膝坐在沙灘上。
海風吹過我的身體，
太陽高掛在正上方，
那是帶著一層光暈的奶油色太陽，
我就這樣，雙手抱膝坐在沙灘上。

無數海浪拍打岸邊，
太陽沉至海的盡頭，

水平線溶於向晚暮色，

遠方貨輪上閃爍著燈光，

薄暮中，我雙手抱膝坐著。

海靜風止，

月亮登上了海岬，

圓滾飽滿的銀月。

在深不可測的黑暗深淵中，我仍這樣坐著。

一直聽著浪花聲。

18

一到夜晚，終於能重新振作起來。

『你到底在煩什麼啊！發愁也沒用啊！神崎。』我故作輕浮地自我安慰。

如果事情的解決是自我存在的決定性休止符，那也是命運，只有接受它了。對死過一次的人而言，這已經不值得煩心了，不是嗎？

因爲戀著須磨子，所以沒什麼好煩惱的，與其一直留在這世上，祈求她幸福的同時卻又嫉妒她身邊的男人……還不如消失的好。

我一定要讓經堂伏法，以刑警身分親自解決這件事。

然後微笑地消失。

這是我的自尊。不論等待我的遠方是不是天國，我決定不再煩惱，今後要化身搜查之鬼。

我助跑著飛上天。離與早川約好的十一點還有一段時間，我打算先繞到別的地方，目標是荻之森公園旁的墓地。我想去向早上那個老伯再次道謝，多虧他告訴我這麼多事情，讓原本蒙著眼在沙漠中摸索前進的我得以脫困，瞭解自己的未來。遇到他眞是太好了，再多的感謝也不足以表達我的心意。而且，至少得請教對方的大名，我也還沒將自己的名字告訴他。

荻之森公園是巴市市民的休憩地，在距離市中心往西約三公里的地方。過去曾是巴藩主平城的領地，明治六年依太政官公告改爲公園。雖然不是個會令觀光客遠道而來的地方，但是秋季的荻花之美是衆所周知，另外還有一處小小的回遊式日本庭園，而墓地就位在另一端更裡面的地方。

月光照射下的墓碑群中有方平地。雖然身爲幽靈，但夜晚的墓地仍令我覺得有點毛毛的，尤其那些搖晃的芒草看來好像在向我招手。蟲鳴聲稀稀落落地響起，讓人貼切地感受秋日漸行漸遠。

『不好意思，請問有人在嗎？』

因爲看不到那男人身影，我試著向一片靜寂呼喊，卻沒有任何回應。

『我是白天在松園町十字路口和您說話的人，請問您在嗎？』

只有蟋蟀回應我。

——也許再也碰不到幾次面了。

男人在分手時這麼說。應該改成「也許再也碰不到面」或許會比較恰當。

『……大概走了吧！』

雖然也有可能碰巧不在，但是我卻不這麼認爲。他消失了，本以爲他在最後至少會留下什麼訊息，不過顯然他沒打算這麼做。

『再見了。』

我拋出這句話，沒有特定對誰。

我不孤獨，我還有早川，得快點和他會合。

然而，現在離約定的時間還早了點，不如先繞去看一下刑事課辦公室好了。

我再次飛上天，往巴東分局飛去。因爲發生了一些意外，所以連續兩天沒有任何進展，這也是無可奈何之事，早川那裡也沒有什麼收穫，不過，還有明天可以努力啊！還有無數個明天。

經過市公所前，我瞄了一眼時鐘，十點二十五分。或許早川與經堂還留在局裡。一旦迷惑消失之後，我想起了跟監漆原失敗一事，突然湧上一股搜查欲望。結束了與早川的會議後再去組長家看看吧！

從某處傳來拉麵攤的風笛聲，尤其在秋天夜晚會經常響起。若我還是血肉之軀，肚子也許會叫個不停。

離開掛著紅燈籠的麵攤，望見那扇熟悉的窗子。裡面燈火通明，還有許多晃動的人影。看來今晚又是全員加班。如果可以的話，身為被害人的我眞想送點東西慰問他們。

正想迅速穿越窗戶時，忽然又覺得不妥，還是盡量用比較普通的方式出現吧！不然早川可能又會被驚嚇出聲。出現前還是先預告一下好了，於是我停在窗外出聲呼喊。

『早川，是我。我要進去囉！』

雖然這麼做有點愚蠢，不過也管不了那麼多了。我要進去囉！

倏地穿過窗子，才發現一課的同仁幾乎全都到齊。除了經堂之外，漆原、毬村、佐山、須磨子與早川全都在，還有一個不具刑警身分的人——長得獐頭鼠目的 Doctor X，久須悅夫。

「你這傢伙，你難道以為我們聽不出來你在胡說八道嗎？這可是和失風被捕的罪行不一樣，不識相點就有你好受的！」

身穿大衣的佐山將臉湊近 Doctor，一副氣勢迫人的模樣，我也被他那股口沫橫飛的魄力嚇得目瞪口呆。

「謊話說得不高明很快就會被拆穿啊！我說的都是眞的。聽你說些無憑無據的話，我才受不了呢！自尊心都受傷了。」

毬村雖然沒有開口喝叱，顯然也按捺不住情緒。兩人一起逼近、企圖威嚇 Doctor 時——

「夠了！」漆原出聲制止。「喂！離他遠一點。他好像想說什麼，讓他說。」

Doctor 表情扭曲，裝出一副泫然欲泣的樣子，合掌向漆原道謝。

「組長大人，眞是太感謝妳了。佐山他們那麼兇，我就算想說什麼也怕得說不出來啊！我、我也受到很大的驚嚇啊！對了，可以給我一杯冰水嗎？」

漆原瞪了 Doctor 一眼。「你太天眞了！別以我比他們好講話，趕快給我從實招來！」

「我剛才不都說了嗎？」

「不要敬酒不吃吃罰酒！久須！」佐山和毬村出其不意地齊聲大吼。

怎麼了？到底發生什麼事了？

穿著大衣的須磨子後退一步看著這一切。我瞄了一眼站在她旁邊，也穿著大衣的早川。是我太敏感了嗎？他好像怒氣沖沖地瞪著我。

「我去倒水。」

趁漆原開口前，早川逕自走出辦公室。我知道他是假裝回應 Doctor 的要求，製造我們獨處的機會，於是我趕緊追至茶水間。

『喂、Doctor 到底在講什麼啊？難不成是殺害我的事——』

「神崎先生。」

早川瞪著我。不會錯的，他眞的生氣了。但是，面對他的責備，我完全摸不著頭緒。

「直到剛才爲止，你在哪裡做了什麼？」

眞是難以啓齒的問題，我實在很難立刻回答說，我今天一整天都坐在海邊發呆。

『這很難回答耶！因爲發生了一點事，所以我一直都獨自思考事情，沒有進行搜查工作。』

「你在哪裡想事情？」

『在擁有最多回憶的釋迦海濱。』早川爲什麼要問這些？『到底發生什麼事了？快告訴我。』

「經堂課長死了。」

『死了？』這是一種狀態的比喻嗎？

「死在偵訊室。」

『……眞的嗎？』

「沒錯！十分鐘前才發生的事，大家接獲通知全趕回來，我知道神崎先生沒有正常的手錶，事情發生在十點二十分。」

我終於明白一件事，那就是佐山、須磨子與早川爲何還穿著大衣，因爲他們才剛來。

「你之前到底跑哪裡去閒晃了？眞是的，一點忙都沒幫上。如果你有好好跟監課長，應該就能目擊到犯人啊！」

早川這番話切中要點，令我大受打擊。『……犯人？你是指經堂是被殺死的？』

「沒錯。他一個人在偵訊室裡不曉得被誰殺死，一槍貫穿太陽穴，應該是當場死亡，和你一樣都是被槍殺的，現場沒有留下兇槍。」

刑事課長在警局內的偵訊室被槍殺？我從來沒聽過這麼荒謬的事，連警匪片都不可能出現這種荒誕無稽的題材！

聽他這麼說，我才發現與刑事課辦公室相連的兩間偵訊室中，左邊那間好像有什麼聲音傳出，應該是進行現場勘驗的聲音。

『眞令人難以相信！你能再說得清楚一點嗎？』

「在這裡講太久，其他人會起疑心，而且我也還不是很清楚狀況，不如一起回去聽 Doctor 怎麼說吧！」

『那傢伙跟命案有什麼關係？』

「他是屍體的第一發現者，走吧！」

早川隻手拿著水杯走出茶水間，言行舉止都顯得很冷淡，從他的背影就知道他眞的打從心底氣我的無能。我是什麼幽靈刑警啊！比小孩還不如。

「對不起。」早川突然小聲地冒出這句話。「一時情緒失控說了失禮的話，請你見諒。」

『你並沒有說錯。』

「我一點都不覺得你是無用之人。」

『我知道，別介意。』

我們回到辦公室。Doctor 說了聲「謝謝」接過早川遞出的水杯。漆原不太高興地雙手叉腰，說了句「眞是多管閒事」。

『我去看一下裡面。』我向早川說一聲便穿過左邊偵訊室的門。裡面有人正進行勘查、拍照存證與採集指紋等工作。對刑警而言，這是很常見的一幕，然而現場卻是在警局的偵訊室內，感覺有點詭異。

坐在椅子上的經堂芳郎趴伏在桌上。就如早川所言，右側太陽穴留有彈痕。由傷口周邊出現焦黑的情形來看，應該是近距離射擊，他的雙手則垂至桌下。這個令人憎恨到極點的男人已成了一具死屍。我想知道他死時的神情爲何，一看之下不免大吃一驚！——雙目圓睜，嘴角歪斜，一張布滿驚懼的臉。

這到底是怎麼一回事？經堂在死前看到了什麼？

刑事課辦公室突然傳來吵雜聲。我探頭一看，原來是局長、副局長與中井警部趕到現場，三人都爲了這起彷彿被詛咒似的詭異災厄而焦急不已。

「推理小說裡也沒出現過這種情節，這到底是怎麼回事，給我從頭開始說明清楚！」警部發出與他矮小身材不搭調的宏亮聲音——

「密室殺人，這是怎麼回事？」

19

密室殺人。

中井警部是這麼說的。所謂的密室殺人，是指推理小說中出現的橋段嗎？人在由內上鎖的房間中被殺……可是這種情形不可能發生在現實裡啊！

我回到偵訊室，目不轉睛地凝望現場。這個房間十分空曠，唯一的死角只有桌子、椅子，與經堂的腳的下方。我試著查過兇槍是否掉在那裡，結果並沒有，也不可能掉在搜查員與鑑識課員的身體下，而且，趴伏於桌上的經堂身體下方也沒有找到兇槍。我發現上衣右口袋有點鼓脹，好奇一看才發現是放著手機。

中井警部他們進入現場察看大概，不停地交頭接耳著「應該是短槍」、「可是沒發現兇槍」。原來如此，現場找不到兇槍，所以早川才會說是他殺嗎？但密室又是怎麼一回事？我走近偵訊室唯一的窗子觀察，這扇窗長約三十公分、寬約六十公分，而且還牢牢地上了鎖。就算窗子大開，因爲外面有鐵欄杆，充其量也只有拳頭大小的東西可以探出欄杆外。

我又看了一眼經堂死前因爲看到某種東西而痙攣的臉。果然，他的表情傳達出恐懼的訊息。他應該是在死前看到難以置信的恐怖東西吧？所以死亡時肌肉收縮後便成了這副表情。

「怎麼可能會有這種事？」三位高階警官喃喃自語地走回辦公室，我則跟隨其後。

「漆原，妳給我說明清楚！」

即使面對局長的嚴厲訊問，漆原組長的神情絲毫未改，「我也還不清楚目前狀況。現場並未發現兇槍，因此初步判定應爲他殺。如果久須悅夫的證詞屬實，那麼，兇手的確就像煙霧般從現場消失。」她轉頭直盯著 Doctor，「或許他是因爲被逼急才隨口胡謅，也或許是尙未從發現屍體的驚嚇中平復而記錯了什麼。」

Doctor 像揮趕眼前蒼蠅似地不停搖手。「我沒說謊，也沒記錯什麼。我說的全都眞的！請相信我！」Doctor激動地站起來。

警部用手勢示意他坐下。「那麼，請你再詳細說明一次。——不過你沒事爲什麼要來警局？」

久須雙膝併攏，顯得有些猶豫。我在他頭頂上大喊『快說啊！』，他——該不會是聽到我的話了吧？——才一臉沉重地開口。

「反正我已有覺悟一定會被斥責，那就老實說好了！我會來這裡是想看看能不能偷到一些小東西……問我是什麼小東西啊？當然是只有警察才有的東西啊！這要怎麼具體說明啊……這個嘛……很多耶！不是啦！不是手銬或槍枝之類會引起騷動的東西啦！只是想說會不會有警察將別在帽子與制服上的裝飾品或採集指紋用的墨水、偵破案件的紀念徽章與袖釦等東西放在抽屜。」

「你是為了賺那些玩家下的警察物品訂單？」佐山嘖舌，「有點分寸好不好！就是因為有那種不識相的玩家，警察還得時常變裝呢！」

「佐山，你安靜點。」漆原責備道，「Doctor，我們已經明白你為何提個大包包突然跑來關心你根本不在乎的事，雖然你說『因為我有點在意新田先生與神崎先生的命案，所以來看看搜查是否有進展』，但我就是覺得奇怪，我們都快下班了你才來，而且得到答案後也沒有要回去的樣子。」

局長與副局長面面相覷，十分詫異這種奇怪的傢伙竟然能在局內自由出入。若是普通人，早就被當成是可疑分子了趕出去了，看樣子 Doctor 在這方面頗有一套。

「對不起。」這名慣竊縮起身子，「就是因為這樣，所以我和漆原小姐、毬村先生談完後便假裝離開，其實是在局內走來走去，準備等大家都回去之後再開工。因為四處閒逛一定會被懷疑，所以我就躲在洗手間裡。等到大約十點過後，大家應該都下班了，才偷偷地從那裡出來。」

依照 Doctor X 的說詞重現發現屍體經過，如下所述。

※

十點十分。

好幾道鞋音在走廊響起，然後逐漸消失。確定周圍一片靜寂後，他從位於二樓最裡面的洗手間走出來。

打開門窺伺刑事課辦公室，確定已熄燈，而且完全沒人。就是現在，他就是在等這一刻，空無一人的辦公室內只有他一人，正所謂入寶山豈能空手而回，更何況包包也夠大，還能裝些體積稍大的東西。

不過千萬不可一時大意，得小心別發出任何聲音。首先掃視過所有課員的桌子，上了鎖的抽屜裡也許會有什麼好東西，不過因為要花點時間撬開，所以待會兒再弄。有沒有什麼一眼便能發現的東西呢？當然有了，譬如警校畢業紀念的鑰匙圈、巴東分局參加縣警大會榮獲優勝的紀念電話卡、刻有警徽的警笛等等，雖然只是些值不了多少錢的小東西，可是一定有很鍾意這些東西的買家。看到玩家欣喜不已的表情就是無政府主義者 Doctor X 的幸福。他毫不猶豫地將眼前這些東西塞進包包裡。

明明裡面就沒人，但他卻突然覺得有人盯著他看。心慌的他回頭一看——根本什麼都沒有，只有掛在牆上的新田與神崎的遺照。他撫著胸口喃喃自語：「別嚇我啦！」不過，要在曾逮捕過自己的兩位警官注視下偷東西，多少還是有點心虛。於是他將遺照翻面，免去工作時被盯著看的不自在感。

「不好意思啊！」他道著歉，伸手拿下右邊遺照，發現框緣上鑲著一枚警徽。這東西好像挺不錯的，但是拿殉職員警遺照相框上的警徽去做買賣，似乎說不太過去，他著實有點猶豫。總之，先將遺照翻個面再說。這時突然不知從哪傳來一聲尖銳高亢的聲音。

「哇！……唔！」

雙手反射性地摀住差點大叫的嘴，但下一刻嘴角卻浮現一抹苦笑。那不是拉麵攤的風笛聲嗎？別自己嚇自己了！可能是麵攤正好經過窗戶下方吧？這才想起自己還沒吃晚餐，肚子正咕嚕咕嚕地叫。還是早點收工去吃碗熱騰騰的拉麵吧！松園二丁目街角有間店的鹽味拉麵聽說還滿美味的——咦？現在在幹什麼？對喔！將遺照翻面。

「真是不好意思啊！神崎刑警。」

他再次伸手，這次卻聽到偵訊室傳出說話聲。是那種像是硬擠出來、十分痛苦的男人聲音——

「對……對不起！」

不會吧！居然有人在？

他慌忙抓起包包準備逃走。這時卻突然傳出彷彿車子爆胎似的巨大聲響。

「咦？」Doctor 懷疑自己聽錯了。

這種聲音只在電視和電影中聽過，不過，現在聽到的這個好像就是槍聲，而且是從偵訊室傳來的。在警局內開槍會不會太誇張了點？但那絕對是槍聲沒錯，這到底是怎麼回事？周遭在那之後再度恢復靜寂，沒有任何異狀，只有走廊傳來不知是誰迅速逃離的腳步聲。

「啊！——不會吧！」

完蛋了，來不及逃走了，這下肯定會被調查包包裡裝了什麼東西，但是也沒時間將偷來的東西一一歸位，就算躲在某處也會立刻被揪出來。就這麼一秒鐘的考慮時間讓他徹底地死心，一反在緊要關頭急欲逃命的本性。

他實在很在意剛才那聲音到底是怎麼回事，於是在好奇心驅使之下推開那兩間偵訊室的門。他完全不認爲隔著一扇門的後面會有什麼危險的事情在等著他。一股旺盛的好奇心泉湧而出。

「應該是這間吧！」

伸手轉開左邊門把，輕輕將門推開，因爲房裡還亮著燈，他一眼便看清了房裡的狀況。

有個男的趴在桌上，太陽穴上的彈孔流出汩汩鮮血，房內瀰漫著一股煙硝味。

「哇啊！」他驚叫出聲，踉蹌地往後退，腳一軟便頓坐在地，剛好撞到尾椎，痛得忍不住又大叫出聲。

當他正撫著摔疼的屁股時，走廊那邊碰地一聲開了門，佐山飛也似地衝進來。

「怎麼了？發生什麼事了？」

在還沒問明 Doctor 爲什麼會在這裡之前，佐山便這麼問道。一時之間啞口無言的 Doctor 用顫抖的手指著敞開的門，佐山毫不猶豫地衝進房內。Doctor 屏息看著眼前的一切，佐山隨即走出來，癱靠關起的門板上。

「佐、佐山先生，那是……」

佐山一臉慘白。「你沒看見嗎？那是經堂課長啊！他已經死了。」

「果然是經堂先生！死了……那個……是在這裡被槍殺的……」

「沒錯！近距離槍殺，是你幹的嗎？」

「不是！」

「那是誰？」

「我不知道啊！和我無關，我只是剛好在這裡遇到。」

「你這個滿口謊話的傢伙，這時間你鬼鬼祟祟地在刑事課辦公室幹什麼——」

佐山正要再逼問時，漆原趕來，問說「怎麼了？」，約十秒過後，毬村也趕到了，接著才是須磨子。

「課長死在第一偵訊室。」

「你說什麼？」漆原聽到佐山這麼說，趕緊看了一下現場。她只站在門口觀看，因爲在那裡就看能得很清楚。

「你們也看一下。」漆原挪身，讓毬村與須磨子看一下裡面的情形，大家都沉默不語。

「我去請局長過來。」佐山說。

早川此時正好與奔出辦公室的佐山擦肩而過，連聲問著：「發生什麼事了？」

漆原神情嚴厲地湊近 Doctor。

「是你幹的？」

他嚇得哭了出來。

※

「——事情經過就是這樣，我已經把我知道的全招了。」

多虧Doctor的詳細說明，我大致瞭解了情況，但是對於事件發生前後的狀況仍不太清楚，中井警部似乎也有同感。

「從他的說詞是瞭解了事件的大概，但是經堂課長在偵訊室做什麼？如果要加班應該會在自己的位子上啊？」

「啊！關於這個，」早川怯怯地舉手，「課長說想一個人靜靜地想些事情。」

「想什麼？」

「工作上或私人的事情吧！『讓我一個人靜一靜，我要想些事情』，他是這麼說的。」

「課長走進那房間時，你還在這裡，對吧？」

「是的，只有我而已。」

「其他人呢？」警部連珠炮似地質問。

「其他人都先回去了，我一直待到十點。」

「但是依久須的說詞，他在十點二十分驚叫一聲，聽到叫聲的人全趕了回來。啊！關於這個待會兒再詳細訊問好了。——你那時應該也下班了吧？」

「是的，我本來想向課長報告今天的搜查進度，但是課長可能太累了，似乎不太想理睬我，也可能是因爲心情煩躁，覺得我的意見一點建設性也沒有。但我仍不死心地一直說，因此他後來似乎覺得很厭煩，不高興地說：『讓我一個人靜一靜，我要想些事情。』隨即便進入第一偵訊室。」

「聽起來他好像在避著你？」

「這個嘛……大概吧？也可能是在位子上愈坐愈鬱悶，所以才會進去那裡。」

「聽起來課長好像相當苦惱呢？」

「還好，與他平時沒什麼兩樣，他本來就是比較沉默寡言的人。」

「沒有任何可疑之處嗎？」

「是的。我想他只是純粹嫌我囉唆，拿我這種個性沒輒。」

早川盯著我看，暗示他之所以那麼執拗地纏著課長不放，無非是爲了監視他。

『瞭解！』我也回應。

「結果因爲課長不理你，你也只好放棄準備回家，對吧？那是幾點的事？」

「十點十分。」

與 Doctor 的證詞一致。

「沒有馬上回去嗎？」

「穿上大衣準備回去時，忽然想起茶水間還有東西沒洗，正想爬上二樓時就聽到槍聲。」

警部覺得有點不合理，立刻追問：「等一下，早川。依久須所言，最晚回到這裡的人是你哦！如果你是穿上大衣、正要下樓時聽到槍聲，那你應該是最早趕過來的。」

早川站直身子。「不好意思，我說得有些簡扼。因為我穿上外套時忽然很想上大號，於是便去了趟洗手間，花了點時間，之後才想起有東西還沒洗……」

「你進的不是和久須同一間嗎？可是照久須的說法，他並沒有遇到你喔！」

「我去的不是二樓的洗手間，是一樓最裡面那間。」

「為什麼要使用樓下的洗手間？」警部似乎是那種打破沙鍋問到底的個性。

「只是我一個滿無聊的怪癖。長官沒有這樣的經驗嗎？我從以前就很討厭上學校廁所，想到隔著一扇門的隔壁也許是同班同學就覺得很丟臉……」

「這是什麼歪理啊？」

「反正我在某方面很神經質，如果非得使用學校或職場的洗手間，我會盡可能地跑遠一點。」

「原來還有這種怪癖啊！算了。」警部一臉迷惑，接著又問，「我是和局長、副局長一起跑回來的。因為我們在走出去時聽到槍聲，你們又是在哪聽到的？」

「我在回去前想將檔案歸位，所以去了一趟資料室。我是在那裡聽到槍聲的。」漆原面向警部回答。

「是在這層樓吧？」

「當然。我聽到槍聲立刻飛奔過來，那時佐山已經先趕到了，毬村也跟著我後面跑進來。」

「那毬村你又是在哪裡聽到的？」

「最裡面的更衣室。我在照鏡子換衣服時，看到有點鬍渣沒有刮乾淨，所以用鑷子稍微清理一下。」小開一副悠哉的樣子。

「用鑷子清理？都那麼晚了，反正都要回家了不是嗎？」

「沒辦法，個性使然。」

「眞是一堆奇怪的刑警。——佐山你呢？」警部問。

「我已經走出分局外，但是忘了東西又跑回來拿。」

「忘了什麼東西？」

「白天午休時買的雜誌。那個……我看我還是先拿著好了，免得又忘了。」

佐山打開自己的抽屜，將裝在書店紙袋的東西收進包包。袋子很薄，一看就知道是一本槍械迷的專屬雜誌。這傢伙還眞是狂熱啊！

簡單訊問過後，警部的視線剛好與須磨子對上。

須磨子主動開口，「九點左右，我覺得有點不太舒服，所以走到安全梯那邊透透氣，因爲擔心這樣搭公車會暈車。」

「原來如此，安全梯比資料室和更衣室更裡面，所以妳比組長和主任稍晚一點到很合理。既然大家都很接近案發現場，難道沒人目擊兇手逃走的樣子嗎？」

沒有人回應。

不久漆原才說：「很可惜，沒有人目擊到兇手，因爲兇手並沒有從偵訊室跑出辦公室。」

「也就是說久須的證詞屬實了？」

Doctor 則是一副愁眉苦臉的樣子。

「雖然他不是個值得信賴的傢伙，但目前能暫定他所言屬實。若久須說謊，那麼兇手從偵訊室逃到辦公室時，不可能不和佐山撞個正著吧？」

「如果在一瞬間藏身某處呢？」

「不可能。當時曾立刻確認過第二偵訊室，裡面沒人。在佐山趕到後，辦公室的人愈來愈多，兇手根本不可能有藏身之所。」

「問這問題滿愚蠢的，」警部自己先承認這點，「所以兇手是從窗子逃走嗎？這也很奇怪啊！——漆原。」

「是。」

「『是』什麼！」局長插話，「現場的窗戶由內上鎖。不對，即使沒有上鎖，外面也還有鐵窗啊！鐵窗的大小只有老鼠能出入而已。」

局長的口氣彷彿是漆原犯了什麼嚴重過失才造成這種情況。看來他自己也摸不著頭緒，腦中一片混亂。

「但兇手能逃的路徑只剩窗戶了。雖然尚未確認，但窗鎖與鐵窗或許被動了手腳。」

「那麼現在就去確認一下吧！」

中井警部向漆原招手，要她一起進去現場，我也緊隨在後。

兩人轉動窗鎖，檢查玻璃是否異常，但並未發現可疑之處，接著又打開窗戶仔細觀察鐵窗。這是觸摸不到物體的我所無法做的，因此我只能在一旁觀察，不過倒也看得挺清楚的。

「從這裡出入似乎不太可能。」警部倒也沒有多氣餒。「算了，這是可想而知的。怎麼可能有辦法對偵訊室的窗子動手腳。」

「或許有可能由窗外狙擊。」

「漆原，這是不可能的。這裡可是二樓，外面沒有任何立足之地啊！難不成兇手浮半空中？」

彷彿在說我似地，心頭不免一驚。

警部打開窗戶讓漆原看清楚。「雖然那邊那棵榆樹的高度剛好，但是角度不對，不太可能命中這房裡的人。而且就算是在那裡進行狙擊，人都攀到樹上了怎麼有辦法動得到鎖？」

「您說得沒錯，而且這樣也無法說明經堂課長遭近距離槍殺一事。雖然我沒有近看，但是那種傷口明顯是近距離射擊。」

「沒錯！妳可以靠近點看清楚。」

被警部這麼催促的漆原再度走近桌前的遺體，我與她一起再仔細檢查一次。

「傷口呈星形，應該是近距離射擊，很像自戕。」

「妳的意思是自殺嗎？」

「不，因爲現場並未遺留兇槍，不可能是自殺。反過來說，要是槍滾落在地上，就只能想成是自殺了，但現場卻又沒有遺書……」

「所以是密室啊！但這麼說又有點奇怪……」

「怎麼說？」

「推理小說中的兇手常為了將他殺偽裝成自殺而將現場布置成密室，這在現實中不太可能辦得到，但在虛擬世界中是可以成立的。然而，這起案件的情形卻正好相反。若兇手在現場留下兇槍，經堂的死不是比較容易以自殺結案嗎？但兇手卻帶走射殺他的槍。」

「嗯！」

「總不會辛苦地將現場布置成密室之後，卻一時大意帶走兇槍吧？這種事應該不太可能發生。這……到底是怎麼回事呢？」

「你的意思是說犯人其實不想將現場搞成密室？」

「沒錯，只能猜測兇手可能是遇上什麼突發狀況。」

原來如此。

「可是不可能沒來由地卸下窗鎖啊！」

「嗯。」警部抿起雙唇，雙手抱胸。一旁的我也很自然地擺出與他一樣的姿勢。

「還有，」漆原略帶顧忌地說，「如果課長右臂有煙硝反應，那麼就更足以說明是自殺，不是嗎？」

「煙硝反應啊！不曉得有沒有。」

「那麼自殺——」

「不對！這樣推敲太過於草率了。妳忘了今天早上的事嗎？」

「啊！」

『啊！』

我也忘了。早上才做過射擊訓練，因此有無煙硝反應並不能作爲判斷自殺或他殺的依據。

「還是先找到兇槍吧！至於到底是不是密室，容後再來檢討好了。」

「明白。」

警部回到辦公室，因爲副局長正在另一間打電話商討如何應付媒體，他便直接向局長報告。

「兇手沒有留下任何出入痕跡這一點眞是令人想不透。就像漆原說的，要是現場留有兇槍就能推論是自殺。」

「經堂並不是自殺哦！中井警部。」局長斷言，一旁的須磨子點頭。

「剛才接到樓下櫃台的電話，他們說十分鐘前『明洋軒』送外送過來，不過因爲這邊情況太混亂，所以又退了回去。」

「這是當然，」警部苦笑，「誰那麼不識相，這時候還叫外送？」

「經堂課長。」

「經、經堂？」警部睜大眼，一臉錯愕。

「是的。『明洋軒』的人說九點半左右送給竊盜課的外送過來時，在走廊遇到課長，並接受課長的要求『十點半左右幫我送我常點的那個』。課長如果加班，常會在那時間叫外送拉麵。」

「可是光是叫外送這點也不能斷定他不是自殺啊！」漆原無法理解。

早川提出反駁，「課長不是很喜歡吃那家的蛋拉麵嗎？他如果要自殺，最後應該也會想吃到拉麵才是，可是他都還沒吃就死了，果然是被殺——」

「所以也有可能是一時衝動而自殺啊！」佐山也提出反駁，「一旦決定尋死，腦子裡早就忘了叫外送拉麵一事，不是嗎？」

毬村發出哼的一聲，「那兇槍消失又該作何解釋？難不成子彈是由課長的食指射出去的嗎？」

「這我怎麼知道！」

辦公室裡又開始騷動起來。

漆原突然指著縮成一團的久須，「檢查他手上有無煙硝反應。」

Doctor 一臉疑惑地詢問是什麼樣的檢查。

「只要一射擊就會有各種東西黏附手上，不只煙硝，還有未燃燒完全的火藥顆粒，不是隨便洗洗就能洗掉的。」

「什麼？要我做這種檢查，你們還在懷疑我是兇手？」

「喂！判定你是不是兇手是我們警方的工作！」

被佐山這麼一吼，Doctor 神色倉惶，「哪有這樣的……將我當成兇手也不合理啊！你就算搜我身也不可能找到兇槍，而且如果真的是我槍殺課長，我根本沒時間處理槍枝，不是嗎？」

「你給我識相點！」佐山再度威嚇，不高興地吐出這句話。

局長與警部湊近不曉得談些什麼，可能是討論要在何時、以什麼形式召開記者會。冷眼旁觀這些人的同時，我也漸漸擔心起這件事對自己是否會造成什麼重大影響？

我會以幽靈之姿重返陽世，就是因爲被一向信賴的經堂莫名其妙地殺害。今天早上遇到的幽靈前輩似乎也說過類似的例子，只要害死自己的人伏法，幽靈便能成佛。而今經堂已經死了，那我是否能夠成佛了呢？還是說，在尙且無法判斷是自殺或他殺的情形下，我還不能成佛？

我希望是後者。雖然一心祈求經堂能伏法，可是像這樣過於突然的結局著實令人困擾，而且我也不希望就這樣離開陽世。雖然我總有一天會消失，但我希望能與須磨子度過最後的時光，與母親他們好好道別。

『我會消失嗎？』若是有人知道答案，我很想大聲問他。

不要，我還不想消失，我想再看看須磨子，而且我也還沒揪出操縱經堂的幕後黑手啊！

我驚懼地窺伺著是否出現迎接我的預兆——視野一隅出現綠影，眼前有一閃一閃的光點飛舞，這些都是幽靈要離開這世的前兆，現在好像眞的出現了。我還不想看到這些東西啊！

我還不想消失。

還不想。

我好怕。

20

午夜零時，記者會開始，離早報的截稿時間還早。天一亮，巴市市民看到報紙上斗大的醒目標題，肯定會因爲又有警察遇害的事件而目瞪口呆吧！

來的不只媒體，刑事課也全體總動員，連本部的搜查一課課長與督導官都臉色大變地趕來，巴東分局一時之間成了不夜城。刑事課長在警局內遇害一事引起騷動是一定會的，但是，對我而言，還有比這更重要的事——

我並沒有消失。

看來沒有抓到殺害我的幕後黑手，我是無法成佛的。雖然這不是什麼值得慶祝的事，但我確實安心不少，這樣就能暫時留在這世上與須磨子在一起。

不過我還是很害怕。會不會像按下重新啓動按鈕，畫面便隨即消失的電玩那樣，我也一瞬間就消失不見了呢？這是活著時無法想像的恐怖。

搜查員在我眼前忙碌地工作著，有時明明聽到他們因爲有新發現而大吼，我卻只是蹲坐在刑事課辦公室的角落，害怕地不停顫抖。

早川看到我這樣子一定很擔心吧！我知道因爲有別人在場，他不方便與我說話，不過已經不要緊了，經堂被殺已經過了兩個小時，綠影與光點也沒再出現，我還是以這個樣子存在著，只是沒有生命。

害怕消失的恐懼感一退去，對事件的好奇心便如怒濤般湧上。事件的謎題多得與山一樣高，經堂爲何、又是被誰所殺？是以什麼樣的手法殺害？這次事件與我的死有關嗎？

關於最後的疑問，我直覺應該有所關聯。搞不好新田克彥巡查遇害一事也與我有關。巴東分局三名警察在短時間內分別遇害一事並非完全無法聯想，不是嗎？這麼說來，殺死經堂的兇手很有可能就是命他殺死我的幕後黑手。我蹲坐在辦公室一隅，拚命地絞盡腦汁思考。

幕後黑手也許是爲了滅口而殺害經堂。可能是怕懦弱的經堂走漏風聲，也可能是一開始就已訂下的計畫。不論怎麼說，兇手眞的很卑鄙無情，這個殺人不眨眼的傢伙到底是誰？

有種才剛要扯動這條推理之線，線卻斷得如此突然的感覺。我與早川一直期待經堂會與幕後黑手接觸而暗中偵察，眼看著就要成功了，經堂卻被作掉。如此一來，搜查工作又勢必陷入膠著。

『這下可傷腦筋了。』

我終於明白了事情的嚴重性，這樣下去肯定會迷失在迷宮中。若眞如此，我便會如幽靈前輩所言，在這世上繼續徘徊個十年之久。方才明明還很害怕會消失，現在一想到十年，心就涼了半截，因爲實在太久了。隨著情感日益淡薄，慢慢地成了仙人，這樣就能消去所有痛苦與悲傷的回憶——我覺得幽靈前輩只是沒有說得如此明白。

好怕就這樣消失。

也好怕就這樣在人世遊蕩。

往前行是地獄，難道留下來也是煉獄嗎？

不，等等。因爲都是未知的體驗，不安是理所當然的。反正都不是好結果，至少要讓幕後黑手伏法，親手了結此事，然後微笑地消失。我不是已經在黃昏的海邊發過誓了嗎？

我站起來。身爲刑警就要做刑警該做的事。

早川在哪兒呢？我東張西望，順便再環視一遍案發現場。經堂的遺體已被搬出，中井警部正與督導官眉頭緊鎖地不知在談什麼，那位一身官僚味的上級督導官只是不斷說著「眞傷腦筋啊！」這句話。

室內已沒什麼好觀察的。不知爲何，我的視線總是落在那扇窗戶上。人類若無法從這裡出入，那兇手就有可能是隔窗射擊囉！

我穿過窗戶，由屋外觀察案發現場。就算爬上最近的榆樹，離窗戶少說也有五十公尺以上的距離，除非子彈呈「く」字形，否則無法進入偵訊室中，這種犯罪手法根本不可能成立，那麼，還有其他可能性嗎？

兇手必須十分靠近窗戶才有辦法行兇，譬如站在梯子上射擊，或是攀住由屋頂垂下的繩索，但是如此醒目的犯罪手法並不合邏輯，兇手如果眞的這麼做，應該沒有充裕的時間逃走，所以這番推論不合理。

唯一的可能就是兇手在近距離內擊斃經堂，但是卻沒有兇手進入屋內的任何跡象……莫非經堂是站在窗邊被兇手槍殺的嗎？就算無法將頭伸出窗外，若是太陽穴部位貼近鐵欄杆，兇手再由樹上開槍的話，便能解開密室殺人之謎。

不，不對。首先，死者不可能採取那麼不自然的站姿，而且經堂的屍體是坐在椅子上。就算沒有當場死亡，從窗邊搖搖晃晃地走回椅子上，地板應該會留下血跡才是，所以他是面對桌子被狙擊的。若是如此，兇手就得出入密室了，難不成兇手會變身成吸血鬼或蝙蝠嗎？

我飄浮於窗外苦思著。這狀況眞是詭異，令我不禁嘆了口氣。我還是頭一次遇上這種事，完全沒有任何頭緒。正喃喃自語時，視線不經意地落在隔壁第二偵訊室的窗戶。由外面看，案發現場左邊也有扇窗戶，莫非兇手利用另一個房間犯案？那兇手又是如何利用呢？……

靈光一閃。

爲什麼我沒發現這麼簡單的事？經堂可能在十點二十分前便慘遭槍殺，或許實際犯案時間爲十點十一分左右，也就是早川走出刑事課辦公室之後。兇手一直躲在第二偵訊室直到早川離開，然後在辦公室空無一人的情況下進入第一偵訊室，以裝上消音器的槍槍殺經堂，再趁著 Doctor 潛入辦公室前逃走。若是如此，便能解開密室之謎。

再來檢證一下是否有能推翻這個推理的論點。雖然十點二十分時確實聽到槍聲，不過這一定是兇手爲了製造不在場證明而以錄音方式放出的槍聲，這麼想是否能說明一切……不，還是沒辦法。

啊！冷靜點！得更冷靜點才行。

十點二十分的槍聲是以錄音方式僞裝的不合理理由有三。首先，不可能好幾位刑警都將錄音播放的槍聲誤聽爲眞正的槍聲；第二，現場沒有留下任何錄音、播音的器材；第三，Doctor 在槍聲前曾聽到經堂的聲音。關於第三點，雖然可以想成是錄音，但仍無法解釋第一個與第二個理由。因此兇手並未使用錄音器材，犯案時間還是爲十點二十分。

再重來一次。

總覺得浮在半空中滿好笑的，於是我輕輕地坐在樹枝上。

經堂在開槍前說了一句很奇怪的話，Doctor 說那是「對不起」，這與他在釋迦海邊槍殺我之前所說的話一模一樣，他究竟向誰道歉呢？爲何要對用槍抵著自己的兇手道歉。

經堂殺人前說了一句「對不起」，在射殺我之前也說了同樣的話，眞是無法理解的巧合，總覺得有點毛骨悚然。

「對不起……？」

如果是邊被槍抵著邊道歉，可以認爲他是在向對方求饒。雖然已遵從幕後黑手指示殺了神崎達也，但他覺得再這樣下去紙包不住火，所以才會因爲自己的懦弱而道歉，

「對不起！」

不對，這樣很奇怪，眞的很奇怪。

我和早川確實很努力地追查經堂身邊之事，因此很清楚光憑自己的懦弱這一點並不足以令經堂動搖，就像今晚，他頂多不理會早川的糾纏，實在不太可能向幕後黑手求饒。

『喂，就是啊！這不是很奇怪嗎？』

密室之謎無解，而且爲何非得此時殺死經堂的理由也令人摸不著頭緒。「對不起」，如果經堂

必須道歉，有可能是他想違抗幕後黑手出面自首。

嗯，似乎有此可能。依這幾天觀察經堂的結果，雖然警方沒有懷疑他，但的確能嗅出他不敵良心譴責，心防產生了些動搖，因此並非沒有決定自首的可能性。所以當他告訴幕後黑手自己的決定時，才會說出「對不起」，希望對方能夠理解並放心，就算他自首也不會供出幕後黑手。

『但是幕後黑手還是不原諒他？』

這似乎勉強說得通。不對不對，如果經堂眞的打算自首，有必要向幕後黑手報告嗎？他應該可以預見自己若是這麼做，將勢必被滅口。雖然他的個性有點懦弱，但還不至於如此愚昧。

還有，若經堂與幕後黑手在偵訊室交談，潛入辦公室的 Doctor 應該多少聽得見他們的談話。只聽到一句「對不起」似乎不太合理，難不成兩人還講悄悄話？

可惡！要不是幽靈的話，我就可以訊問 Doctor 了。

老是待在樹上也不是辦法，我從第一偵訊室潛入，回到辦公室。漆原、毬村與佐山被一群鬧哄哄的本部傢伙圍繞著，身陷於轟隆砲火中，「沒有目擊到兇手嗎？」、「如果 Doctor 根本是隨口說說的呢？」。相較於這番喧鬧，另一面則是傳來女人的啜泣聲。

坐在門口附近，雙肩顫抖並哭泣的人就是經堂的妻子保美。還留有少女般天眞爛漫性格的她，此時想必格外痛苦。一臉沉痛的須磨子將手搭在她肩上，似乎不知該如何安慰她，也許她又想起了失去我時的悲傷。

「爲什麼……會發生……這種事……太過分了！警察居然在警局中被殺害……沒聽說過……這

種事……我不相信……居然會發生這種事。」嗚咽聲中，保美痛苦地泣訴。「為什麼……非得殺他呢……」

過去曾與新田克彥傳出婚外情的她果然還是深愛著丈夫，若非受到極大打擊是不可能哭成這樣的。

「課長他不是那種會與人結怨的人，我覺得應該是跟工作上有關。」須磨子平靜地說。

「嗯，當然……當然是這樣。若不是這樣，他怎麼可能會被殺害……」

「我們會徹底調查課長經手案件中，是否有人有此動機。雖然一時想不起來……不過我認為他不可能是自殺。」須磨子很自然地脫口而出。

看來她已經打聽出經堂沒有自殺動機了。

保美的情緒稍微冷靜了下來，清楚地回應，「我也不覺得他會自殺。雖然有時感覺得出他太過勞累，有點悶悶不樂，可是誰都會有低潮啊！就算煩惱工作與職場人際關係……也不可能丟下我自殺，做出這麼愚蠢的事……」

「不過，他在家裡是不是常常沒什麼精神？」

「有時對他說話，他會有點心不在焉，可是夫妻間多少都會如此啊！不是常有妻子賭氣地說：『老公，你又沒在聽我說話了對不對？』」

如果我也結婚了，會讓須磨子這麼生氣嗎？眞的很想看看她賭氣的樣子。

「妻子啊……」須磨子的側臉蒙上一層陰鬱，也許我們正想著同一件事。

保美似乎敏感地察覺什麼，「對不起，森小姐的未婚夫神崎先生也是殉職員警，竟然一時錯將妳當成已婚婦女……」

須磨子大方地搖頭，「你不用介意，我沒事。我想課長爲了偵破神崎的命案，身心都承受了極大負擔，而且，殺害課長的兇手也許與殺害神崎的是同一人。雖然我的能力與權力有限，不過我一定會全心投入偵查，力求早日破案。」

保美握住須磨子的手，從她那濡溼的雙眼滾落出斗大淚珠。「我什麼都不會，就只會哭，妳眞的好了不起。」

「千萬別這麼說。」

「不，是眞的。」

「別這麼說，這是我的職責。」須磨子抬頭看著保美，「因爲我是刑警。」

聽到這令人振奮的台詞，我的心情卻十分黯然。須磨子認爲抓到殺害經堂的犯人等於逮捕到殺死我的兇手，這麼想雖然沒錯，但也有所出入。犯人或許是殺害神崎達也的幕後黑手，但是向我胸口開槍的人卻是經堂芳郎。當她與保美知道事實的時候，一定會傷得很深。

「我先生必須接受解剖吧？」

「是的。課長遺體目前正運往醫院中，稍後法官會進行解剖。」

「我可以過去那邊嗎？」

「可以，我立刻替妳安排。」

須磨子起身，保美依舊緊握她的手說道：「可以麻煩森小姐與我一起去嗎？」

「可以的話，我很樂意……」須磨子一臉歉意，「可是我得待在這裡，上級長官還得詢問我們一些關於命案發生時的情形，因爲有太多疑點無法釐清。」

「這樣啊！對不起，請原諒我的任性。」保美有點不太好意思。

須磨子向漆原報備過後便帶著死者遺孀走出去。

我往刑警聚集處移動，探聽初步搜查有無任何進展，但情況似乎不太樂觀。有個看起來頗爲老練的刑警不滿地說：「什麼密室殺人，怎麼可能有這種事！」然而現實情況是，命案確實發生在密室內，就算說再多不可能也無法改變事實；也有人大聲嚷嚷：「殺人動機究竟爲何？」他們如果知道經堂芳郎就是殺害神崎達也的兇手，想必更猜不透動機爲何吧！

我完全想不透經堂被殺的理由，他應該還沒察覺我們已經在調查他，所以不可能被逼得自首，當然也就不會陷入幕後黑手非得急著解決他的局面。沒錯！就是這一點想不通。幕後黑手就算再怎麼狡猾，也不可能察覺非得幹掉經堂否則自身難保，但他現在做了這種事，不是反讓停滯不前的連續殺警事件的偵辦工作又動了起來嗎？

命案現場的隔壁房門打開，早川慢吞吞地走出來，說道：「佐山先生換你了。」

「好的。」槍械迷應聲站起。

須磨子剛才說的就是這件事吧！我的同事必須在第二偵訊室接受更詳細的審訊，看來這事得到天亮才能告一段落。

『辛苦了。』我舉起一隻手向早川揮了揮，他只是沉默地輕輕點頭。與其說是避人耳目，倒不如說是累得不想開口。可能因爲太過疲憊，他的眼神失去光采，有些混濁。

我正焦慮著想趕快製造兩人的獨處機會，早點與他交換意見時，腦中忽然湧上奇怪的念頭，明明不是什麼很愉快的想法，卻揮之不去，令人困擾。

也就是說——有人曉得經堂芳郎已被列爲搜查對象了。然而，除了我之外，這世上只有一個人會知道這件事。

是吧！早川篤。

21

夜已深。

巴東分局明明發生未曾有過的大事，這個城鎮卻仍熟睡著。不只巴市市民，明天全日本都會在早報看到這則極具衝擊性的報導。一提到刑事課長在警局慘遭槍殺，絕大多數的人肯定都會認爲是電車之狼挾怨報復或向暴力集團收賄惹來的殺身之禍，警察廳也會像蜂巢遇襲般陷入大騷動，就算再怎麼保密，這種案子也無法曖昧地矇混過去。

那些上面的人個個臉色慘白，身爲幽靈的我可是什麼都不知道，不，就算活著還是不知道。基於監督管理之責，你們恐怕將會遭受彈劾，你們明明有能力處理這種事，卻只會坐在椅子上等待結果，這不是你們自找的嗎？我只想對你們說：「給我好好地幹啦！」這下不只善良市民，連那些地痞流氓也會惡言中傷：「你們警察到底在幹什麼啊？」所以我只同情那些站在第一線認眞付出的同仁。

離開分局前，我聽到督導官與中井警部悄聲地談論著「確定嗎？」、「確定。」這類的對話。奪走經堂一命的槍響後，沒有人離開分局。這麼說，案發後兇手還留在局內囉？不過也不可能一直躲藏在洗手間內。由兩人沉痛的表情研判，兇手爲警察的可能性非常高。

『警察也會殺人啊！我就是被經堂課長殺害的。』我不由自主地湊近這兩個人，對他們吐出這句話。

我不停往前飛，漸漸遠離陷入恐慌的巴東分局。雖然錯覺自己像是逃離戰場的懦夫，但是身爲幽靈的我待在現場也無能爲力。只要潛入早上的會議就能聽到初次搜查的進度等事情。現在我有個必須去的地方，那是只有我能辦到的搜查工作。

我看見了兒童公園的小樹叢，街燈寂寞似地獨自佇立，令人很想與它聊聊天。我飛越這一切，降落在公園前的一棟公寓前。四周沒有類似建築，早川應該就住在這一棟。

查看了一下信箱，他的房間是二〇一號室。爲了觀察他的生活環境，我特地從樓梯走上二樓。牆壁到處有裂縫，還有幾處露出鋼筋，看來這裡的房租應該滿便宜的。雖然有點寂寥，不過對於想一個人住的單身貴族來說倒是不錯，我們巴市也有不少年輕警察不屑住公家宿舍。

走在日光燈一閃一滅的走廊上，盡頭的那間房門上掛著字跡端正、寫上「早川篤」的門牌。雖然曾被要求過不要進去，可是擅入的我卻沒有任何罪惡感。這可是關係到身為幽靈的我能否繼續存在的搜查工作，所以我顧不了那麼多了。

鼓起幹勁穿越門扉時，這才發現自己的粗心，房內一片漆黑，一時之間實在沒辦法看清屋內狀況。時值深夜，這也是理所當然的。幽靈雖然不會有屋子上鎖而無法侵入的困擾，但是卻也無法開燈，眞是令人生氣！

只有靜下來等眼睛慢慢習慣黑暗了。也許是月光從窗簾隙縫間流瀉進來的關係，幾分鐘後，最初伸手不見五指的室內逐漸看得見東西的輪廓。早川曾說房間很亂，不方便讓我進來，但是他其實整理得還算乾淨，頂多床上散置幾本漫畫雜誌與城市情報誌，牆上用衣架掛了幾件衣櫃放不下的衣服，與同樣一個人住，流理台卻堆滿髒碗盤與泡麵空杯的佐山房間相比，這裡乾淨多了。房間雜亂果然只是藉口，可能只是單純討厭被人窺看隱私，抑或是……。

就算已逐漸習慣黑暗，但能見度還是有極限，任憑我再怎麼睜大了眼，仍看不清楚桌上的筆記本封面到底寫了些什麼，也不知道床下到底塞了什麼，看來只能等到清晨了。雖然不用擔心早川突然跑回來，但要叫我度過這段不算短的時間直到早上，著實有些不耐。

放在床邊的時鐘發出滴嗒滴嗒的聲音，現在才三點半，距離黎明還有兩個小時以上。有點想返回局裡看看，不過，與其在那喧鬧中飛舞，還不如在這又暗又靜的地方試著理出所有事件的脈絡。但是這種時候居然連紙與筆都沒辦法用，眞的很痛苦。

先將覺得不合理的幾點列舉出來，雖然沒辦法記下，至少也能用手指數。

首先，第一個疑點。殺死經堂的人眞的是唆使他殺害我的幕後黑手嗎？如果是，那麼幕後黑手擔心經堂會供出一切而殺人滅口的動機就能成立。但是，是否也有可能是因爲其他事情呢？這假設有點無聊——譬如夫妻口角，妻子保美痛下殺手之類的。若是如此，那我爲了制裁經堂的一切計畫不就成了泡影。雖然尙無法斷言，不過我覺得這條線的可能性非常小。根據這幾天跟監經堂的結果來看，我不覺得他還有其他擔心的事。若是遭幕後黑手滅口，那就不難解釋 Doctor 在槍響前聽到那句「對不起」的意思，因爲他無法再承受良心苛責，請求讓其自首，所以才會說出那句話。但是明知這麼說會被滅口的經堂，爲何要事先向兇手告知自首一事，這一點怎麼想都不太合理。

第二個疑點，假設殺死經堂的兇嫌就是幕後黑手。那傢伙是如何從密室中逃脫的？關於這點完全是個謎，只能認爲他一定有玩弄什麼詭計。

第三個疑點，兇手爲何要用槍枝犯案？這是現在才想到的問題，但或許是最重要的問題。在警局內殺人已是一件令人難以置信的蠻橫行爲，更有甚者是選擇以槍枝犯案，這實在有違常理。如果這麼做，肯定會引來一大群刑警，但是即使如此，兇手還敢以槍枝犯案的理由爲何？也許這與密室之謎相關。也就是說，這是一個正因爲兇器是槍，所以密室之說才能成立的詭計嗎？——不，等一下。

這時浮現了第四個疑點，幕後黑手爲何非得將命案現場布置成密室？這麼做對他有何好處？該不會只是爲了提供媒體題材，炒作出轟動全國的社會新聞吧？這也是想不透的疑點，暫且先擱著當作業吧！

第五個疑點，如果這事眞是幕後黑手所爲，爲何時至今日才決定殺經堂滅口？這一點可以參考第一個疑點，也許是因爲膽小的共犯想自首，所以幕後黑手才決定滅口。然而，經堂雖然有一些罪惡感，但並不像被逼至絕境，更何況案發後都已平安無事地過了一個多月，只要再撐下去，整起案件就會陷入迷宮之中。如果經堂是這麼怯懦的人，一開始就不會答應殺人了吧？但幕後黑手卻斷定任由經堂這樣下去很危險，所以決定殺他滅口。因此——

犯人就是早川。

我只能依賴擁有靈媒能力的他，什麼事都會向他說，若他是幕後黑手，他會採取什麼行動呢？以幽靈之說不能盡信爲由塘塞，預想我會如何糾纏他，於是假裝幫助我，再以苦無證據爲由勸我放棄嗎？不，這種小手段是不可能逼得了我放棄的。我能利用特殊能力潛入各處搜查，雖然不曉得能找到什麼證據。但是如果眞的被我找到了證據呢？他可以置之不理，以無法告發經堂課長爲由與我撕破臉，讓我束手無策。更慘的是，我也無法痛扁這傢伙，因爲他根本不痛不癢——

不過也有可能並非上述情形。對他而言，一生都被含恨而死的我糾纏想必是件很恐怖的事，而且我也不打算找其他靈媒幫忙，所以他或許會認爲乾脆讓經堂消失好擺脫我？我不知道這樣的推理是否牽強，如果可以，眞想聽聽別人意見。如果須磨子，她會怎麼說呢？

我也不想將早川想成幕後黑手，可是懷疑一旦萌芽生根便很難拔除，因此我才決定到他的住處搜查。這是很痛苦的事，如果我眞的找到他與命案有關的證據，我就會立即往生；就算找不到任何證據——因爲有可能全被他銷毀了——也已經找不回對他的信賴感。眞的很痛苦。

瞄了一眼時鐘，才過不到三十分鐘。可惡！時間這種東西在重要時總是消逝得特別快，在窮極無聊時卻流逝得如此緩慢。我得善用腦子，有效地消磨這段時間才行。

若眞是早川殺了經堂，他會有機會犯案嗎？可以懷疑他進入平常不太使用的樓下洗手間，躲在裡頭鬼鬼祟祟地不曉得做什麼，因此槍響之後，他是最後一個趕到現場的人，但是這樣做不是很沒意義嗎？假設去洗手間的說法根本是捏造的，他與經堂一直都待在第一偵訊室，雖然久須悅夫偷偷潛入，但是在偵訊室的他們因爲壓低嗓音交談，所以久須根本聽不到，也無從得知他們到底談些什麼，直到聽見經堂說了聲「對不起！」，被早川一槍擊斃。接著早川以某種方法由窗外逃出，再從別的房間的窗戶進入，倉惶地趕赴現場。

如果能解開如何由內上鎖，並從裝有鐵欄杆的窗戶逃脫之謎題，就能合理解釋這一切。但活生生的人類絕不可能從那扇窗戶脫逃，如果略過這點不談，那一切就不是癡人說夢了。阻礙密室之謎的不只是早川是犯人這個假設，不論誰是犯人，都不可能從那房間脫逃。眞是難解。

玩弄資料不齊全的推理，想也知道不用期待什麼結果。更糟的是，我的頭愈想愈痛，只好暫時放棄思考，此時睡意悄悄襲來，睡一下應該沒關係吧！不，還是不太好。就在這麼想時，頭已經不由自主地點起來。

於是——

當我醒來時，清晨的微光已射入房間。反射性地瞄了一眼時鐘，差六分鐘六點，我還滿會利用時間打盹的。

趕緊展開搜查行動。桌上筆記本的封面寫著「DIARY」，雖然是求之不得的東西，可惜我連翻開封面的能力都沒有，不過這種事後悔也沒用，還是先看一下床底下，下面似乎塞了不少東西，不過全是積滿塵埃的健康器具。我還好，不會特別失望。

環顧室內，我搜尋著還沒探查過的地方，他的房裡似乎沒什麼奇怪的東西，這也是當然的，不可能有人將能證明自己犯案的東西隨便亂放。書櫃上並排著池波正太郎和柴田鍊三郎的文庫本（譯註：日本的一種出版品形式，A6尺寸，攜帶方便又便宜）——果然是時代劇迷——書中或許就夾著與經堂來往的秘密書信，也或是抽屜裡就藏著兇槍托卡列夫手槍，我實在好想打開它們。懷著極度痛苦的心情進行所謂的搜查工作，結果也只是拜見房間陳設。

但我並非毫無收穫，看著還算整潔的房間，直覺這不太像殺人兇手的房間。也許這是毫無根據的見解，不過一個身爲刑警卻奪去多條人命的男人的房間，應該會有一種不祥的瘴氣沉澱，可是在這裡完全感受不到。

我眞是愚蠢！居然會懷疑早川。看他那樣子，根本無法想像他會是昨夜在局裡殺死經堂的人。況且我都輕飄飄地飛來飛去，有可能隨時出現，當我沒出現在早川眼前時，他應該會想著我現在在哪裡做什麼？下次會以什麼樣的方式出現？若要殺死經堂，也會愼選我絕對不會出現的時候。況且他完全沒有要殺害我的動機，不是嗎？不過經堂也沒有殺我的理由。

『都怪我一時昏頭居然懷疑你，眞是對不起啊！我向你道歉。』

我不禁啞然失笑。正打算離開這裡時，瞥見桌角擺著一個奇怪相框。因爲被電暖器遮著，所以沒發現。是個極其普通的金屬相框，可是不知爲何框面卻反轉，正面朝向牆壁，根本不知道是誰的照片，感覺像是爲了不讓突如其來的訪客看到。突如其來的訪客，譬如說，成了幽靈的我……。

搞不好是我多心，想到早川拒絕讓我到他家時的口氣，不知爲何就是很在意。如果只是房間亂了一點，爲何那般慌張？因爲同樣都是單身男子，我更加敏感。難不成眞的有什麼見不得人的東西嗎？其中之一或許就是桌上的照片。既然如此，我更好奇他葫蘆裡到底賣什麼藥。

我將臉貼近牆壁，企圖從一點點的隙縫間窺伺相框正面，但還是無法看淸楚，要是能用手就好了，懊惱的嘴角浮現一抹苦笑，難道沒有更簡單的方法能看到它嗎？——只要打擾一下隔壁房間，從那邊窺看不就得了。

『不好意思，打擾了。』

穿過牆壁，房間主人早已滾落床下，身上還蓋著棉被，鼾聲大作地熟睡著。雖然一副學生樣，不過衣架上掛著西裝和領帶，應該是上班族吧！不能一直盯著人家看！我立刻別過頭，將臉穿過牆壁，看著相框。就像這樣，我偶爾會展露幾手幽靈才能耍弄的特技。

眼前是那張被反轉的相片，因爲太過靠近，一時之間還對不準焦距，不過還是看到他到底照了什麼，那是張年輕女孩的半身照片，手上不知高舉著什麼遮到臉龐，開心地笑著，好像是啤酒杯。是和女友一起去喝酒時照的嗎？——不對。

那女孩的是須磨子。

『爲什麼那傢伙會將須磨子的照片……』

我立刻想起爲何早川會有她的獨照。這一定是盂蘭盆會時，被大家強押去啤酒花園喝酒時拍的照片，那傢伙的確買了立可拍幫大家拍照，我也有拍，而且是張嘴巴周圍一圈啤酒泡的搞笑照片。這張須磨子的照片大概也是那時拍的吧！

『拍是無所謂，爲什麼還要裝框呢？』

那還用說，當然是對須磨子抱有好感。不，不只他，還有佐山。雖然很難想像，可是也只能這麼想。莫非在啤酒花園義務擔任搞笑攝影師的他，就是爲了想得到須磨子的照片？

『這是怎麼回事……』

他暗戀的人竟然是自己的未婚妻。──並不是因爲窺伺到這張照片而心情陷入谷底，而是因爲驚訝地發現早川眞的有希望我死的理由。雖然他隻字未提，但對他而言，我是情敵。

知曉這事實的我再度陷入混亂。雖然不敢相信他會因爲這點小事就殺害我，不過也許他就是幕後黑手，這個疑惑再度縈繞腦海。照這情況看來，恐怕很難再和他維持夥伴關係。

放手一搏吧！

直接向早川問明心中疑惑算了。如此才能以專業眼光判斷他有何反應。雖然內心恐懼，但已經無路可退，下定決心的我決定立即行動。

沐浴晨光下的我筆直向巴東分局飛去。市街逐漸甦醒，開始一天的活動。結束營生的拉麵攤與送牛奶的人擦肩而過，還有攤開報紙站在公車站等車的人們。嶄新陽光將群山染成一片紫色，彷彿曾在小學音樂課欣賞過的《皮爾金特組曲（Peer Gynt）》的〈第一樂章．清晨〉的愉快優美的旋律響徹雲霄。

巴東分局周邊停著幾台電視台轉播車。大概晨間新聞和晨間節目都會以昨晚命案爲頭條吧！站在分局門口，手持麥克風的播報員各就定位，顯然因爲已經沒什麼時間可以排練現場直播。我從他們頭上掠過，飛進刑事課辦公室。

局長與督導官都在，兩人均雙手抱胸沉默不語。原本身形就很瘦削的局長經過一夜折騰，雙頰更顯削瘦。早川人呢？會不會跑到武術室打瞌睡了，我步出走廊，發現有人站在自動販賣機前，心想不會吧！一看之下果然是喜歡喝即溶咖啡的早川。

『唷！』走近他身旁打招呼，只見他遲緩地抬起頭，布滿血絲的雙眼下方浮出明顯的黑眼圈。

『你沒睡啊！要喝杯咖啡提神嗎？看來好像不太妙啊！』

「哎唷、神崎先生。你跑哪去啦？」早川的聲音十分疲倦。「你果然是個差勁的刑警，重要時刻總是不在，本來想通知你兇槍已經找到了，結果你又不曉得跑哪去了。要是我還有體力，眞想對你大吼一頓。」

『什麼！找到兇槍了嗎？那搜查總算有進展囉！』

「你不想知道是在哪找到的嗎？」

眞是奇怪的說法，聽起來有點莫名其妙。『當然想啊！是在哪發現的啊？是托卡列夫嗎？』

「不，是Smith and Wesson，S＆W。依佐山先生判斷，那不是眞貨，好像是東南亞製的仿冒品。對了，可以換個地方說話嗎？」

他的態度還算正常，但有點不太對勁，是怕被人聽到什麼嗎？早川將紙杯丟進垃圾筒，帶著我往走廊另一頭走去。經堂被槍殺時，須磨子就是來安全梯這裡吹風透氣。

『這裡的確比較方便說話。兇槍是S&W啊！可是擊斃我的是托卡列夫，犯人到底擁有多少槍啊？對了，是在哪找到呢？』

早川靠在鐵欄杆，回了句「置物櫃」，此舉令我有點發火。

『到底是哪裡的置物櫃啊？請你說清楚。』

「更衣室最裡面的那排男子置物櫃，左邊數來第三個。也就是神崎先生的置物櫃！」

『可能是看它空著所以才丟進去的吧！眞是沒禮貌的傢伙！』

「是這樣嗎？」

雖然知道這傢伙很累，可是也沒必要對我擺出臭臉啊！本來想婉轉地問他房裡爲何要擺須磨子照片，現在想想，還是直截了當地問個清楚吧！

『早川。』

「神崎先生。」

我們兩人同時出聲。

『你幹嘛臭著一張臉啊？』

「我是誠心誠意地想幫助成了幽靈的你，不過我萬萬沒想到這也許是個天大的笑話。」

『什麼意思？』

只見他舉起右手，用食指直指我的鼻尖。

「殺害經堂課長的人，就是你吧？」

22

『啊！』

喉嚨像是被塞進百圓硬幣似地，我一時語塞。

『你、你說這些話是認眞的嗎？』

早川緩緩放下指著我的右手，用力地點頭，眼神認眞地直盯我，充滿挑釁，並混雜了憤怒、驚懼與憐憫的複雜情緒。這傢伙的態度爲什麼會有一百八十度的大轉變……

『我明白了。看你的樣子也不像在開玩笑。』

「我當然是認眞的，我可是抱著沒有綁繩索就玩高空彈跳的必死決心跟你說這些話的。」

「充其量也只是一躍而下自殺吧！——好啊！你說吧！就算是再怎麼離譜的說詞，我也沒辦法拿拖鞋敲你的頭。」

他的眉間抽動了一下。「你說的都是眞的嗎？不是想做就可以做得到嗎？」

『怎麼又問這種問題？我們不是相處了好幾天嗎？我還以爲你已經很瞭解幽靈是什麼樣子。』

他挺了挺胸。「我本來很瞭解，可是那也許是我的錯覺。算了！我還是明說吧！我覺得我被你騙了。」

『你應該不是在開玩笑吧？那你倒說說看我什麼時候騙過你了？』

「從一開始！我相信你對我說的那些關於你的能力和極限的事，你能穿透牆壁與窗戶，也能在天上飛，但是，除了具有靈媒能力的我以外，沒有人看得到你的存在，這樣的你不自由到連一張紙都無法移動，這些事我全都相信。」

『我說的全是事實。』

「我的確看過你多次穿牆飛天的樣子，所以我相信你辦得到這一點。可是你還具有什麼其他的能力，只有你自己知道而已，你明明能做到卻假裝不行。」

我終於瞭解他到底想說什麼。

『你是說我隱藏了一些能力沒有告訴你？』

「沒錯，所以我才說我是抱著必死決心直說。如果你眞的存心騙我，你就能打我的頭，或是將我從這裡推下去，不是嗎？還是要將我抱上天，再讓我從高處重重摔下……」

『沒想到你的理解力和學習力居然這麼低，如果眞能那樣做，我不就成了神或惡魔嗎？也用不著這麼辛苦了。』

眞是無聊透頂。

「所以你否認一切？」

『廢話！』我對面有慍色的他大喝一聲，『你爲什麼突然變得那麼愚蠢？你倒是說清楚啊！』

「如你所願，那我就直說了。多虧了昨晚那件事，我不是變笨而是變聰明。」

金色朝陽照著他的側臉。

『經堂被殺的事？是了，你說我是兇手嘛！』

「因爲只有你的殺人動機最充分，而且你也沒有不在場證明。」

『你分明是在找碴。你眞的以這個理由斷定我是兇手？』

「偵訊室唯一的窗戶被牢牢地鎖上，鐵窗也沒有異狀，隔著一扇門的外面則有Doctor在，現場是一間密室。若課長死於他殺，那麼兇手一定具有自由進出的能力。——等等，讓我說完。你一定會說『如你所知，身爲幽靈的我連槍都沒辦法拿』吧！不過你的說詞行不通，就如我剛才說的，你一定對我隱瞞了自己的能力。你不是說過若無法找到揭發課長的證據，也會親手制裁他，不是嗎？所以打從你成了幽靈，第一次遇見我之後，你就一直隱藏自己眞正的能力，也就是你能夠持槍扣板機，向對方的太陽穴開槍。至於兇槍S＆W八成是從保管庫偷來的抵押品吧！槍殺課長後，你打開窗子溜出去，出去後再將手穿過玻璃進來上鎖，接著悄悄地將兇槍藏在置物櫃中，當然這時必須注意不能讓人看到一把槍飄浮在空中。——我沒說錯吧？」

我啞口無言。早川要我別插嘴，我只好耐著性子聽他說完，可是聽完後卻發現怒氣全消。

『不，完全錯誤！』

「你露出苦笑是什麼意思？認眞地回答我！我可是很正經地在問你問題，我不覺得我有說錯什麼。對我這個活人而言，我絕對沒辦法得知幽靈究竟具有何種能力——」

『你仔細想想，對我而言，這世界就像觸摸不到的電影畫面。什麼叫做絕對沒辦法？這種事你應該能理解才是啊！我幹嘛倉惶失措地搞什麼密室殺人啊？』

早川之所以如此確信，似乎其來有自。

「……爲什麼你說我應該可以理解？」

『這是隨便想想就能知道的事啊！舉個例吧！你昨天不是全力協助我解決了銀行搶案嗎？結果你很高興，對吧？』

「你在說什麼啊？這是身爲人民保姆應盡的責任啊！一群人質陷入危險，更何況神崎先生的妹妹也在其中……」

『是啊！無能的我只能在一旁乾著急，我眞的很感謝你救了亞佐子一命。袋井突然拿出刀子抵著她時，我就只能呆站在他後面，什麼事也不能做。那時如果不是那個叫井本的刑警奮勇撲上前，後果眞的不堪設想……怎麼了，早川？你一臉做壞事被抓到的表情……』

他頹喪地低下頭，很用力似地擠出「對不起」三個字，接著又說，「你說得沒錯，那時可眞是千鈞一髮。如果神崎先生有能力壓制嫌犯，不可能什麼反應都沒有，更不可能爲了欺騙我而犧牲妹妹。」

『喲！你的理解力不錯嘛！只要有心就能學會啊！』

「你別虧我了。」早川像蒼蠅般搓著雙手。

『我就像個影子，若我能親自動手，我一定會盡可能收集他身邊的各種證據，而不用借助你的力量，不是嗎？』

「你說得沒錯，請再次接受我的道歉。」

他害羞地搔搔頭，我卻笑不出來。

『你能瞭解就好，有什麼事千萬別悶在心裡！對了，這次換我要對你說很過分的話。——是你幹的嗎？』我開門見山地問。

「什麼？」早川一時反應不及。

『我是問你，經堂是你殺的嗎？』

「又來了。」早川雙手叉腰，「你這玩笑開得太過火了。這是以牙還牙嗎？我都已經道歉了，你就饒了我吧！我眞的很同情你的遭遇，也替你感到非常生氣，但是我不會因爲這樣就代你誅殺經堂。我又不是赤穗浪士（譯註：德川家光時代，赤穗浪士爲主復仇，於大雪中潛進仇家中大肆殺戮）。」

我無法看出他的這番話是眞心或裝蒜，如果是後者，那他還眞像隻狐狸。

『我不是開玩笑。我的確懷疑你會不會就是唆使經堂行兇的幕後黑手。如果你是，請你老實說出來吧！我想知道你的理由。反正你就算坦白一切，我也沒辦法推你下去。』

「……神崎先生，你說的都是眞心話？」

『就時間點而論，我認爲殺害經堂的兇手，有可能就是唆使他殺害我的幕後黑手。因爲只有你知道搜查範圍正漸漸逼近課長，不是嗎？』

「這就是你的推論根據？就只因爲這樣，你就懷疑勞心傷神、日夜努力幫你搜查的我是殺人兇手？啊啊！氣死我了。我寧願相信人也不要相信幽靈了。明明掏心掏肺地幫你，到頭來卻被如此對待，眞是太過分了。啊！我已經氣不起來了。你這樣懷疑別人難道不覺得慚愧嗎？」

早川彷彿突然發燒似的，隻手撫額在這方狹窄之地走來走去。我瞧著他，打算繼續試探。

沒想到他卻先開口，「神崎先生自己也該冷靜點，因爲你眞的說了太離譜又太過分的話。」

『這……這個……』

「我這活生生的人要如何出入密室，你倒是說說看啊！你剛才是這麼說的吧！——『搜查範圍正漸漸逼近課長』，所謂的搜查指的並不是由中井警部帶頭指揮的搜查本部，眞正對經堂芳郎緊迫盯人的是誰？」

『我和你。』

「錯！大錯特錯！這是很重要的事，請你再仔細想想。你剛才不也這麼說過，你根本無法干涉這個世界的任何事，所以你根本無法逼迫課長！如果要說他實際感受到某人給他的壓力，你想想，那個人會是誰？就是我！除了我不斷對他施壓之外，你什麼也不能做，不是嗎？你如果還想否定我說的話，請提出正確論點反駁啊！」

十秒後，我向這傢伙深深低頭致歉。

「怎麼啦？」

說話聲在我頭頂上方響起。

『我說不出口。』

「哦！你的理解力還不錯嘛！」

要忍受這種挖苦也是我自作自受吧！

「算了，明白就好。反正是我先發制人，找神崎先生的碴。」

眞的好險。如果早川沒有即時插話，我肯定會很得意地說出自己偷偷潛入他房間，並看到須磨子的照片。這話一旦出口，不但誤會無法冰釋，兩人的關係也會被破壞殆盡。早川將會輕蔑我、憎恨我。幸好沒有變成這樣，眞是太好了。

『眞是一場鬧劇，就像一場狂言（譯註：日本傳統戲劇）吧！』

「應該是漫才（譯註：日本傳統表演，類似相聲）吧！神崎與早川的推理漫才，我們兩個搭檔演出也許不錯哦！歡迎大家來看我們的表演……」

戲謔地行了個禮的早川，不知爲何整個人突然愣住。他睜大著眼，直盯著我肩膀附近，彷彿又發現另一名幽靈。

我一回頭，須磨子就站在那裡。

「啊……啊……早、早安。」

她並沒有回禮，反而問說：「早川，你剛才到底在和誰說話？我沒看到任何人，你也不像在講手機。」

她的口氣聽起來彷彿在說，別想撒謊敷衍，看來她已經站在這裡好一會兒了。早川緊咬著唇不發一語。

「而且我聽到你說了好幾次神崎先生，好像他就站在這裡跟你說話似的。你說的神崎先生是指達也吧？」

慘了！她大概會以爲早川的神經衰弱，得到幻聽症。

「是的，沒錯。」

是有所覺悟了嗎？早川十分乾脆地回答。須磨子往前踏了一步，手繞到身後將門帶上。

「這到底是怎麼回事？」

「事到如今，我就全向妳說了吧！反正這也不是我一個人的事，本來就應該早點向妳說明。」

早川到底打算做什麼？我不禁慌了起來。

「我想妳大概已經注意一段時間了吧！妳或許會擔心我的頭腦是不是有問題。其實並非如此，我是在與神崎先生說話。」

「他已經死了。」

那是抹除感情的強硬口吻。

「我知道。所以我說的不是在世時的神崎先生，怎麼說呢？……用更容易理解的說法就是……神崎先生的幽靈。」

「別開玩笑了。」

口氣聽起來不像責罵，而是溫柔的規勸。

「我沒有開玩笑，我是認眞的。我知道妳不可能這麼簡單就相信我的話。但是這是事實，神崎先生就在這裡。」

早川微微偏向我這裡，用右手指指我。是在嚥口水嗎？須磨子那白皙的喉嚨微微上下滑動著。

「在這裡的人只有你！沒有別人。」

「因爲神崎先生是幽靈，所以妳看不見他，也聽不到他的聲音。只有像我這樣擁有特殊能力的人才能與其溝通。請別這樣悲傷地看著我，我眞的沒有說謊。」

「……你騙人。」

「我沒騙妳。反正都已經說了，也沒什麼好顧慮的了。就在週一，我値班的那晚，神崎先生成了幽靈重返人世。」

須磨子的手顫抖著將覆蓋雙眼的頭髮往上撩撥。我擔心地看著眼前這一切，她或許會覺得被如此殘酷的玩笑給侮辱而氣憤不已。

「死去的人怎麼可能重返人間？這是連三歲小孩都知道的事。神崎先生變成幽靈？你不知道這些話對我很殘忍嗎？」

「就是知道妳無法相信，所以才一直隱瞞到現在，因爲說了也只會傷害森小姐，可是——」

須磨子拚命搖頭，連頭髮都亂了。

「夠了！我不想聽。這不是很奇怪嗎？如果他眞的重返人世，應該會先來找我啊！就像搜查時我說過的，我是他的未婚妻啊！」

「是……是沒錯。」

「我不懂！明明是為了見我才化為幽靈，但是為什麼他只在你面前出現？不，若真有此事，我絕不原諒他！」

「這也是沒辦法的事啊！神崎先生的確去找過森小姐，可是……」

「是我看不見？」

「是的。」

「別把我當笨蛋！這世界上會有這種不合理的事嗎？如果只有我能看到，那倒還說得過去。」

她的雙頰開始微微泛紅。

「我有同感。我也覺得應該要這樣才對，可惜事實並非如此。」

這樣下去只會淪為爭執。果然，要得到須磨子的認同是不太可能的事，我陷入絕望。

「請你拿出神崎在這裡的證據，即使看不到也聽不見，但總有可以證明他存在的方法吧！」

早川啃咬拇指指甲，一時之間想不出什麼好辦法，終於忍不住轉身向我大喊：「神崎先生，你從剛才就只是站在旁邊看，這是你自己的事，你自己總該想想辦法吧？不能全推給我啊！」

『就算你這麼說，我也無能為力啊！』我無奈地說。因為我還沒做好心理準備，心中其實有些埋怨搞出這個場面的早川。

「怎麼這樣！」早川彈了彈手指，「不然這樣好了！神崎先生，請告訴我你們兩人才會知道的事，然後我再傳達給森小姐，也許她就會相信了，當然，不用太過私密的事。」

『你是認真的嗎？』

「當然。森小姐不也說要我拿出證據嗎？就請你自己斟酌一下吧！」

須磨子看著他的背影大喊：「不要再演獨角戲了。這樣眞的讓人很不舒服！」

早川爲了取信於她，拚命地催促我。可是我要說什麼好？難不成要說我背上有兩顆黑痣這種這麼隱私的事嗎？

「有了，這個就不會牽涉到個人隱私了吧？兩位第一次一起去看的電影是哪一部？這問題應該方便回答吧？要是你說忘了，森小姐可會生氣的。」

『我當然記得啦！在松園電影院看的《鐵達尼號》，記得是六月中旬吧！雖然是新年就上檔的電影，可是我那時沒看。』

早川用手對我比了一個ＯＫ的手勢，轉頭看向須磨子。

「六月中旬去松園電影院看《鐵達尼號》，因爲神崎先生在首輪放映時沒去看。」

她不太高興地蹙眉。「你一定是之前聽他提過的吧！不要將已經知道的事裝得好像偶然得知似地。」

看來這招沒效，她不接受也是當然的吧！早川不死心，繼續問下一個問題。

「那這個問題如何？只有兩人一起去唱ＫＴＶ時，神崎先生必點之歌？」

『〈抬頭挺胸向前走〉（譯註：日本已故歌星坂本九的成名曲之一），不好意思，有點跟不上時代啦！』趁早川虧我前先自我解嘲。

「那是經典名曲不是嗎？——〈抬頭挺胸向前走〉，對嗎？」

與預期的結果相反，早川得意洋洋的神情似乎令須磨子更加憤慨。

「你以爲你在騙小孩嗎？反正也是道聽途說來的吧！你以爲這樣就能讓我相信幽靈的說詞嗎？我眞的很懷疑你的人格，我還以爲你是個很善良體貼的人，看來我眞是看錯人了。」

早川一臉沉痛，居然被自己所戀慕的須磨子罵「看錯人」，想必大受打擊，但是爲了我，他還是不願放棄。

「我知道要妳相信很難，那換森小姐來提問題，可以嗎？妳問只有神崎先生才答得出來的事，我會直接問他本人。」

「你怎麼還是不死心？」

「如果這樣妳還是不相信我，我會下跪道歉。一次也好，請再給我一次機會。」

須磨子很猶豫，但是最後仍拗不過早川的懇求，勉強答應，仰頭嘆了口氣：「我到底在幹什麼啊？明明知道自己正被人要著玩，卻還是期盼奇蹟的出現。」

早川對我說：「聽到了嗎？神崎先生。你可千萬別漏氣啊！若是無法取信於森小姐，不但我沒辦法做人，也會深深傷害她的心。」

我無言以對地點點頭。

「妳可以問站在這裡的神崎達也先生了。準備好了嗎？」

須磨子準備好對空氣開口。我往右前進了一步，直視她的臉。

「看見幽浮的七歲小女孩後來怎麼了？」

我毫不遲疑地回答：『想起雨天的回憶，大哭著走回家。』

「神崎先生說，想起雨天的回憶，大哭著走回家。」早川一字一句地如實傳達。

須磨子的臉龐在瞬間漲紅，一臉訝異的她撫著雙頰。「你騙人！你不可能連這種事都知道啊！不會吧？怎麼可能……」

「妳這麼問，我也不知該如何回答，我只是照實傳達神崎先生的答案，這絕對不是變魔術或玩什麼詭計。」

須磨子一副快暈厥的樣子，抓著欄杆勉強撐住身體，彷彿失血般的臉色十分蒼白。

「妳還好吧？」早川擔心地伸手想扶她，卻被她狠狠甩開。

須磨子直盯著我說。

「KEDATANAASIRUTEIA。」（譯註：日語「我只愛你」倒過來唸）

我立刻答道。

『REODAMOYOKOSUMA。』（譯註：日語「我也是，須磨子」倒過來唸）

當早川立即覆誦一遍時，須磨子幾近崩潰地尖叫出聲。

「森小姐！」早川大叫著扶住須磨子，只見她整個人癱靠在欄杆上，眼神渙散。

「這是什麼意思？是暗號嗎？」早川困惑地喊著。

我對他的大喊全然不在意，只是一動不動地站在原地。這是我成爲幽靈之後，第一次能與須磨子交談，這份喜悅貫穿了我全身。

來。

早川知道我沒辦法幫什麼忙，趕緊開門對著走廊大喊。過了不久，聽到聲音的佐山飛也似地趕過來。

「喂！發生什麼事了？」一看到須磨子昏倒，佐山一臉兇狠地瞪著早川。

「我不知道啊！突然就這樣……」早川只能一味裝傻。

「妳不要緊吧？須磨？振作點啊！」

佐山用雙手抱住她腋下，試著扶她起來。這動作令我難以忍受。

『別用髒手碰她！』

「別用髒手碰她！」

因爲早川不自覺地覆誦了我的話，佐山憤怒地瞪大眼。

「你說什麼？再說一次！」

「啊啊！不是啦！不是我說的啦！是神神、神，不是啦……我該回去了。」

佐山啞然：「你是不是精神失常了啊？」

漆原與毬村從走廊另一頭跑來。之後又響起一陣雜沓的鞋音，局面一片混亂。

「還呆站在那邊幹嘛！快將她扶起來啊！跌倒時應該沒有撞到頭吧？」

「啊！是！沒有。——森小姐，意識還清楚嗎？」

扶著兩個人的手，勉強撐起上半身的須磨子，雙眼直瞪著早川。眼神裡充滿憎惡。

「你……到底是誰？」

23

在漆原的攙扶下，須磨子被帶往醫務室。可能是疲勞過度吧！周圍的人如此議論紛紛。現場只剩毬村與佐山，兩人正向早川問個清楚。

「早川，你最近眞的很奇怪，老是一個人喃喃自語，這次居然還害森小姐昏倒，你是不是隱瞞了什麼事？」毬村說。

「你這樣說有點過分耶！又不是我害她昏倒的，是她自己覺得不舒服才倒下的。」

「什麼叫做自己昏倒，少說這麼不負責任的話！」佐山滿面怒容，「你是不是企圖掩飾什麼？我都聽到了。剛才須磨瞪著你，說了句『你到底想幹嘛？』不是嗎？你一定對她說了什麼奇怪的話吧？」

才不是這樣！須磨子是因爲不相信早川能與身爲幽靈的我交談，所以才對會他問說「你到底是誰」。因爲她驚覺坐在隔壁的同事竟然是個不知底細的怪物，所以才會冒出這句話。

「請不要隨便扭曲事實！不信的話，你可以去問森小姐啊！」早川嚴詞厲色地說。

腦子裡還殘留剛才那句「別用髒手碰她」的佐山，呼吸急促地揪住早川的衣襟。

「請、請不要使用暴力。」

「你這是什麼態度？明明大家都在爲警察被殺一事忙得暈頭轉向，你卻一副事不關己的模樣，我看你的腦子眞的有問題！」

『住手！』

毬村代替只能說卻無法出手的我，一臉不耐地分開他們兩個。「你們在幹什麼啊？都什麼時候了還想引起無謂的麻煩。佐山，你就不能冷靜一點嗎？」

「但是這男的眞的很不老實！他一定瞞著我們什麼事。」

什麼叫做這男的，早川咬著唇一聲不吭。

毬村瞇起眼，不知爲何浮起一抹淺笑。「每個人多少都有一些秘密，你不是也有嗎？」

雖然不清楚他是不是很認眞地這麼問，但佐山的神情隨之一變，彷彿被戳到痛處似地突然安靜下來。

佐山放開早川，拍拍兩邊袖子說：「主任，你這是什麼意思？沒錯，就算聖人君子也有不足爲外人道的事，但這算私事，與搜查工作無關！」

「你確定？」

「當然。」

我興趣盎然地觀察兩人對話。佐山似乎有什麼把柄落在毬村手上，到底是什麼秘密呢？毬村那微揚的嘴角，自信滿滿的表情，在在予人無形壓力。

佐山終於忍受不了地脫口而出：「毬村先生，你想說什麼就說啊！」

「喲！別露出那麼嚇人的表情嘛！我又沒其他意思。中井警部叫我過去一趟，我先走啦！」

毬村丟下一臉莫名其妙的下屬們，迅速離去。留下來的佐山與早川一臉尷尬地互視。

早川先開口，「你不覺得毬村先生也有點奇怪嗎？」

「是啊！的確有點怪。他就是愛裝模作樣，喜歡學連續劇裡那種喜歡挖苦人的名偵探，其實肚裡根本沒半點內涵，就是這樣。對了……」

「什麼？」

佐山又假裝拂去西裝袖角的塵埃，「剛才是我太衝動了。不好意思！」

「不會啦！一點小事，我剛才也說了很失禮的話。」

彷彿小孩在公園沙地上握手言和的場景，我奇怪地這麼想著，並鬆了口氣。看來早川在課裡太過醒目了，今後我得小心點才行。

麻雀停在欄杆上啁啾。我已經整整兩天沒回鐘樓了，不曉得啾吉是否安好？

「對了，早川。」佐山語氣一變，好像想說些什麼，卻又裝模作樣地掏出一根菸啣著。「剛才你在這裡到底和須磨說了些什麼，可以告訴我嗎？」

這傢伙滿腦子只關心這種事，早川似乎與我有同感，一臉嫌惡回道：「只是隨便聊聊，因爲最近實在發生不少事。」

「是這樣嗎？我不會再問了。——對了，你覺得她怎麼樣呢？」

我的心情頓時變得很複雜，因爲我知道不只佐山，早川似乎也對須磨子頗有好感，我眞不想聽到這段對話。搞不好佐山是想探聽早川是不是他的情敵，當然，佐山不曉得一旁就站著須磨子的未婚夫。

「怎麼樣啊？……覺得她很可憐，很同情她，也很佩服她即使痛苦卻仍十分堅強的個性。本來與被害人關係親密的森小姐應該是不能參與搜查的，但她卻得到特許，並且更拚命努力，所以也有點疼惜她。」

佐山用手揮了揮已點燃的菸，「不是啦！我不是問你這個，我是想問你是不是對須磨有意思？要老實說。」

我就知道！明明才大言不慚地說什麼要爲了警察被殺一事全力奮戰，結果卻問這種國中生才會問的問題，我看腦筋有問題的應該是這傢伙吧！

「我……我……我沒這個意思啊！」早川有點呑呑吐吐，「拜託！佐山先生。你不要因爲我們兩個在安全梯談事情就想歪了好不好，才剛發生那麼重大的事情，而且又是通宵未眠的大清早，怎麼好像那些老愛聚在一起講悄悄話的資深女警一樣，問這種愚蠢的問題……問這麼愚蠢問題的佐山先生才奇怪呢！該不會是你喜歡森小姐吧？」

眞是一記絕佳的反擊啊！佐山八成會老羞成怒，就此打住吧？結果並非如此。

「沒有。」佐山不帶感情地回答，「是嗎？那就好。」

「啊？那就好……什麼意思？」早川反問。

我也在想，這句話到底是什麼意思？

「不就說沒事嗎？知道沒有那種沒常識的傢伙會對才剛失去情人的她出手，我就放心了。我的問題好像也很失禮，連同剛才的事再次向你道歉，還請見諒。——好了，我們回去吧！」

佐山踩熄丟在腳邊的菸頭，往走廊走去，我很想抓住他的肩膀問個清楚。是我太敏感了嗎？爲什麼佐山說得自己好像完全沒有去招惹須磨子似的，眞是討人厭的傢伙。他應該就是那種明明是自己放屁，卻還能沒事般地問說「怎麼有股臭味啊？」的傢伙。

「佐山先生眞的對她沒意思嗎？」早川追上去再問了一次。

佐山回過頭，用力地點點頭，「完全沒有。我對她純粹只是一種搜查上的興趣，請不要胡亂猜測！」

「請不要胡亂猜測！」這句話感覺就像是說給我聽似地，不停地在我腦中迴響。

眞是這樣嗎？如果是的話，那麼「純粹只是一種搜查上的興趣」是什麼意思？我認爲這傢伙只是隨便找句話搪塞過去，難道他忘了自己三更半夜時還鬼鬼祟祟地打電話給須磨子嗎？兩人一起去案發現場探查時，還因爲問了些與案子無關的事惹得須磨子不高興。

眞是個怪傢伙，眞的很怪。

「喂！你不回去嗎？」佐山對沒有跟上的早川大喊。

早川突然蹲下來鬆開鞋帶。「你先回去吧！我先綁好鞋帶再過去。」

即使只有一點點，也要抓住機會和我說話。「瞭解！」佐山笑了笑便走掉了。可能他又覺得佐山這怪里怪氣的傢伙不曉得在做些什麼了吧！

「神崎先生，爲什麼森小姐好像受到了很大的打擊似的？我眞的嚇了一跳！」他很仔細地將鬆開的鞋帶繫好。

『現在沒時間對你詳細說明。總之，你說出除了死去的我之外，沒人知道的事。』

「那我們應該成功囉？森小姐相信我能與幽靈的你溝通了嗎？」

也許還有點半信半疑，不過多少有些相信了吧！只是，這樣究竟是好是壞？雖然能用只有兩人才知道的暗號交談真的很開心，可是這樣會不會讓她更痛苦？而今後又該如何是好？有可能會由早川、須磨子與我一起組個刑警加幽靈的偵探小組嗎？

「剛才你講的是暗號吧！那是什麼意思啊？」

『你記得說了什麼嗎？』

「怎麼可能！聽起來就像從沒聽過的外國話。」

『找一天再教你吧！走吧！不然佐山又要起疑了。』

「瞭解」早川應了一聲站起來。幸好他完全不記得暗號內容，因爲在這世上只有我與須磨子會用這種方式交談。

——KEDATANAASIRUTEIA。

——REODAMOYOKOSUMA。

我們常這樣交談。

像是在局內走廊約定那天的約會時間，或是旅行回來時，在電車上不想讓人聽到我們的親密對話，才想出這個不用電話、也不用擔心別人知道我們談些什麼的交談方式。不過，像這樣悄悄地說些語意不清的話，或許反而更引人注意。即使瞭解這點，我們仍是樂在其中。

想出這方法的是須磨子，那天晚上我們兩人第一次相約看電影，不過我們並不是坐在昏暗的電影院內交頭接耳地說些悄悄話。看完電影，我邀她去一間我很喜歡、氣氛不錯的小酒館，聊些如果坐上鐵達尼號，面對只能先讓老弱婦孺坐上救生艇的情況，自己會如何自處等諸如此類的話題。或許這世上看過〈鐵達尼號〉的好幾百萬對情侶都笑談過這個難題，但是我對這個問題根本連想都沒想過，於是兩人產生「現在的男人就像坐在鐵達尼號這種東西上似的」、「太過耍帥了啦！」等等有趣又奇怪的看法，約會氣氛還算不錯。

不久，坐在吧台的我們的斜後方出了麻煩事。兩個身穿西裝、看似上班族的傢伙，似乎硬要拉與他們一起喝酒的兩個女大學生出去，但卻遭到女方強烈抗拒，結果那兩個傢伙竟然硬摟她們的肩膀、抓她們的手。

看到這種粗暴行爲而滿肚子火的我，不顧須磨子的阻止站了起來。對他們說：「沒看到對方不願意嗎？還不快住手。」

「跟你沒關係啦！」、「少管閒事！」兩個無賴上班族不耐地回頂我。

「心情愉悅地喝酒不是更好嗎？」我說。

被我這麼一說，他們似乎更爲激動，嚷嚷著「有什麼不滿到外面說啊！」，不過他們好像沒有眞要幹架的意思，只扔下一句「這間店眞無趣！」便轉身走人。

此舉雖然得到女大學生的感謝，卻也掃了須磨子的興。她認爲「只要女孩子置之不理，他們自然就會識相地離開」，也就是說，我的多管閒事破壞了店內的氣氛。但是我很不服氣，幫助遭遇困難的女性居然還被責備，這不是很沒道理嗎？結果，我們兩人就爲了這點小事翻臉吵架，原本嬉鬧的女大學生們則一一離去。

「你看，都是你那麼大聲的緣故。」

「是妳自己要跟我吵的啊！」

原本愉快的約會就此破壞殆盡。

那天晚上，雙方懷著一肚子怒氣各自回家，結果晚上她主動打電話給我，話筒那端傳來她的聲音——

「MENGOSAINA，SITAWAGARUWAKATTA。」（譯註：日語「對不起，都是我不好」倒過來唸）

我聽不懂她在講什麼，沉默不語。她又繼續說道——

「SITERUIA。」（譯註：日語「我愛你」倒過來唸）

我終於聽懂了。原來是這個意思。什麼嘛！還害羞呢！我在電話旁的便條紙上潦草地寫下「我也是，對不起，我愛你。」然後倒著唸給她聽。

「咦，什麼？這太難了，不懂啦！你是故意的吧！說簡單一點的嘛！」

「那，SITERUIA，這樣總可以吧？SITERUIA。」

「口氣不要這麼公事化好不好？要更有感情點。」

我努力地表現感情。「KARAIMA，IKOYO。」（譯註：日語「現在過去找你」倒過來唸）。話筒那端傳來爽朗的笑聲，但不是我期待的回答。

「MEEDA。」（譯註：日語「不行」倒過來唸）

「SITEDOU？」（譯註：日語「爲什麼」倒過來唸）

「……UTINOSO（譯註：日語「不方便」倒過來唸）。明天還要早起，晚安，今天RIATOOGA（譯註：日語「謝謝」倒過來唸）。」

這就是所謂的甜蜜感嗎？我還是第一次體驗到，想必須磨子也一樣吧！就這樣，有時我們會半開玩笑地夾雜暗語交談。當然，這種樂趣除了我們兩個之外沒人曉得。所以剛才她聽到早川這麼說時，才會驚愕地昏了過去。

「啊！眼皮好重喔！神崎先生，你不睏嗎？就算是幽靈也會睡眠不足吧！」他邊打呵欠邊小聲地說。

『嗯，會啊！的確是有點睏了，可是又沒辦法拋下這邊的事，也許案情會有什麼急轉直下的發展。』

「沒錯，希望能有令人睡意全消的驚人發展才好。」

有個男的站在刑事課辦公室前面。原來是久須。他一看到我們，不，一看到早川就露出曖昧笑容。

『那傢伙怎麼搞的？還在局內閒逛嗎？』

「看他可憐，所以讓他在値夜室小睡一下。對了，他的手做過煙硝反應，結果呈陰性。——怎麼了？Doctor，有事嗎？」

早川走向他。Doctor 眼睛下方也浮出一輪黑眼圈。

「因爲想起很重要的事想跟你們說。剛才因爲我一時緊張，加上刑警大人們在我耳邊吼叫，嚇得都忘了……」

「是什麼事啊？進去說吧！」

一打開門，裡面只有佐山一人。他一看見早川與 Doctor 一起走進來便出聲問：「怎麼了？」

「我忘了說一件事。」久須開門見山地說，「關於案發前的事。」

硬漢原本盤著腿，聽到這話立刻放下，身子往前探，用下巴指了指空椅。「坐吧！是不是在案發前目擊到誰？」

「這倒不是，而是發現了某樣東西，不過我不曉得與課長被殺一事有沒有關聯就是了。」

「不要扯東扯西的，講重點。何時？在哪？發現什麼？」

爲了能夠清楚觀察到久須的表情，我移動到他的正對面。久須看起來似乎有點遲疑。

「我不是說過我搜括得正高興時，突然聽到一聲高亢的聲音嗎？我在那一瞬間慌了手腳，後來才搞清楚原來是拉麵攤的風笛聲，於是安心地繼續拿起神崎刑警的遺照，這時卻聽到偵訊室傳來一聲『對不起』與槍響。但是，因爲我當時被要求說明發現課長遺體的經過，一時緊張竟漏說了一件事。那時我將神崎先生的遺照翻轉後，發現了一個很有趣的東西。——還是指給你們看比較快。」

久須起身面向牆壁，將我的遺照翻面，上面貼著一個像黑色蟲子的東西。不，那不是蟲子，是機器嗎？

「還在，就是這個！」

「那是什麼？——別碰！」

佐山戴上手套趕過去，摘下用膠帶貼在相框背面的東西，放在桌上。這個看起來像蟲子的東西絕不是應該出現在這裡的物品。

「佐山先生，這不是竊聽器嗎？」早川突然驚訝地叫出聲。

我看應該就是了。

「好像是吧！應該是能接受FM波的機型。」

「這種東西爲什麼會出現在刑事課辦公室？眞是不敢相信！」早川隨即又突然壓低聲音，「現在該不會有誰正偷聽我們的談話吧？」

「我怎麼知道！看這裡，這是麥克風。『喂！躲在那一頭的混蛋！』——要不要試著這樣叫看看？」

「果然……眞的是竊聽器。我工作時沒用過這東西，所以不太確定它是什麼，沒想到連警局裡都有這玩意兒……」

只有久須看來像是鬆了口氣，他之前可能是擔心我們會對他大吼「是你搞的鬼吧」。

「眞是的！這到底是怎麼回事！」門邊傳來聲音。漆原不知何時已雙手抱胸站在門邊，她用食指按著額頭走了進來，湊近觀察竊聽器，一臉嫌惡地嘖聲說，「不過是個便宜貨，一萬日圓就可以買好幾個。這東西是什麼時候裝上去的？」

「神崎先生的遺照在十七日下午才掛上去，應該是之後偷裝上去的吧！」早川立刻回道。

如果竊聽者就是之後進出這房間的人，那麼不論是誰，肯定都是一名警察！看來巴東分局的惡夢還會繼續下去。

「佐山，你去向中井警部報告這件事。這東西應該不只一個，得使用探測器徹底滅蟲才行。」

「是！」他應聲後隨即跑了出去，走廊上響起啪嗒啪嗒的腳步聲。

「幹嘛慌慌張張的啊？」是毬村的聲音。

「快進來吧！毬村。相框背面發現了一個很棒的禮物。」漆原叼了根淡菸，自嘲地說，「這次是竊聽器呢！你對這東西熟嗎？」

毬村一臉驚訝，看著桌上的東西搖搖頭，「我對機器不在行——這東西是怎麼一回事？」

「請你去問裝這東西的人。啊啊！混蛋！氣死人了！要不是它是證物，眞想一腳踩扁它！」

「像組長這樣的美女說粗話不太好吧！」

這種無聊的玩笑話就免了吧！

「都這時候了還有心情開玩笑！」被漆原一喝，毬村縮起脖子，但嘴角仍露出一抹笑意，不過此舉似乎更令組長不滿。「對了！你剛才到哪去了？」

「中井警部叫我過去，質問我關於收押品的管理清單是否每半年確實清點一次之類的。」

「你又不是負責保管的人，爲什麼要問你？」

「這就得問警部了。」

氣氛似乎有點僵。漆原神經質地搔著脖子。「啊！對了，早川。」

早川挺直背脊。

「你過去醫務室一趟，森好像有話對你說，不過別講太久！等比較有空時，再告訴我你們到底發生了什麼事？」

「是的。」早川站直身子回答。

我也跟去看看吧！如果她肯相信早川的話，那我就能與須磨子對話了。當我說了句『抱歉』，從毬村面前橫越時，聽到小開嘆了口氣說——

「眞是的，居然在那種地方裝竊聽器，好像神崎在偷看我們工作似地。」

我刻意倒退，對著毬村的臉說道：『我才沒竊聽呢！我可是全都看得一清二楚。』

早川大概覺得事態緊急，我卻還在講些有的沒的，於是不自覺地冒出一句——

「走了啦！神——」

毬村愣了一下，早川則是一臉複雜地露出微笑。

「你剛說『神』什麼？」

「啊！主任那是……雖然這時提這種事很怪，不過尾牙請你再唱一次〈神田川〉哦！」

看來這回是最尷尬的一次。

24

須磨子沒有躺著，而是像面試官般雙手平放膝頭，坐在床上。早川一進去，她便指了指椅子說「坐吧」。

是我多心嗎？她似乎提不太起勁。我跟著坐在床邊。

「剛才讓妳受到驚嚇了，眞是抱歉。」早川先致歉，他可能是還沒想到要如何開口吧！

「是我嚇到你才對，對不起。」

須磨子只說了這句便沉默不語，早川也沒有再主動開口。

一旁乾著急的我不滿地說：『你快幫我問問她，到底相不相信我重返人世的事啊！』

「是。」早川一回應，須磨子便抬起頭，表情很緊張。

「剛才的回應是對神崎說的嗎？」

「是的。」早川點點頭。

「看來你還是堅持能與他的幽靈對談，不打算放棄嗎？」

「不，因爲我說的都是眞的，我以我的人格發誓。」

須磨子又沉默了，看來她還是很懷疑。是啊！這是理所當然的吧！只是，我覺得有些悲哀。

「我……」須磨子以平靜的口吻說道，「我從來不認爲有幽靈的存在。但是從你口中卻聽到只有神崎才知道的事，因此才會這麼驚訝。然而仔細想想，這也不是什麼多不可思議的事，可能是他與你聊過很多吧！只是，我沒想到他居然連這些事都對你說，眞的很意外。」

「不，神崎先生確實存在，而且現在就在這裡。」

早川也很冷靜，看來冷靜不下來的人只有我。

「沒有！我完全感覺不到。早川，我並不認爲你是故意欺騙或耍弄我，相反地，那都是善意的謊言吧！但是我並不相信幽靈或靈魂之說，雖然我知道有很多人說他們看過或聽過那東西，當然，我也不認爲那些自稱有通靈能力的人全都是滿口天花亂墜的騙子，他們可能是眞的看到或聽到。不過，幽靈終究是不存在的，那全是幻覺與幻聽，只是大腦的一種生理現象。」

「我——」

「你聽我說完。聽說你的外婆是靈媒，對吧？我不知道你的外婆是怎麼對你說的，不過我想從小就聽聞這類事情的你，自然會受到影響，變得比較容易出現幻覺。那是一種幻覺啊！幻覺這種現象的確是存在的，但是幽靈並不存在。」

我以前也是這麼認爲的，妳的說詞非常具有說服力。不一樣的是，即使如此，幽靈的確是存在的。

「也許你是對神崎被害一事感到忿恨不平，因此才會產生幻覺，以爲看到他的幽靈，那想必是非常逼眞的幻覺吧！我眞羨慕你能看到，但是——」

「但是神崎先生眞的存在呀！」早川緊緊握拳，「我不要求妳一定要相信我，可是請妳相信神崎先生，請傾聽他想說的話，若是被森小姐否定，神崎先生便無法得救，他很需要幫助啊！」

「幫助？什麼意思？」須磨子的眼底出現了警戒。

「神崎先生是因爲無法成佛，所以才會成爲幽靈。他回來的目的就是讓我們知道誰是殺死他的兇手。他已經告訴我誰是兇手，而且也請我幫他早日將兇手繩之以法。」

「那麼，兇手是誰？」

早川說出經堂芳郎的名字，須磨子的神情絲毫未變，是因爲衝擊力不夠大嗎？——看來並不是這樣。

「你這不是太卑鄙了嗎？課長已經死了。居然將罪過全推給無法開口的死人。」

「神崎先生很明白地這麼告訴我。這幾天我與神崎先生爲了找尋證據，拚命暗中偵查。雖然還沒揪出兇手的狐狸尾巴，不過只要繼續動搖他的心防，假以時日他一定會露出破綻。」

「你的意思是說，你們瞞著大家，像警匪片演的那樣暗中進行偵查？天啊！你的妄想居然到了這種地步。那你能告訴我是誰殺了課長嗎？」

「這就不知道了。不過的確有個幕後黑手唆使課長殺害神崎先生，課長雖然是執行者，可是另有命令他的人。根據我們的推理，課長就是被那位幕後黑手給滅口。」

「你的想像力還眞是豐富！那請你告訴我，殺害新田先生的兇手又是誰？」

「這個也還不知道，不過也許與神崎先生的案子有所關聯。」

早川的額頭冒出一顆顆汗珠。這裡明明不是暖房，而是有點寒冷的房間啊！他大概是爲了說服須磨子，因此耗費比平常多好幾倍的精力吧！我心急地想著，有沒有什麼有力論點可以幫助他呢？然而，我的思慮只是一味空轉。

「……森小姐，到底要我怎麼做，才能讓妳相信這一切呢？」

早川這個問題讓一切又回到了原點。好痛苦！看來一切的一切都白費了吧！我有種深陷泥沼般的無力感。

「若他的幽靈在此，你能幫我向他請求，讓我聽聽他的聲音嗎？」

「沒辦法。」

「那請他去自動販賣機買杯奶茶給我喝。若身上沒錢買，打開書櫃或令門開開關關的也行，就像電影裡的幽靈，不用特別拜託，他們也會這麼做，不是嗎？對了，要是能寫封信給我更好。」

「……真的沒辦法。幽靈只能讓靈媒看到他們、聽到他們，而且無法觸摸這世上的任何東西，所以也沒辦法寫信。」

「那不就等於不存在嗎？」

我的心就像被鉤子狠狠耙過般疼痛。雖然很想參與到最後，但我再也受不了了。懦弱的我將這一切全都丟給早川，自己衝出了房間。

「神崎先生！」早川的叫喊從我身後傳來。

我漫無目的地在走廊閒晃，被絕望一點一點地啃咬著。

須磨子，妳是個很聰明的女孩，不信幽靈之說也是當然的。妳小時候應該曾因為告發同學打瞌睡而引起騷動，暗暗輕蔑那些為了要看未來丈夫的樣貌、半夜起來看鏡子、對超自然力量很有興趣的同學吧？看電視時也是，妳一定不解為什麼老是在播那種會誘發別人犯罪的愚蠢節目，或是一些騙人的超能力表演。我就是喜歡這樣聰明伶俐的妳。

可是須磨子，聰明如妳卻未必是對的。雖然我也無法斷言到底有沒有神明、天國與地獄，但幽靈是眞的存在的，現在就站在這裡，就是我啊！

我與好幾位刑警擦身而過，也有些傢伙直接穿透我的身體，大家似乎都很忙碌，發現竊聽器之後，局內的混亂局面更形擴大。本部一課調來的傢伙站在走廊一端大喊大叫，他的身影在我看來是扭曲歪斜的。而我，彷彿在夢中游泳似地，雙腳無法著地。不，會這樣是因為我是幽靈。不存在的幽靈。

妳還是不肯相信嗎？

——看見幽浮的七歲小女孩後來怎麼了？

須磨子，如此聰明的妳怎麼可能因為看到幽浮而被嚇哭呢？但是那時妳才七歲，會哭也是當然的。那是個下著雨的夜晚，去親戚家玩的妳，在回家的路上忽然發現昏暗的天空飄浮著一個發著微光的圓盤。那是什麼東西？

——妳放聲大哭地跑回家。

妳哭泣的理由很精采，可愛得讓人想緊緊抱住妳。

妳這麼說：「因為我眞的以為是外星人入侵呀！一想到明天的世界就會變得不一樣，現在的生活也許都得重新歸零時，便愈想愈傷心。那是我第一次覺得日復一日的平淡生活是何其珍貴，然後開始反省老是對父母與老師說些任性話語的自己，也很後悔對同學做過不好的事。我向神懺悔自己做過的所有錯事，請祂赦免我，讓我今後也過著與今天一樣平安幸福的生活，我如此祈願，邊哭泣邊祈禱。」

我笑了。

那是在妳房裡度過的第一個夜晚，妳枕著我的手臂告訴我的事。後來妳從母親口中得知，妳看到的幽浮原來是飯店空中餐廳的照明設備，雖然被大家取笑，但妳已將那時的教訓謹記在心。妳體認到就算是再怎麼無聊、麻煩不斷的日常生活，也是無可取代的寶貝。

須磨子，妳是如此聰慧，但是幽靈確實存在。

我就像隨波逐流的海藻，不知不覺地又走回刑事課辦公室，裡面傳出吵雜聲。那群蠢蛋到底在幹什麼呢？我眞好奇。

一穿過門，只見鑑識課員正在努力治退蟲子，他們以電波探測機探測竊聽電波，打開房間的配電盤仔細檢查。以漆原為中心，已故課長的位子四周圍了一堵人牆，中井警部正口沫橫飛地不知在命令什麼，似乎是要徹底清查出入刑事課辦公室的人員名單。沒瞧見 Doctor 的身影，大概是被留置在拘留所吧！「聽清楚沒！絕不能將竊聽器一事洩露！」警部嚴詞厲色地大吼。是害怕被媒體知道吧？還眞是悲慘哪！

我浮在半空偷窺那份名單。以刑事課人員為首，以下洋洋灑灑地列了許多警官的名字、專挖消息的社會新聞記者、維修機器的影印機業務，還有「明洋軒」外送人員等等。「明洋軒」就是經堂死前數十分鐘向他們點蛋拉麵外送的那間拉麵店。這倒讓我想起關於拉麵的事。Doctor 說過在聽到「對不起」與槍聲前曾聽到拉麵攤的風笛聲……

眞的是拉麵攤的風笛聲嗎？

雖然聽來滿合理的，不過總覺得不太對勁。昨晚從墓地飛來這裡的途中，我曾看到邊移動邊吹著風笛的拉麵攤。我記得當時還想說，我若是個活生生的人，肯定會被激起一股食欲，那時的確是十點半之前。不論怎麼說，命案發生時，那個拉麵攤怎麼也不可能通過分局門口——槍聲響起是十點二十分，那個拉麵攤位在距巴東分局足足有三公里遠的地方，根本不可能在這麼短的時間內移動至此，而且也不像是要往分局這邊過來。那麼該如何解釋風笛聲？難道從分局前面經過的是我沒看見的另一個拉麵攤？還是……根本就是久須說謊？

有個方法可以確定。

我回到了醫務室。因爲不知道早川與須磨子目前的情況，所以有點不安，但是現在不是退縮的時候！我體內那股身爲刑警的熱血正沸騰著。

「神崎先生，你還好吧？」早川看著我，擔心地問。

他們兩人還是像剛才那樣坐著，須磨子披了件衣服，大概準備回辦公室了吧！

『嗯，沒事。我只是去小解。關於課長遇害一事，我想以刑警身分問須磨子一件事，麻煩你幫我轉達。』

「森小姐，神崎先生回來了。也許妳仍覺得這是我的幻覺，可是我看得很清楚。」早川的口氣十分堅決，「他好像有件事想問妳。」

「我不是說過不相信幽靈或超能力了嗎？」她困擾地笑了笑，還無法習慣早川的幻覺。

「不是那件事，是關於昨晚的命案，他想以刑警的身分詢問妳一些問題。」

須磨子睜大眼直盯著早川，似乎頗感興趣。「可以啊！你問吧！」

須磨子面向早川，我則以刑警身分開始提問。

『第一偵訊室傳出槍聲時，妳因爲身體不舒服正在安全梯透透氣，對吧！若是這樣，妳不覺得Doctor的證詞有疑點嗎？』

早川一字一句地忠實傳達。不過須磨子可能還沒聽懂我的意思，反問說：「有疑點？」

雖然也能直截了當地問，但我就是不想給她太多提示。

「這個嘛……應該沒有吧！」

『一點都不像妳，妳再仔細想想。』

早川再覆誦一次。不過他拜託我用字遣詞稍微注意一下，因爲他不想被須磨子討厭。須磨子右手放在胸前思考著。當我想著不行嗎？弄錯了嗎？正準備放棄時，她的眼睛突然一亮。

「我知道了！一定是這樣，我實在太粗心了。」

「咦？什麼事啊？」早川看看我又看看須磨子。

她開始說明：「依Doctor所言，他在槍聲前有聽到風笛聲與課長說的『對不起』，但這一點很奇怪，在安全梯的我沒有聽到課長的聲音還說得過去，但我不可能連風笛聲也沒聽見，可是我敢發誓，我眞的沒聽到。」

我豎起雙手大拇指。太好了！終於想出來了，這就是我所期待的答案。

「神崎先生好像很高興呢！可是，森小姐說沒聽到風笛聲是怎麼回事？」早川不解地搖搖頭，問我與須磨子。

我們幾乎同時回答。

『Doctor 說謊。』

「Doctor 的話不能盡信。」

「哇！」早川發出歡呼。

「你們的見解居然一致耶！啊！神崎先生是說：『Doctor 說謊。』原來如此，原來是這樣啊！若是這樣的話……意思就是說 Doctor 的其他證詞有可能也是假的囉！」

『就是這麼回事。』我說。

我又重新思考一次。如果 Doctor 說在槍聲前有聽到風笛聲這點是僞證，這對 Doctor 有何益處可言？我不認爲他這麼做是爲了擾亂搜查。須磨子似乎也抱有同樣疑問，猶豫著該怎麼回答早川。

『也許他不是故意說謊，只是一時搞錯。』

我請早川傳達我的看法，須磨子也表贊同。

「我想他沒必要撒這種謊，他有可能是將某個聲音誤聽成風笛聲。我總覺得有點奇怪，他居然會被從外面經過的拉麵攤風笛聲嚇到。」

『聽錯聲音嗎？也就是說 Doctor 的確聽到偵訊室傳來嚇人的聲音，可是那個房間只有桌子和椅子，根本沒有能發出會誤聽成風笛聲的東西啊！』

擔任同步口譯的早川很努力地傳話。

須磨子用雙掌撐住太陽穴周圍，努力思考，過了好一會兒才輕快地說：「有啊！」

她從口袋掏出記事本，不知在查什麼，然後拿起桌上的話筒。她要打給誰啊？

「妳要打給誰啊……？」

她耳朵貼著話筒，露出一抹詭異的笑容，然後按下擴音鍵，讓早川也能聽見談話內容。等了十秒左右，電話接通了。

「喂？找誰？」電話那端傳出熟悉的聲音。

那不是本部一課一位姓大久保的刑警嗎？

「我是森。我打的是經堂課長的電話吧？」

「是的。」對方回答。

「突然打擾您，眞是不好意思。我想請問一下來電鈴聲是什麼旋律？」

『啊！』我大叫一聲。

「眞是豬頭！」大久保嘲諷說，「沒想到那個看來一點幽默感也沒有的課長居然這麼會耍寶，眞是敗給他了！鏘啦啦啦，是攤販的風笛聲啦！美女，妳是從哪兒打來的啊？」

「醫務室，待會兒就要回刑事課辦公室。」

「我現在人在鑑識課，等一下也要回刑事課辦公室，下次我們一起去吃拉麵吧！」

「麻煩你叫外送。」她說了這句後隨即掛斷電話，得意地轉身看著早川。

「原來是手機的來電鈴聲！不過就像大久保說的，課長不像會玩這種東西的人。」

「大概是他太太弄的吧！我曾陪過他太太一會兒，為了讓她心情好些，便與她閒聊了一下。她說自己像小孩子一樣，老是對課長惡作劇，像課長與同事去溫泉旅行時，她會替他準備大紅內褲當作換洗衣物；逛百貨公司時，會故意跑到櫃台用廣播呼叫課長，還會擅自幫他更換來電鈴聲。他太太是眞的會做這些事。」

也許眞是他太太做的吧！不過重點不在這裡，而是在槍聲響起前，Doctor 聽到的風笛聲其實是經堂的手機來電鈴聲。因此目前的搜查重點便在於這通電話到底是誰打來的？

『我看到課長的衣服口袋裡塞著手機，有調查過手機的通聯紀錄嗎？』

早川與須磨子都表示並不清楚。也對，不在搜查核心的他們應該還不知情，不過說不定已有人在調查課長手機的通聯紀錄了！這情報肯定能令搜查進度大幅躍進。

「課長死前應該與誰通過電話，而且絕對與案情有關。」

「嗯，不過還不能妄下斷語，也許是碰巧打錯的電話，得看過通聯紀錄才能確定。」

「可是來電與槍聲的時間十分吻合啊！莫非電話裡裝有發射子彈的裝置……」

『笨蛋！怎麼可能？』

「剛剛我被神崎先生冷冷地罵了句『笨蛋』。」

「不論是多麼巧妙的裝置，若是電話上有槍口，一定能立即察覺，而且彈孔不在耳朵，而是在太陽穴附近。」

『沒錯。』

「神崎先生說：『沒錯。』」

「回去吧！」

我們走出醫務室。三人迎著風，神清氣爽地走著。周邊的景色已不再扭曲。

「已經沒事了嗎，森？」一看到須磨子走進來，漆原出聲喚她。

「喲！」站在一旁搔著鬍髭的大久保舉起一隻手打招呼。「我突然被風笛聲嚇了一跳呢！怎麼會突然想到課長的手機來電鈴聲？」

須磨子說明事情經過，當然沒有提及是成了幽靈的我想到的。

中井警部沉穩地說：「我查了經堂手機的通聯紀錄，倒沒注意他的來電鈴聲。久須聽到的那個風笛來電鈴聲，只要看通聯紀錄就知道了——他在十點零九分接了這通電話。」

「誰打的？」

警部指指一旁桌上，塑膠袋裡的一支陌生手機。「搜查兇槍時在三樓走廊的垃圾筒裡找到的，打給經堂的電話就是由這手機撥出去的，上面的指紋已經被擦得乾乾淨淨。」

「查不到手機的持有者嗎？」

「非常困難，這支手機是使用一家叫做 HOBO NET 通訊公司所販售的預付卡。嫌犯買了新手機與預付卡後，只要登錄卡片上的十二位數字就能使用指定號碼，不需提示駕照或身分證等證明。我曾聽那些幫派分子說過，他們也常利用這東西交易毒品或槍械，不但登錄時身分不會暴露，收聽那方也省了麻煩。」

這時代開始出現這種討厭的東西，而且 HOBO NET 這家公司的名稱聽起來也很可笑，似乎是取自「打給每個人」的諧音，還眞沒創意。我想起曾在某部老電影中看過一個坐霸王車的無賴漢站在火車頂上用英語高喊 hobo 的場景。

「你說這是在三樓走廊的垃圾筒裡找到的……也就是說，兇手可以確定是分局內的人囉？」

聽到早川這番話，警部有點不太高興地說：「這種事我當然知道。昨晚局內的人全被列爲嫌疑犯，不過目前還無法斷言打電話的人就是殺害經堂的兇手。」

須磨子深吸了口氣。當我看著她，想說「怎麼了嗎？」的時候，她居然說出了令人難以置信的話。

「關於經堂課長遇害一事，早川有個大膽假設。亦即課長是殺害神崎刑警的兇手，而課長則是因爲幕後黑手爲了湮滅證據而被滅口的。」

頓時滿座譁然，我與早川也同時驚叫出聲。沒想到她居然會在這時說出如此具爆炸性的發言。

「森小姐，不能說啊！」

『不能說！那個幕後黑手也許就在這些人之中啊！』

須磨子只是希望能讓搜查人員得知經堂是殺人兇手，可是在此情況下揭發此事實在有欠考慮。這不是讓剛剷除經堂、稍微鬆懈的嫌犯再度燃起了戒心嗎？若覺得警部可以信賴，想找他談談，大可選個沒人在的機會說明啊！

「這是怎麼回事？早川，你有什麼證據嗎？你若敢隨便敷衍我就有你好受的了。」警部咄咄逼人。

「是。不、那個……我只是聽到……證據是……」

「聽到？你是聽誰說？」

他無助地看著我，可是我一時也想不出什麼好方法能拯救陷於困境的他。

「難不成這是你隨口開的玩笑嗎？你到底是聽誰說的，快老實說出來！」與其說佐山在生氣，不如說他在哄早川說出實情。但他的眼神卻如針般銳利。

須磨子一看早川答不出來，立即接話：「警部，早川因爲太過疲勞，所以精神狀況不是很好，我想最好讓他靜養一下。告訴他課長是殺害神崎刑警的兇手的人其實並不存在，如果他眞的相信此號人物，那他可能患有人格分裂症吧！」

什麼跟什麼啊！

早川一臉愕然，此時我的眼神恐怕也與他同樣渙散吧！沒想到她竟誤解得如此之深，我有種被人背叛的感覺。

「的確，早川最近的行爲有點怪異。」毬村與漆原也如此附和。

早川沒有任何辯解，只是低著頭。

「……妳太過分了！須磨子。」

我斜睨著她。

25

早上的公園幾乎沒什麼人，只有我孤伶伶地坐在長椅上。若我不是幽靈，看起來一定很像走投無路的失業男人吧！還是與世隔絕的哲學家呢？

屈指數數，今天是我成爲幽靈的第六天，感覺卻像一個月那麼久，如此動盪的六天。最難過的首推重返人世的第一天，但是從昨夜到今晨一連串的事卻足以令我心力交瘁——經堂在形同密室的偵訊室慘遭槍殺、我與須磨子終於能間接溝通、接著被她背叛的早川被當成病人。

不，須磨子其實不是背叛我們。作爲一個完全不相信超自然現象的理性主義者，她當然會認爲一再堅持能與我交談的早川其實並非說謊，只是精神狀況出了問題。但是，無論如何，我眞的不希望她在大家面前揭露早川已鎖定經堂是兇手一事，這麼做肯定會令幕後黑手提高警戒，使今後的搜查工作變得更困難。

託聰穎伶俐的須磨子之福，我們陷入了這般窘境。這世上的確存有科學無法解釋的未知現象。她如果能再多想想的話，應該就不會造成如今這種局面了。理性主義者還眞像顆頑石，令人傷神。

白楊樹迎風搖曳，也許是枯樹令人更覺風寒。我就這樣愣愣地遠眺前方，難道須磨子說的全是事實？我的心中湧起這個疑問。

幽靈是否眞的不存在呢？生前的我也是完全不相信任何非科學的事物，也一直認爲所謂的幽靈只是由人心產生的妄想，或是因爲難過親愛之人的殞逝，或是恐懼帶有災難者的甦醒。果然，這一切或許並非事實。這世上還有許多科學無法解釋的現象，幽靈之說其實是荒唐無稽的。那麼，面對這些問題，身爲幽靈的我又該如何解釋自己的存在？其實——

非常簡單。身爲幽靈的我並不存在，也就是說，這一切並非現實，而是一場夢境。但卻不像睡著時那樣一氣呵成、十分逼眞的夢境。

直到經堂於釋迦海濱槍殺我的那一幕爲止，一切都是眞實的現實，之後所有的事情則是瀕臨死亡的我的腦中所產生的幻覺。或許，這時的我正躺在醫院的加護病房裡，全身插滿管子，只靠著呼吸器維生。現在的一切只是一個好長好長的夢，夢裡的我成了幽靈而回到陽世，會怒、會哭、也會笑。這樣就能合理解釋這一切。就算有人質疑怎麼可能作如此細微、逼眞的夢，我也能斬釘截鐵地說，這是呈現瀕死狀態才會產生的特殊幻覺。

不、不是的，我強烈否定，極欲否定。我想以虛無主義者自居，不想輕言放棄之前所經歷的一切，無法無視以幽靈形態甦醒的眞實感。與早川再會、首次以幽靈形態與之交談時的感動、鑽進須磨子被窩時的無奈，我無法以幻覺這個名詞抹殺這一切。

眞是如此嗎？幻覺主義再次勝出。即使如此，也無法證明這不是所謂的瀕死體驗。即使在平常的睡夢中，人們也會眞實地生氣、大笑和悲傷。然而，不論再怎麼眞實，還是分得出何爲夢境、何爲幻覺。

喂！幽靈主義者的冠軍要反擊囉！我要確實地還擊，四處散播檄文證明自己並非作夢，就像朝挑戰者下巴狠狠賞他一記上勾拳似地，身爲冠軍的我在擂台上輕巧移動，將對手逼至絕境，如此一來，必能勝出。但我的腳卻停了下來。喂！不行啊！沒憑沒據地怎能說是幻覺，我要扭轉這一切，想辦法逃脫。正當我愈想愈激動時，身後傳來呼喚自己的聲音。

「久等了！神崎先生。」早川提著包包站著。

『呼！被鈴聲救了一命！（譯註：宣告拳擊比賽結束時的鈴聲）』我有這種感覺。

「什麼意思啊？」

早川一臉莫名其妙。我適時地打了個馬虎眼。

『比想像中還花時間呢！我沒看過心理醫生，挺好奇是怎樣的診療方式。』

「只是很輕鬆地隨便聊聊，問些日常生活習慣與工作狀況等等。對方是一位很親切的老醫生，和他聊聊後覺得很放鬆。」

『才剛離開醫院就跑來公園與神崎達也的幽靈碰面，不覺得毛骨悚然嗎？』

「怎麼可能啊！」早川在我旁邊坐下，「我沒想到你會這麼說耶！莫非你一直提心吊膽地等我看完診，怕自己對我打招呼時，被我一口否認，說你是幻覺或錯覺的話該怎麼辦，對吧？你一定很擔心吧！」

『多少有點啦！』

面對我的坦白，他露出了奇妙的表情。眞是個善良的傢伙，這種感覺好眞實。

「醫生還開了很多處方給我，有藍色膠囊、黃色膠囊和綠色膠囊等顏色，很漂亮哦！當然，我沒有幻覺，所以也不需要服用，眞是浪費了這些藥。他還叫我暫時拋開工作兩、三天，好好靜養。可是這麼重要的時刻，我怎麼能窩在家裡休息。」

我瞭解他迫不及待的心情。

『不過待會兒你回去局裡，就算對他們說【我去看過診，已經沒事了】，他們一定也會要你回去休息吧！總之巴東分局現在已經被媒體視爲魔窟，要是又被他們知道分局裡有疑似神經衰弱的刑警，不但在命案現場穿梭，而且還出現異常行爲，肯定會令分局雪上加霜吧！』

早川似乎有些遺憾，「會嗎？他們應該只會認爲我是因課長的死受到刺激，加上徹夜未眠的過度疲勞，所以精神狀況才會出問題吧！醫生在詢問我的時候，我也很認眞地回答，而看過我與透明人溝通的異樣光景的只有森小姐，所以其他人或許會覺得森小姐的說詞過於誇大啊！」

眞的是這樣嗎？但是，這陣子覺得早川不太對勁的不只須磨子，不論是漆原、毬村還是佐山，大家都覺得他的行爲有些異常。正因爲現在是非常時刻，所以更不能輕舉妄動。

「這樣這陣子就沒辦法幫神崎先生傳話給森小姐了。沒想到她居然對上面的人報告這件事，眞的讓人措手不及。我本來以爲可以整合三人之力一起查出眞相的，結果只是空歡喜一場。」

『現實總是殘酷的。』沒錯，這就是現實，並非夢境，而是嚴苛的現實。

「今早的搜查會議有什麼進展嗎？」

『只是確認責任如何劃分而已。』

沒什麼值得轉告的內容。關於昨晚的會議，昨天就已經傳達過了。與之前一樣，我們仍約在兒童公園碰面，早川還是沒讓我進他家，想必須磨子那張照片還是面向牆壁吧！

「關於竊聽器有沒有什麼新發現？」

『局內全都搜索過一遍後，仍只有貼在刑事課辦公室遺照後的那個。是在一般電器行就能買到的機種，若用郵購應該三萬日圓就能買到，電波的可接受半徑爲二百公尺。嫌犯不可能隨時竊聽，應該是採錄音方式吧！因爲是裝電池的竊聽器，被發現時還在運作中。』

「能從電池的損耗推測出是何時掛上去的嗎？」

『不太可能。因爲課長掛上那幅遺照時，後面並沒有貼上任何東西，之後也無法確定，因此很難鎖定嫌犯。不過這東西絕對與經堂之死有關，一定得傾全力搜索才行，光靠這種小東西是無法輕易揪出嫌犯的。』

「在刑事課辦公室裝竊聽器，看來世界末日也快到了吧！而且昨天在清查收押品時，又冒出各種亂七八糟的問題，我們分局到底在搞什麼啊！」

他會嘆息也是當然的，因爲保管庫內的收押槍枝發現有短少的情形。射穿經堂太陽穴的S＆W證實是在今年一月由當地幫派分子手上所查扣的東西，其他還有托卡列夫與白朗寧等，一共短少六把。

每個月月底都必須對照清單，確認收押品管理狀況，因此以局長為首，還有負責管理收押品的副局長等人都難逃處分。雖然不曉得其他分局是否也如此仔細管理，但是通常每半年會清點一次！因此實在很難辯解這不是什麼重大疏失。

『更無奈的是，今早的搜查會議最重要的決定就是關於員警監守自盜槍枝一事，上面勒令不得對媒體洩漏半字，他們擔心萬一曝光恐怕會引起軒然大波。眞是猜不透那些上面的人到底在想些什麼！』

「有好幾把槍不見……這是怎麼回事？」

我不明白早川想問什麼。

「如果偷槍是爲了殺死課長，不是只要一把就夠了嗎？偷拿好幾把不是更引人注目嗎？兇手的行爲太不合理了。」

我沒有深入思考這一點。殺死經堂的兇手只要一把槍就夠了，其他幾把可能與這次事件無關，只是單純地遺失。

「神崎先生難道不覺得這次事件有更深一層的謎題嗎？」

『這種想法並沒有什麼根據吧？難不成你認爲拿走幾把槍就代表要殺幾個警察嗎？』

「我沒這意思，也許就像你說的，只是單純的管理疏失……」

「不過這可不是一句管理疏失就能解決的問題。你沒看到本部一課課長在會議上狂吼的樣子，臉色像紅綠燈般一陣青一陣紅的。除了槍械，其他收押品也將進行徹底清查，像毒品或非法光碟等等，不曉得清查結果會是如何。」

若是隱瞞一切就不會有事吧！

『現在才查這些有什麼用！意思是我被殺害時都沒有調查過囉？看來還會陸續揭露更糟糕的事吧！』

「所以我剛才就說了，嫌犯居然是自己人，而且被偷走的槍還成了兇器，真是叫人難以置信。——如果他們知道課長是用托卡列夫槍殺神崎先生，應該就會調查保管庫了。」

一旦率直地承認，早川倒是指出我沒有想到的疏漏之處。

「對了，接下來該怎麼做？」

下一步棋該如何走呢？我思考著。

『就像剛才說的，你今天就乖乖待在家裡，別去局裡了。』

「感覺好像在閉門思過，那我就在家看書好了。」

『不錯嘛！』

「我可不是在開玩笑喔！在目前這種重要時刻更不能輕舉妄動。正所謂福禍相倚，雖然我不能去局裡，並被排除在搜查行動之外，但這也表示我可以自由活動，更能利用這一點攻入敵營。」

『你可眞是積極啊！不過，你說要攻入敵營，問題是我們連敵人在哪、是誰都不知道。以前至少還有跟監經堂這個目標。』

「敵人啊……」

是的，身影模糊的敵人，也就是操控經堂芳郎的幕後黑手。自從經堂死後到現在，追查這傢伙的路已完全阻塞，事態顯得更糟，可是我們還是得堅持到底，或許還有機會逼那幕後黑手浮上檯面啊！

「我想、兇手、現在、應該很不安。」早川故意一字一字分開說，像是說給自己聽似的。

『大概很慌吧！』

「肯定很不安！而且一定會愈來愈浮躁。好不容易殺了課長滅口，沒想到森小姐竟說出我的想法，表示殺害課長的兇手就是唆使課長槍殺神崎的幕後黑手。大家在聽到的那一瞬間都很錯愕，每個人都想說我是不是腦筋有問題，但是肯定只有兇手不會這麼認爲。」

『嗯，沒錯！兇手察覺苗頭不對而殺死課長，卻沒想到你會有這種想法，並堅信這一點。』

「兇手殺害課長，目的就是爲了切斷連著自己的線。但是他沒料到竟有人指出應該有個手持斷線，且切口吻合的傢伙存在。而這個兇手就是警官連續遇害一案的眞兇。你覺得那傢伙的下一步棋會如何走呢？」

『要是我的話，會先靜觀其變。就像遇到獅子的兔子，先藏在草叢中等待獅子通過。』

「若兇手是等待獅子通過的兔子，會這麼做算他聰明。不過我不是獅子，兇手也不是兔子，或者，兇手搞不好是一隻失控的獅子，而我就是那隻兔子。」

獅子之所以襲擊其他動物並不是因爲失控，而是爲了生存，不過現在先別管這些細微末節的事了。早川到底想說什麼？

「通常不論獅子再怎麼挑釁，兔子也不會竄出草叢，但我不一樣，我這隻兔子要主動向獅子挑釁！別露出那種奇怪的表情啦！也就是說，等一下我去局裡宣稱『我已經掌握到有關眞兇的線索，兇手就是自己人。如果還是不相信我說的，我可以提出證據，不過得等到明天一早才行，希望你們看了證據之後再判斷我的腦子是不是有問題』，眞兇聽到這些話肯定會緊張不已，雖然不見得會立刻採取行動，但也絕對無法安心，一定會計畫再次出手。」

這就是所謂的激將法嗎？雖然這也是個辦法，但我並不贊成。

『對方可是個連同事都狠得下心殺害的人，而且極有可能再次持槍行兇。要是不成功，搞不好會惹來殺身之禍！』

「我知道這麼做的風險不小，但是不入虎穴，焉得虎子。這麼一點風險我應該還挺得住。爲了降低兇手對我的戒心，我會盡可能地裝迷糊挑釁他，這樣他就更不敢大意，相對地，我也不會有危險，搞不好還能當場活逮他呢！」

『還是不要吧！就算再怎麼警戒，萬一他躲在暗處放冷槍，那一切就完了。對方可是像蛇一般狡猾喔！』

「誰這麼說的？」

『咦？』

「什麼蛇很狡猾，那根本是偏見。」

你剛才不也贊同我的獅子說。

『下次有機會再討論動物學吧！總之，你沒必要這麼莽撞，就像沒必要跟聽大三元的老爸搶聽牌是一樣的道理。』

「我不玩麻將，而且這種譬喻也不妥當，我可是有贏的把握。反正只要一察覺到危險，趕快逃就好了，這是個有後路的安全賭注。」

『我不是說對方可能會持槍嗎？就算有退路，要是被槍殺，一切就都完了。我不想說觸霉頭的話，總之這提議我不贊成。』

早川非常頑固，即使我希望他以自己的生命為重，他還是堅持要試一試。於是我們兩人又持續辯論了一陣子。

「你聽我說，神崎先生。」頑固的後輩氣息不順地說道。「你不是說，如果你是犯人就會靜觀其變嗎？搞不好敵人現在就是這麼想的。這樣下去只會對我們愈來愈不利，讓兇手逍遙法外。現在應該是由我們主動出擊的時候，我眞的願意冒風險試試看，希望你能在一旁守護我。」

這太痛苦了，這要叫我怎麼守護？就算我能一直跟在早川身邊看著他，但是當他遇到危機時，我不但無法相救，連喊救命都辦不到。我不想看到他在我眼前被殺，我絕對無法忍受這種事發生。

「我們不要再吵了，我已經決定這麼做了。請你放心，我不會有事的。更何況我要是死了，就沒有人能聽神崎先生發牢騷了不是嗎？」

這個臭小子又說了讓我想流淚的話。當我正想開口損他時，後面突然傳來「你在做什麼啊？」的聲音。轉頭一看，原來是個穿著很暖和似的外套的小女孩，年紀約莫五、六歲。她一臉好奇地看著早川。

「叔叔爲什麼一個人在這裡自言自語呢？」

早川愣了一下，隨即展開超級親切的笑容，用非常溫柔的聲音回答她：「叔叔是爲了演戲在練習台詞呀！小妹妹在幼稚園也有演過戲，對不對？」

小女孩用力點了一下頭，說「我懂了」。眞是個善體人意的孩子。

「好了，站在那邊的是媽媽和奶奶對不對？趕快過去找她們吧！」

有兩個女人從醫院那邊走來。一看到女兒與一個白天就坐在公園椅子上打發時間的男人說話，臉上便流露十分擔心的神色。小女孩對我們說了聲「Bye Bye」，揮揮手便走了。

『你處理這種情況好像很有一套，是已經習慣了嗎？』

「我高中時參加過戲劇社，還演過〈西遊記〉的沙悟淨與〈向太陽怒吼！〉（譯註：日本著名的警察連續劇）裡的阿山，尤其是後者，那可是我的得意演出呢——」

『你該不會是因爲這樣才想當刑警吧？』

「是因爲這樣沒錯啊！繼承父親遺志的神崎先生可能會覺得這樣的我只是個半調子的傢伙吧！不過我是認眞的。我記得曾演過一幕是要說服挾持人質的嫌犯自首。主角阿山便是在那時出場，他對嫌犯大喊『難道你想這樣過一生嗎？』我完全融入了角色，這句話就像發自我內心的話語，完全不像台詞。

「『難道你想這樣過一生嗎？』沒錯，再怎麼兇惡的嫌犯也曾有過稚氣未脫的童年，不可能一出生就這麼壞。我那時便深切地認知到，其實誤入歧途的他們，內心也很痛苦。或許你會覺得很好笑，十七歲的小鬼怎麼可能因為演戲而悟出什麼眞理？但我那時眞的有所體悟，就算戲已落幕，我仍無法忘懷舞台上所感受到的那份身為刑警的使命感，因此才決定投身警界。」

這是我第一次由早川口中得知他成為刑警的理由。雖然無法瞭解，不過多少能夠體會。

「好了，回歸正題吧！」可能是有點不好意思吧！早川的口氣變得魄力十足。「等會兒我要回局裡演出這一生最重要的一場戲，請拭目以待，好嗎？」

『我不會再阻止你了。』

我們在醫院前的站牌搭上公車，車上人不多。因為不方便在車上交談，只好無視彼此，保持靜默。最前面的位子坐著一位看來像是大學生的工讀生，每逢有乘客上下車時，他就會按下手上的計數器，大概是在調查乘客的性別與年齡吧！我很想對他喊說，你少輸入一位二十多歲、男性、幽靈的資料啊！

巴東分局的四周聚集了各家媒體，熱鬧異常，彷彿奧斯卡的頒獎典禮般。那邊與這邊都各站了一位記者，兩家媒體均以分局為背景，拍攝現場連線畫面。

「刑事課長於警局偵訊室內慘遭殺害一事，給予市民極大衝擊。」

「一個月前，巴東分局也發生同課刑警在海邊慘遭槍殺一案，目前仍未掌握任何有力線索。」

「是的，大家應該還記憶猶新，三天前巴市才剛發生歹徒持槍搶劫巴市銀行並挾持人質——」

「記者目前位於引起軒然大波的巴東分局前，為您作連線報導。」

我看了一眼轉播車，車內的螢幕似乎正播放著綜藝節目！一口關西腔的喜劇演員誇張地開玩笑說：「看來巴市陷入空前危機！是否需要向自衛隊請求派遣ＰＫＯ支援呢？」一位像是評論家的男人立刻批判說：「這就是權力腐敗、墮落的恐怖例證，日本的警察已經開始腐敗了。」

閉嘴！少囉唆！

同一棟建築物前，同樣是記者，同樣的轉述。爲什麼要如此耗費人力物力呢？這不是你們應負的使命吧！沒錯，像這樣的報導方式一點意義也沒有，不覺得你們是將嚴肅的重大事件當作娛樂新聞處理嗎？什麼叫權力的腐敗與墮落。如果警察紀律腐壞，難道不該反省也許是大衆造成的嗎？就是甘願被權力束縛的幼稚市民造成與此對應的警制體系。那些自以爲是的評論家，只是靠著批評警察，讓人誤以爲他很有見識。明明靠父母養活的你們，卻還敢對父母嫌東嫌西，骨子裡就是有這種卑劣性！我和你們這些只靠嘴皮子過活的傢伙不同，我可是挺胸全力與匪徒奮戰。身爲警察，我當然也希望沒有暴力組織的存在，大家都能安居樂業，但是諸惡根源還是歸咎於世人，不是嗎？權力是何等恐怖的東西！根本碰不得！慶幸的是，十五歲的我就悟出這番道理。若有空抱怨，不如積極推動一些抗權法規吧！

我氣得發昏，也想通了。我看清楚警界是如何地腐敗與墮落，令我忿恨到極點。面對警制的日趨瓦解，我悲傷不已。這就是所謂自食惡果嗎？螢幕畫面上，今年內所有關於警察命案的列表一一映入眼簾。

現在不是憂慮這種事的時候，我與早川一起穿過玄關上二樓。除了中井警部，還有代理課長的漆原警部補、毬村與佐山全都在辦公室。沒看到須磨子，可能是出去搜查吧！

「早川，你可以不用急著回來上班，先調養好你的身體比較要緊。」漆原看來有些困擾。

「我本來打算請假在家裡待命。可是有件事我非得報告才行，各位，請聽我說。殺害課長的兇手，就是殺害神崎先生的幕後黑手。明早之前，我一定會證明給大家看，今晚我打算備齊證據。」

當我想著好戲開始上演時，也只是一瞬間的事。

26

我與早川約好今晚十點在老地方碰頭。他退場之後，我便留在局內觀察嫌疑犯們。照這情形看來，嫌疑犯之一有可能會偷偷地離開，前去襲擊早川。我的戰術是；一旦發現誰有可疑行動，隨即先行通報早川。要是一切能這麼順利就好了。

一到下午，漆原這些搜查員就各自散去。因爲我不會分身術，只好選擇留在作爲搜查本部的刑事課辦公室。待命中的中井警部固定會收到回報進來，不過好像沒什麼具體成果。毬村和佐山窩在放置收押品的保管庫，與縣警大久保進行清點作業。

我有時會過去偷看他們。

我在近四點去保管庫看看時，聽到大久保命令道「休息一下吧」，並看到他隨即走出，嘴裡還說著「肩膀好酸啊」。裡面只剩毬村與佐山。有種彷彿會發生什麼的預感。

「喂！佐山。」

毬村靠在鋼架上叫著。佐山正準備抬起地上的紙箱。

「什麼事？累死了！在這麼狹窄的地方做苦工眞的好累喔！這裡沒暖氣，冷得要死，腳底都凍僵了。」

「整天跑外面還比較輕鬆呢！對了，來聊聊那件事吧！關於密室殺人之謎。」

「請你別用密室殺人這個詞好不好？聽起來就像推理小說一樣愚蠢。」

「原來你喜歡學神探裝冷酷卻討厭推理小說啊？可是你不覺得很不可思議嗎？這起案子眞的很像密室殺人呢！只要謎底一解開，就能知道兇手是誰，也能知道犯案手法，肯定能獲得獎勵。」

「難不成你想到什麼了？毬村先生。」

「沒錯。」小開爽快地回答，並坐在紙箱上。兩人面對面地坐在倉庫最裡面。

「你想聽嗎？」

「嗯嗯，想啊……」

毬村一臉得意地笑著。他到底想到什麼事呢？我也在他們身旁坐下。

「我不排斥推理小說，也讀過不少以密室殺人爲題的作品。那種東西只要讀個幾本就能抓到訣竅了。雖然也有作家與研究學者會將其仔細分類，不過基本原理極其簡單。算了，沒必要對沒興趣的人解釋這麼多。」

佐山默默地聽著。

「試想一下課長被殺當時的情況。現場有兩個出口，一個是與辦公室相通的門，另一個是向內院打開的窗戶。可是門外有久須，窗戶上裝有鐵窗。若依常理判斷，兇手就是久須，但是他沒時間處理掉兇器。你覺得這個說法如何？」

「這個嘛——」

「眞相不是顯而易見嗎？我實在不懂大家爲何想不透？別再想剛才說的『密室殺人之謎』了！如果不是密室殺人，又何來謎團？我已經全都明白了，只要看案發現場，就能判斷出兇手是誰，這不就是所謂的『名片事件』嗎（譯註：日本長野縣新知事田中康夫就任時，前往縣廳拜訪局長，局長當眾折損知事的名片，被社會輿論批評爲不成熟的幼稚表現）？」

毬村一副自信滿滿的樣子。光是聽他這麼說，就很期待他會將這些推理元素拼湊出什麼樣的結論。這能不洗耳恭聽嗎？

「那……誰是兇手？」佐山很自然地壓低聲音問著，看起來非常緊張。

「我就從頭說明一遍吧！我可不像三流推理小說中的偵探那樣胡亂推論，可能犯案的人只有一個，那就是 Doctor X，久須悅夫。他就是兇手。」

這種推論會不會太過單純了？我很想反駁他，但是還是先聽他說完吧！況且我連插話「反駁」的能力都沒有。

「事情有這麼簡單嗎？」佐山似乎與我意見一致。「久須當然有辦法殺掉課長，但是他這麼做鐵定會被逮捕。那傢伙可機靈得很，就算想殺死課長，應該也不會用這種方法吧！」

「關於動機，我還沒有想到。我是以誰都有可能犯案這一點爲核心，集中推理。就算感覺不太對，也會先睜一隻眼閉一隻眼，這樣才能一步步接近眞相。」

「我還是沒辦法認同……」

毬村依舊從容不迫地說：「那我反問你，如何證明久須不是犯人？」

『隨隨便便都能證明啊！』我對著主任的側臉吐出這句話。

佐山代我反駁說：「沒有動機，也不可能在那種情況下殺人。這樣還無法說服你嗎？好吧！再加上 Doctor 不可能拿到收押的槍枝——」

「他可以。別忘了他可是一名慣竊啊！如果是現代的亞森・羅蘋，要潛入這裡竊取Ｓ＆Ｗ簡直易如反掌。」

「就算他眞的偷了，也跑到偵訊室用那把槍槍殺課長好了，但是他根本沒有充裕的時間處理掉槍枝啊？槍響之後，我們便立刻趕到辦公室活逮他，但是Ｓ＆Ｗ卻是在神崎先生的置物櫃中發現，所以 Doctor 根本不可能有時間處理兇槍。」

「就是這一點！佐山！」

因爲主任突然大叫一聲，害我也嚇了一跳。

「我們來討論一下這個問題吧！之所以不能立刻斷定久須是兇手就是因爲這一點。但若只憑他沒時間將兇槍藏在置物櫃，而讓那傢伙順利脫身，我們就眞的太低能了。自己不能藏，難道不能拜託別人藏嗎？」

「別人……？」

「也就是共犯！從這一點就能說明久須有共犯。——你好像想說什麼是吧？臉色不太好哦！佐山。」

「是嗎？」佐山轉移視線。

佐山臉色不太好可能是因爲被架子的陰影擋到，不過他似乎有點坐立不安地搖著膝蓋。

「如果有共犯，那會是誰？答案隨即就會出現。符合共犯的條件有二，其一，在我們對久須搜身之前，他有機會從久須那兒拿到兇槍；其二，能將兇槍丟進神崎的置物櫃。符合第二個條件的人多得是，但是符合第一個條件的卻只有一個人。這人是誰，我想你一定知道吧！」

我驚訝地看著佐山。他一副「你在胡說什麼！」的表情，並不置可否地笑著。等他冷靜下來之後，卻露出了與平日迥異的眼神。那是一種被逼至絕境，失去光芒的渙散眼神。

原來是這麼一回事！經毬村一說，我才恍然大悟，原來事情如此單純，爲什麼沒人想到呢？本以爲佐山急忙跑去通知局長是再自然不過的事，卻怎麼也沒想到他居然與慣竊久須狼狽爲奸，這眞是一大盲點。我居然還想到爬上庭院的榆樹，由那裡狙擊的犯罪手法，眞是丟臉！

「那個人就是你，只有你才辦得到。你在久須槍殺課長之後拿走那把槍，大喊著『我去通知局長』，然後衝出辦公室。之後局內陷入一片混亂，你便趁機將槍口還熱熱的S&W丟進置物櫃裡。你覺得我的看法如何？」

佐山直盯著門，大概很擔心大久保會突然回來，開口說：「不是我殺的，我沒有與 Doctor 聯手殺害課長。」

「我不是問你這個，我是要問你，『只有你有機會處理久須使用的兇槍』這一項論點是否有破綻，如果是完全正確，那我就要向中井警部報告我的結論了，這可能會令他高興地猛拍肚皮吧！」

毬村這種惹人厭的說詞令佐山恨得牙癢癢的。我知道佐山再也招架不住了，步步向他逼近。

『喂！你倒是說話啊！難不成你就是那個幕後黑手？』

「我不是兇手，真的！」

「就算你對我說『請相信我！』，我還是無法辦到，因爲沒有人會相信。更何況我本來就是比較冷血的人，若想證實自己的清白，就得提出有力的反駁。」

「沒有做的事就是沒有做啊……」

毬村突然一腳踢翻佐山坐的紙箱。「你到現在還搞不清楚狀況！好啊！你就重複那句『我什麼都沒做，請相信我』直到世界末日來臨好了。我對你眞的很失望，我還想說，或許自己的推論有什麼錯誤，爲了避免疏失，還是聽聽你本人怎麼說好了。我是如此地小心求證，你卻根本搞不清楚狀況！我一直在等大久保離開，想向你親口求證，結果你根本什麼都不懂。你這麼遲鈍，眞的令人很生氣。——我現在就去向警部報告！」

「等一下！」佐山冷不防地抓住欲起身的毬村手肘。

主任冷冷地看著他。「等什麼？放手！」

「我說，請你聽我說，我會老實地說出一切，然後和你一起去找警部。」

毬村又坐下了。「你說吧！」

佐山在開始敘述前又瞄了一眼門邊。走廊很安靜，大久保應該暫時還不會回來。

「那個時候我所說的全是事實。關於槍聲響起時我在哪裡做些什麼，以及我趕到刑事課辦公室看到一臉狼狽的久須，這些全是事實，他的確不是兇手。」

毬村磨擦著雙手指甲，聽佐山繼續說。

「只是……進入偵訊室後的事，我是爲了求自保才撒謊的。我說的都是眞的！」

「等一下大久保就會回來了，還不快點說！」

「是。——我進去偵訊室一看，發現課長的太陽穴流出汩汩鮮血，人也已經氣絕——我沒有測脈搏確定他是否死亡，只是看到他的死狀。我驚訝地查看遺體四周，卻發現更令我愕然的事……課長的腳邊滾落了一把S&W。」

佐山停頓一下，怯怯地看著毬村的反應。

「然後呢？」

「我只能說那是一種瞬間反應。我將槍撿起來塞進口袋，我知道這麼做是不對的。」

『你爲什麼要這麼做！』我在佐山耳邊大吼。保持案發現場完整是警察的義務，你爲什麼要做出如此沒常識的行爲？

「只是撿起槍塞進口袋嗎？」

「不……還有關上窗戶。」

「你進去時，窗戶是開著的嗎？」

「嗯，開了五公分左右的縫隙。我怕被誰由外面瞧見，所以趕緊關上，也沒想到要確認一下有沒有人在樹上。我眞的很害怕，那時的所有行爲都是身體的反射動作，上鎖也是，眞的是下意識這麼做的。」

窗戶是開著的？任意關上窗戶不就形同破壞現場嗎？

「爲什麼？」毬村敲著自己的膝蓋。「爲什麼要那麼做？我勉強可以理解你爲何關窗，但你最好老實說出爲何要帶走兇槍，你現在說的並不能說服我。」

佐山雙手抱頭，不停地搔著。都到這個地步了，也只有全盤托出了。終於，他覺悟似地說——

「掉在地上的那把S＆W是我的。」

「你的說法太奇怪了！那是從保管庫偷出去的槍呀！」

「沒錯！所以是我擅自帶出去的。不，應該是偷，是我偷了槍。」

毬村向天花板深深吐了口氣。「這裡不見的槍目前確定有六把，你到底偷了幾把？」

佐山垂著頭，清楚地回答「五把」。

「是這樣嗎？但是數目不合啊！你確定是五把嗎？該不會要辯稱另一把是別人偷的吧！」

「我並不會這麼說，我確實只偷了五把。」

「不見的槍枝中，你記得哪一把不是你偷的嗎？」

「八月從貝沼組事務所收押的托卡列夫，那把不是我偷的。」

托卡列夫，那是經堂用來殺我的兇槍。

「槍殺課長的那把S＆W是你偷的吧！爲什麼那把槍會掉在命案現場？」

毬村探前，湊近佐山鼻尖說道。如此具威脅性的樣子，與生性傲慢的他倒挺合適。

「我無法說明。」

「不可能無法說明吧！」毬村大爲驚訝。「你從這裡帶出去的東西不就該歸你保管嗎？事到如今還想狡賴，還不快說！」

這房間明明沒有暖氣，冷得要死，但佐山的額頭卻冒出粒粒汗珠。

毬村急了起來，連質問的口氣都變了。「其他四把在哪裡？」

「在我房間……藏在天花板。」

「爲什麼？」

「我打算佔爲己有，作爲收藏。」

眞是拿這傢伙沒輒！毬村亦有同感，眼神憐憫地看著佐山，似乎連斥責的氣力都沒有。

「只是爲了收藏？你身爲一個警察，居然爲了收藏而偷走從幫派分子手上收押的槍枝？你眞是太沒常識了，竟然會做出這種蠢事。」

「不論你說什麼，我都已經無話可說。」

「你不打算還也沒關係。但你總得說明你那重要的收藏品之一爲何會滾落課長遺體腳邊。」

「那天回家前我交給課長……」

「爲什麼？」

「課長發現我偷保管庫的槍。」

「爲什麼課長會知道？」

「他想說殺死新田與神崎的兇槍會不會就是來自保管庫，於是暗中調查，果然發現數目不合。若只遺失一把，還有可能是被兇手偷走，但是不見了好幾把，這似乎就與殺人案件無關了。當他思考著誰會這麼做時，忽然靈光一閃，想說會不會是我搞的鬼。」

「居然會令人想到只有你有可能偷走收押品槍枝，你還眞有一套啊！佐山。」

毬村似乎不只感到厭惡，他的雙頰微微泛紅，足以說明他內心的激動與憤怒。看來他是個比我想像中更富正義感的人。佐山也察覺到他的憤怒，身子縮得更小。

「那麼，課長怎麼處理這件事？」

「三天前的晚上，辦公室裡只剩我們兩人時，他主動對我說『其實我發現收押品的保管狀況有點問題，你覺得呢』，他雖然沒點明，但我一時心虛便全招了，眞的！課長那時還責備我『你怎麼這麼糊塗』。我本以爲他會向上級呈報，到時我肯定會丟飯碗，沒想到課長卻對我說『這件事我會處理，絕對不能洩露出去』，我雖然嚇一大跳，但是這對我而言卻是求之不得的事。」

我不禁莞爾，這段對話還眞是詭異啊！不過，佐山的話能夠相信嗎？

「我不懂爲什麼課長要包庇你？」

「課長說：『不能再讓巴東分局更深陷泥沼，也不能讓市民對我們的信賴持續流失。』」

毬村撫著下巴，想了一下。我也在思索，沒想到居然有這種事。原來警察這種組織也是有劣根性的。

「所以課長要你交出那些槍？」

「沒錯。他說：『一次還五把太明顯，一次拿一把回去。還有，你進出保管庫太引人注目了，由我拿回去放好了。』於是案發那天我就交給他第一把S＆W。」

「什麼時候？」

「離開局裡前，我把它裝到紙袋交給課長，課長默默地收下。」

「子彈呢？」

「只有一發。已從彈匣拿出來，包在面紙裡一起裝入袋子。」

「啊！我想起來了！刑事課辦公室的垃圾筒裡確實丟了一個揉成一團的紙袋，原來就是那個。你交給課長後，然後呢？」

「然後就像我之前說的，我準備回家卻忘了東西，所以又跑回去拿，就是那本槍械迷的專門雜誌。」

明明才因爲偷拿槍枝而被責罵，結果那天又買了槍械雜誌，眞是學不乖的傢伙。

「所以直到聽見槍聲趕去現場爲止，我都沒再進過辦公室和偵訊室，更不可能槍殺課長……」

佐山還在極力辯解自己不是兇手。

眞的能相信他所說的話嗎？我實在無法立即做出結論。

如果佐山的自白屬實，事情又會產生什麼變化？現場沒有留下兇器，故判斷經堂應爲他殺。如果槍枝滾落於屍體腳邊，自殺一說是否又會浮出檯面？但是難以認定爲自殺的狀況還很多，像是現場未留遺書、死前還叫拉麵外送。若衝動地判定課長自殺，那麼這些狀況又該如何說明？

「原來如此，所以你才會從現場帶走S＆W。雖然這行爲很愚蠢，不過那種情況下也很難做出什麼理性的判斷。如果你說的都是眞的，那麼課長的死就變成了自殺。這下就傷腦筋了。」毬村緩緩站起。「好了，我們走吧！」

「是。」佐山痛苦地回應。

明知道這種人不值得同情，卻還是心生憐憫。

「主任……」他抬起頭，「早川不是大喊殺死神崎的是課長，另外還有個幕後黑手唆使課長這麼做嗎？關於這點，你有何想法？最近課長好像有點焦躁不安、提不起勁的感覺，也許課長眞的是被幕後黑手所殺。」

毬村沒有回應。

「課長也許不是自殺，因爲現場的窗戶是開著的。課長可能是爲了透透氣而打開窗戶，然後站在窗前，結果就這麼被狙擊了。雖然幾乎是一槍斃命，但他仍能踉蹌地坐回椅子上，就這樣剛好呈現我們所見到的狀態。至於槍……我不明白他爲什麼會將槍交給兇手，兇手又是採什麼姿勢槍殺課長——」

「不要囉唆了！」毬村吐出這句話，「你不用想這種事了，還是想想你自己以後該怎麼辦吧！

你已經不能參與搜查了，知道嗎？——眞蠢！居然幹出這種荒唐事。」

「主任……」被毬村冷淡地一說，佐山一臉落寞，但是仍不放棄地說，「我、我有個想法。如果課長是殺死神崎的兇手，那幕後黑手是誰呢？我們應該著眼於至今爲止還不曾被懷疑的人，顯然這傢伙已躲進搜查死角。主任，你聽我說啊！也許那個人就是殺死課長的兇手——」

「我不是叫你閉嘴嗎？我不想聽你的廢話。快跟上來啊！」

可是我想聽啊！我想知道佐山的想法。喂！主任，你就聽聽他怎麼說啊！

門被打開。

「對不起，我去了趟刑事課辦公室。」大久保走了進來。

毬村抓住佐山的手臂，將他拉至身旁。「這裡也有埋顆地雷哦！」

大久保一臉莫名奇妙地愣在現場。

27

我緊追在毬村與大久保、還有被強行拉走的佐山身後。他們一走進辦公室，原本的喧譁便嘎然而止，在場的每個人都察覺到一股異樣的氣氛。毬村報告佐山所做的一切後，中井警部抱頭癱在椅子上。站在一旁的刑警們則可能是太過驚訝而說不出話來，也罵不出口。令人痛苦窒息的沉默支配著這房間。

「你怎麼會做出這種事呢？」警部好不容易開口，語氣卻非常微弱。

「對不起。」佐山只是低著頭。

「你說你只是撿起槍藏進置物櫃，絕對沒有槍殺經堂課長，對吧？」

「是的，絕對沒有。」

「我可以相信你嗎？」警部冷冷地說。

「我進入現場時，課長的太陽穴流出鮮血，已氣絕身亡，我說的都是眞的。」佐山態度堅決地說。

「你如果說謊會死得很難看喔！你的意思是說，課長是自殺的嗎？」

「不，要是自殺未免太不自然，我覺得一定有人用某種方法殺害了課長。」

「哈！什麼叫做有人用某種方法……」警部自嘲地笑著。「你的說法還眞是簡單扼要哪！乾脆在記者會上也這麼說明好了。總之，我們已無法抬頭挺胸面對世人了。唉！這也是無可奈何的。」

沒想到有名探之稱的警部居然如此自暴自棄，可見他背負著多麼沉重的壓力。警部命令大久保去通知局長和搜查一課課長。佐山靠牆站著，沒被允許坐下。

『喂！』我喊道。『剛才你想和主任說什麼？你已經想到誰可能是兇手了嗎？你說啊！你沉默不語是想逃避什麼，對不對？』

佐山當然不可能回答我，他或許只是單純地在虛張聲勢。

過了一會兒，局長與一課課長，包括警務部長，全都飛也似地趕來，情況可說是慘到極點——

要是這時讓外頭待機中的媒體進來，他們肯定會感激得痛哭流涕——一場空前的騷動於焉展開，眞是齣鬧劇，一場笑不出來的鬧劇。砲轟似的怒罵聲好不容易平息之後，他們接著向在場所有人下達一律封口，不准對外洩露半句的嚴厲命令。這種結果是可想而知。

「進去那裡，再給我詳細說明一次。」

警部指著第二偵訊室，大久保推推佐山的背，三人消失在門的另一邊。咚地一聲，不知是誰敲了桌子——原來是漆原。她緊咬著唇，雙肩顫抖，感覺得出她心中的震驚與遺憾。

「事情就是這樣。組長，沒想到會變成這樣——」

「你給我閉嘴！」她對毬村大吼。

「我到底在幹什麼啊？怎麼會搞成這樣！我這雙眼睛根本就沒有識人能力。」

她倒是很乾脆地將近來發生的所有事全往自己身上攬，足見她的自尊被傷得有多深。——不過她的反應好像也太誇張了點，我不敢保證她的歇斯底里並非逼眞的演技，或許是眞的被她騙了？

『我不相信任何人。』

我斜睨著辦公室裡的每個人，發誓絕不能鬆懈對他們的戒心。在這裡的傢伙——除了一課課長與警務部長——每個人都有機會在遺照背面偷偷裝上竊聽器，每個人都有嫌疑。

我穿過門看看佐山接受偵訊的樣子。槍械迷開始仔細說明他偷竊收押品的經過。就算被問到極爲瑣碎的問題，他也會立刻回答。他說的內容全與他在保管庫內對毬村所敘述的一模一樣。這些全是事實？還是高明的謊話？

偵訊過程又拖了兩個多小時，幾乎是一再重複之前問過的事。夕陽西下，是該休息的時候了。一課課長算好時間走進來，恢復一貫冷靜的態度，坐上大久保起身讓座的椅子，點了一根菸。

「好了，佐山。聽清楚現在我所說的，迅速交出你藏在家裡的『東西』，大久保會陪你回家接收。——眞是的！你怎麼會幹出這種糊塗事！好好負起該負的責任吧！」

「是的，我願意接受處分，聽候裁決。」佐山老實地點點頭。

「那就請你提出辭呈，理由寫因爲個人因素就可以了。關於後續相關的處置問題，局長會與我再商談。」

「這……可是……」

佐山不被允許發言。

「這是命令。這麼做不是爲了你，而是不能再損害警察的威信。你所做的事情眞的是太過違背常理，就算你改過而繼續留下來，反而會造成更大的困擾，不如讓你就這樣離去，這也是爲了整個警制體系著想。」

「這是……誰做的決定？」

「這算是你自願離職，並非誰的決定。還是你想以殺害經堂課長的兇手身分被逮捕？」

這根本就是恐嚇嘛！太過分了！我聽了很生氣，佐山也不再辯駁。

「遊戲結束了！歸還玩具，然後提出辭呈，聽到沒？明白的話就應一聲啊！」

佐山以充滿苦澀的聲音回了句「是」，正義顯然已被漠視。在偵訊佐山的期間，自以爲是的上級長官與本部聯繫，檢討善後對策，而這幾句話就是他們的結論吧！真過分！我的心情也跟著黯淡下來。

「還有一件事，請你們聽我說。」佐山面向中井警部，「經堂課長真的不是我殺的，請你們相信我。」

雙手抱胸的警部發出野獸般的沉吟，淡淡地說：「槍響時，你不在現場這一點是可以確定的。如果你與久須是共犯，大可選擇更好的時間與場所。——這麼說對吧？這件案子還真是叫人一頭霧水！」

佐山總算稍微安心，輕輕地點了點頭。不過因爲還不清楚兇手是用什麼方法殺害經堂，所以一時之間也無法徹底排除佐山涉案的可能性。

「好了，你可以跟大久保離開了。記得交出證件。」在一課課長命令下，佐山遞出警察證件。「很好。明天將辭呈郵寄過來。在收到正式受理的通知前，待在家裡反省，不需要再來局裡，私人物品可以晚一點再拿走。當然，若要質詢事件相關問題時，會隨時傳喚你，所以要保持聯絡，就是這樣。」

一課課長將佐山的證件收進口袋，從椅子上站起來走了出去，這樣是事件結束的意思嗎？就這樣？難道不需要做什麼調查紀錄嗎？

「大久保，麻煩你了。」

警部下了短短幾字的指示，要他陪同佐山回家，收回槍枝。這是個令人心情沉重的任務，我最好也跟去看個究竟。

他們一走出辦公室便受到眾人注目，須磨子也在其中。她眨也不眨地直盯不發一語的佐山，臉色未見驚訝也沒有責備。佐山走過她身邊時，突然停了下來。

「我做了糊塗事，給大家添麻煩了。對不起。」

須磨子沒有任何回應。

「一想到再也看不到須磨射擊的英姿，就覺得很可惜……對不……起。」

不自然地吐出最後幾個字，再次道歉的他隨即走出去。須磨子依舊默默地、用她那滴溜溜的雙眼目送他離去，臉上毫無表情。

我很想問問她到底在想什麼。也許早川說得對，她的內心深處想必很迷惘，如果可以的話，我多想陪在妳身邊——可是我現在得跟著佐山才行。

兩人來到停車場，鑽進警車。大久保開車，佐山坐在旁邊，我則坐在後座，看來佐山已失去駕駛警車的權利。兩人一直保持沉默，令想找點情報的我十分不滿。

「肚子餓不餓？」大久保終於開口，但居然是問這個。

「不會。」佐山回答。

車內又恢復寂靜。

到達佐山的住處已晚上七點。如同他的供述，天花板的確搜出四把槍。將這些槍收進包包的大久保說了句「確實收到」。

「還有藏著其他東西嗎？要交就趁現在哦！」

「沒了，裝飾在這裡的都是模型槍。」

大久保看著掛在牆上的二十幾把模型槍，苦笑說：「你是槍械迷嗎？因爲興趣而只蒐集這些模型的話，就不會有這些問題了。——對了，要不要一起去吃個飯？」

可能想藉著吃飯套問還有沒有隱瞞其他事吧！但是佐山搖搖頭。

「是嗎？」大久保放棄了，「那我回局裡了。若覺得給大家添麻煩，以後說話最好謹愼點。」

「這我知道。」

聽到佐山的回應後，大久保便提著沉甸甸的包包走了。我還想再觀察一下獨自待在這髒亂小窩的佐山。他一臉失神地癱靠著牆，一動也不動，有時則喃喃自語著，但完全聽不到他在說什麼。過了許久，他突然站起來，拉開抽屜。這動作害我緊張了一下，還以爲第六把槍就藏在那裡。結果並非如此，他取出的是紙與筆，接著攤開一本名爲《如何書寫正式書信》的書，開始寫辭呈。大概是想趕快完成這惱人的作業吧！

幽靈即使能不被發現地穿牆飛天，也是有不太自由的地方。像現在，我應該要離開這裡到外面打通電話給早川，但是我連電話都沒辦法打，果然沒資格當什麼幽靈刑警。

可能是覺得寫得不太好吧！佐山就像連續劇裡、明治時期的文豪般，揉了好幾張紙團扔進垃圾筒，好不容易寫好辭呈時，都已經八點多了。現在才覺得餓的他站在廚房，開始做冷凍菜肉蒸飯，那是我生前也很喜歡的一個牌子的菜肉蒸飯，現在卻想不起來到底是什麼樣的味道，眞是悲哀。

用完餐後，佐山喝著啤酒，看著九點的電視新聞，現在正播報巴東分局刑事課長命案的後續報導，但並沒有什麼新進展，當然沒有播出佐山偷槍一事。警察犯下的嚴重罪行就這樣埋沒在媒體的陣仗中，如同一臉嚴肅的評論家所言，這就是所謂的權力吧？就是警制體系的宿疾吧？

好想有個肉體。如果能讓我死而復生，我一定會全心投入改革警制的工作，就像唐吉訶德，讓他們見識我直搗黃龍的氣魄。

無法實現，什麼都無法實現，因爲我已經死了。幽靈連作夢的權利都沒有。

佐山無力地躺著。看他這樣子，大概也沒力氣夜襲早川吧！我應該去跟監其他人了，當機立斷地穿出窗子飛上天空。與早川會合前還有段時間，我決定先回局裡。

松園町一帶的霓虹燈非常絢麗，下方是笑著錯身而過的渺小人群，才剛入夜的街道已是熱鬧異常。突然一股衝動，我緊急下降落在雜沓的人群中，偶爾有幾個人穿過我身體。

『你眞的活著嗎？』

我向一位摟著年輕女孩的中年男子這麼問。

『你眞的享受活著的眞實感嗎？』

男人穿過我而去。

『妳眞的活著嗎？』

我向一位猛看手錶，趕著去哪兒似的粉領族問。

『有什麼事是妳還活著時非做不可的呢？』

她也走了。

『唷！你們有沒有很踏實地活著啊？』

我向三個戴著耳機，看起來像是高中生的男孩這麼問。

『千萬別醉生夢死地活著啊！加油哦！』

他們嘻嘻哈哈地逐漸走遠。

『你眞的活著嗎？是否曾有過腦袋像蒙上一層霧般，一時打結呢？』

我漫無目標地尋問。

『你曾有過用自己的右手碰觸左手，卻感受不到任何觸感的經驗嗎？你曾有過別人穿透自己而去，像個影子般的經驗嗎？你曾有過感受不到自我痛楚的經驗嗎？如果你符合其中任何一項，也許你就是幽靈。這樣的你已不需要肉體，不如就讓給我吧！我渴望一個眞實的肉體，我想再活一次，有沒有哪個好心人能像捐贈器官般，賜給我你的肉體？如果你成了幽靈，我保證你一定會覺得心情非常舒暢。就算成了幽靈，也會笑著說【什麼嘛！還不是一樣】哦！』

「吵死了！」沒有人如此大喊，因爲這世上太多無奈之事。

我走向雜沓人群中，有誰正彈著吉他高歌。靠近一看，在拉上鐵捲門的小店前，有一個約莫二十出頭的小伙子正自彈自唱。他的雙頰瘦削，一副窮酸樣，不畏寒冷地穿著短袖T恤是爲了賭一口氣嗎？雖然歌喉不賴，但幾乎沒什麼人會停下聆聽。根本不聽流行歌的我當然沒那資格論斷他的歌聲，不過，我對他所唱的那些歌眞的沒什麼印象，或許是他自己創作的吧！

我們是從何處來
又會消失在何方
沒有任何眞實的事
即使如此　我還是想相信你

是一首詞曲平庸，還算通俗的民歌。感覺有點幼稚，可是卻貼切表達我此刻的心情。

『年輕人，這首詞曲還勉強能聽的歌是你作的嗎？是因爲強烈感受到什麼而創作的歌嗎？』

除了我這個幽靈之外，明明就沒有半個聽衆，他仍繼續高聲唱著，我眞佩服他的勇氣。可是，沒有人聽的歌就與幽靈沒兩樣，就算這樣也無所謂嗎？只是爲了想唱而唱，這樣就夠了嗎？

我成了一根釘在人群中的木樁，聽著那拙劣歌聲，他並不曉得僅有我這麼一位聽衆。

追求活著的眞實感　歌唱吧
一定能夠傳達到
與我有同感的人心中

『你還眞敢唱呢！一點都不會怯場。雖然你的想法太過天眞，不過有個人正站在這裡聽你唱歌哦！——歌唱對你而言，就是一種活著的眞實感嗎？』

我在幹什麼啊！現在不是在這裡磨磨蹭蹭的時候吧？雖然這麼想，但我就是無法離去。

就這樣，我又失職了。

回到局裡，搜查會議已經結束。

28

「這樣啊！佐山先生怎麼會做這種事……」

早川出乎意外地冷靜聽著今天下午發生的事。也許他對所有事已經都不會感到訝異了。他坐在鞦韆上輕輕地前後搖著。

「這麼說可能有點冷漠，可是不論佐山先生是自願離職，還是因爲違反槍械法被捕，都只是對身爲槍械迷的他的一種懲罰，現在的我不是很在意這種事。」他斬釘截鐵地說，「我關心的是，他的事件是否與連續殺人事件有關。神崎先生，你認爲呢？」

『我嗎？這個嘛……我也不知道。』

早川裝出一副被斷頭貌。他對我的態度似乎愈來愈沒有距離。

「不是有所謂『心証』（譯註：法官審理案件時，從各種證據中得出的「認定」）嗎？藉由持續的觀察，難道無法察覺黑白嗎？』

『雖然你這麼說，可是這起案件眞的很不尋常啊！就算已經知道現場爲何沒有留下兇器，但經堂若是死於他殺，還是沒有解開密室殺人之謎啊！你該不會認爲他是自殺的吧？』

「沒錯，就是這個！課長或許是自殺的。」

『你是認眞的嗎？』

他停下鞦韆。「是啊！因爲這樣才能解開密室之謎。我知道自殺一說還有幾處疑點尚待釐清。可是若依照佐山的證詞也破解了幾處疑點不是嗎？譬如說，爲何課長要舉槍自殺？因爲他手中碰巧有一把S&W。獨自坐在偵訊室，爲殺害神崎先生一事所苦的他，突然瞥見那把槍，於是他便對準太陽穴扣下板機，如此一來，煩惱與痛苦便能消失殆盡。他是被死神誘惑，一時衝動便決定了結自我，你不這麼認爲嗎？Doctor 聽到的那句『對不起』就像最後的告解。」

原來如此。雖然課長的自殺未免衝動了點，可是因爲手中剛好有把S&W，所以就能解釋這一切——不是的！

『我忽然想起一件事，經堂在死前一天得知佐山的不法行爲後，不是命令他分批還槍嗎？所以我覺得手中有槍這一點不是什麼湊巧。』

「這樣更能說明他打算用槍自戕啊！也就是有計畫性的自殺。」

『你的推理未免太過矛盾了。你剛剛不是才說一時衝動而自殺嗎？更何況，如果眞的要以槍自盡，用殺死我的托卡列夫不就得了。』

「也許那把槍已經處分掉了。」

『那叫外送拉麵一事又該如何解釋？』

「可能是他那時還沒下定決心。我離開時也是，絲毫感覺不出他想自殺。」

『你的意思是課長之後才因爲一時衝動而自殺？這根本說不通啊！就算企圖自殺，也不用非得死在偵訊室吧？』

「人心是無法判斷的。」

『虧你說得出口，你該不會是嫌麻煩，所以想找個最快的方法解決吧？』

「我哪有啊……我才沒這麼想呢！」他突然失了氣勢，可能自己也不知道自己在說什麼吧！

『有趣的是，佐山否定自殺一說。照理說那傢伙應該會說【藏匿兇槍一事是我不對，但是課長是自殺的】，然後順利解決此案。不過看他的樣子，不太像在演戲啊！』

「佐山先生到底在想什麼呢？是在懷疑誰嗎？」

『也許他是在演戲吧！推理思緒到這裡就進行不下去了。』

「說到演戲，我才眞的是白演一場呢！虧我特地祭出這招等著兇手襲擊。」早川從上衣口袋掏出幾件東西，是擊退色狼用的噴霧器和呼救用的口哨，看起來不像新的。

『你常帶著這些東西嗎？』

「這是有原因的。」他搓了搓鼻頭，「這是幾年前我送給曾經交往過的女孩的禮物，她曾說過從車站到她家的一路上都非常暗，很危險。結果分手那天她便將這些東西還我，令我啼笑皆非。我還眞羨慕那些收到分手情人退還的鑽戒、毛皮大衣的情傷男人。」

『一人一種命囉！』我安慰他。這還眞不像幽靈會說的話。

「可能是白天我的演技太爛，結果被兇手看穿是個陷阱。」

『也許吧！不過還是別大意的好，也許對方正在暗中進行什麼。』

鞦韆位於公園正中央，兇手不現身是無法接近早川的，雖然不用擔心對方會躲在樹蔭下狙擊，不過還是不能鬆懈，因爲對方可是個殺人不眨眼的兇惡匪徒。

「放心啦！樹葉都掉光了，而且也時常修剪，所以一目瞭然呢！——對了，神崎先生，你看到那種拿著大剪子卡嚓卡嚓地修剪樹葉的情景時，會不會覺得樹很可憐呢？雖然就像我們剪頭髮、修指甲的道理一樣，可是我總覺得樹好像很痛似的。」

「你還眞是個心思細膩的男人啊！難爲你了，從事刑警這種粗魯的工作。」

「無所謂啊！反正是能動腦的工作——啊！」他發出混雜驚訝與喜悅的。

『怎麼了？』

「說到修剪就想到那種大剪子，就像購物頻道常在賣的那種魔術剪啊！局裡不曉得有沒有那種東西？」

這不是突然被問就能回答得出來的問題。不過，就算局裡有那種東西也不奇怪吧！

「也許兇手是用那種東西狙擊課長的。兇手將槍固定在剪子的某個部位，然後爬上庭院榆木，將剪子從偵訊室的窗戶伸入。依據聽到槍響隨即趕到現場的佐山先生所言，當時的窗戶不是開著的嗎？這樣就可以射擊面向桌子的課長了啊！用釣魚線綁在扳機上，然後一拉，就能開槍了。」

他這話不知是認眞的，還是開玩笑。居然能聯想到這種如短劇般的滑稽情況！

『不可能！聽好，課長是面窗而坐。如果槍管綁在剪子上由窗戶伸入，課長不可能沒看到。』

「他可能沒瞄到窗戶吧！槍響前課長不是接到一通不知是誰打來的電話嗎？那通電話很可疑，一定是爲了引開課長的注意力，讓他看向左邊牆壁，如此一來右邊太陽穴就暴露在射擊範圍內。」

『但兇手有可能左手拿手機，右手拿著綁上槍的剪子，並跨坐在樹枝上嗎？難不成他是什麼街頭藝人？更何況也沒必要這麼大費周章，兇手在犯案後還要將大剪子歸位，這可是項危險作業，一點都不實際。』

「這我承認，但也有可能這麼做不是嗎？依佐山先生的證詞，現場窗戶開著的這一點也許具有很深的意涵。」

『所以才說不能盡信佐山的話呀！』

「大樹剪一說還是不合理嗎？搞不好這是項詭計啊！……不過兇手這麼做毫無好處可言，這一點似乎很難反駁。」早川站在鞦韆上，表情有點陰鬱地用力搖著。

坐在旁邊鞦韆上的我則是不停思索。

敵人今晚如果沒有採取行動，我們就得想好下一步棋該怎麼走。兇手下一步應該是處分掉槍殺經堂的彈頭並趁勢一舉逃脫，因此現在正式搜查的重要關鍵。

「怎麼辦？」

我以爲早川與我思考著同一件事，結果不是。他是問說，如果今晚敵人沒有行動，今後該怎麼辦，該不會我們得在這裡耗到早上。

『對了！我好久沒到其他人家中進行家庭訪問了。住在分局附近的人都已經回家了，聽說因爲明天開始得睡在局裡，所以回家拿些換洗衣物。你也快回去，別感冒了。散會吧！』

「都快十二點了！好吧！」

他又用力搖了一下鞦韆，此時口袋裡的手機響起，是那種很普通的鈴聲。早川停下來接電話。

「——啊！是森小姐。」

我立刻豎起耳朵。認爲早川精神異常的她，難不成是打電話來道歉嗎？如果打來是爲了想再仔細詢問神崎成了幽靈一事，那就太令人感動了。

「不會，我不介意，只希望森小姐不要誤會我。想跟我談一些事……咦？現在嗎？我在我家前面公園，晚上習慣散步……啊……嗯、這樣啊？什麼！」

與須磨子講電話講到一半時，他刻意用手遮住話筒，對我說「是佐山先生的事」。須磨子是覺得被排除在搜查工作外的早川有點可憐，才想轉告他目前的搜查狀況嗎？早川這傢伙還故意裝出初次聽聞的樣子，還眞是體貼啊！須磨子似乎想轉述得更詳細，只見早川一直「嗯、嗯」地回應，肯定是我會議遲到沒聽到的事。早川一臉嚴肅，大概是在講什麼正經事吧！

「……嗯，這樣的發展眞的有點奇怪！嗯，還有其他嗎？……啊？……什麼？」早川突然發出驚呼聲，聽來不像在演戲。他瞪大了眼，彷彿要將電話吞進肚子裡。「什麼時候的事？……是……是！這樣啊！可是爲什麼會發生這種事……是……」

我的胸口悸動不已。

『喂！早川，怎麼了？難不成又出事了？』

該不會須磨子發生了什麼事？還是又揭發了什麼警界醜聞？我好想好想知道。

「……是……我沒有出去散步，一直待在家裡。不會吧！……嗯、這樣啊！那種事等會兒再說吧！我現在就過去，就算被罵也無所謂。……好，待會兒見。」

他掛斷電話，用很沉痛的聲音告訴我。「看來事情不太妙。」

『怎麼了？』

「上面那些傢伙打算變相利用佐山的事，一口咬定因爲佐山帶走了那把兇槍，所以才會錯覺爲他殺。也就是說，他們想以課長是自殺一說來結案。」

『想以自殺落幕？剛才你不也怕麻煩而說過類似的話嗎？』我不斷告誡自己冷靜點。

「目前還沒做出最後決定，不過森小姐有預感上面會這麼做。也許明天早上的記者會就會發表這件事了——這種草率的行爲雖然不値得原諒，但是神崎先生應該也能理解吧！對警界而言，這樣的解決方式才是最理想的。這麼一來，刑事課課長在警局內被自己人槍殺這種聞所未聞的不祥事，便能以刑事課課長在警局內舉槍自盡這種『軟著陸（譯註：soft landing，軟性手法）』的方式處理。當然，這起案件的重要性的確是非比尋常，不過對現狀而言，這種處理方式是再適當不過了。對搜查行動陷入僵局的警察相繼遇害一案，若能以警察神經衰弱導致自殺進行說明，應該就能脫離目前困境，廣大市民或許還會對死去的課長寄予同情。他們的手段還眞是高招！」

『意思就是想將一起他殺案件當作自殺事件處理掉是吧？眞是不可饒恕！如果眞的這麼做，警察就不再是警察了！』我因極度憤怒而全身顫抖，但同時也覺得充滿了力量，那是一種鬥志！『那麼他們要公開佐山所做的事嗎？』

「應該不會。他們似乎打算將佐山的事從此束之高閣。可是這麼一來，課長自殺一說不就顯得有些牽強？他們對現場沒有留下兇槍一事要如何自圓其說？難不成要裝蒜說案發當時沒發現嗎？」

『搞不好會說後來經過仔細搜查，在桌腳下發現兇槍之類。眞是的！什麼跟什麼啊！把別人都當白癡耍嗎？眞是一群無藥可救的傢伙，居然會做出這種愚蠢決定讓兇手逍遙法外！』

早川用力揮手，不斷勸我冷靜點，好像還有其他的事要說。

「冷靜一點，神崎先生。目前還沒作出最後決定，暫時靜觀其變吧！而且森小姐還說了另一件事。」

就是讓他驚叫一聲「什麼！」的事嗎？

「漆原組長遭到不明人士襲擊。」

我隨即聯想到她可能是毫無防備地被人痛毆一頓，不過事情並非如我所想。

『爲什麼要襲擊漆原組長？』

「不曉得。」

兇手該襲擊的人明明是早川才對啊！竟然有此意外的發展。

『那漆原組長怎麼了？傷勢嚴重嗎？該不會……』

「放心，只受了點輕傷而已，她沒想到自己竟然那麼幸運，能夠逃過死神魔掌。」

原以爲同是被槍殺，看來不是。

「好像是被車追撞。組長被送往潤正會醫院接受治療後會回到局裡，我們去局裡看看吧！」

這還用說。

『我先走一步。你要搭計程車是吧？兇手有可能會從並行的另一部車子狙擊，自己小心點。』

「知道了。」

和他分手後，我迅速飛往巴東分局。

29

各家媒體徹夜守在分局附近，警方至少得安排一些人員守在現場才行，眞是辛苦他們了。有些人還悠閒地吃泡麵、喝咖啡，並有說有笑的。看來漆原遇襲一事尙未洩露。

我一如往常地由窗子飛進辦公室，和白天一樣，整個辦公室仍鬧哄哄的。中井警部的桌上擺著兩瓶補給飲料的空瓶，漆原似乎還沒到，應該已回家過的毬村與須磨子在辦公室一角悄聲交談。

「晚上散步？可是我覺得有點奇怪，在這種季節，又這麼晚了，不太可能還在外面閒晃吧？妳不覺得有點怪嗎？」

「我倒覺得還好。因爲我的確聽到葉子被風吹得沙沙作響的聲音，應該是在外面沒錯。」

「漆原組長在自家附近遇襲是十一點前的事，妳是約一個小時前打電話給他。若是他幹的，應該也有充足時間可以回家……」

「他」是指早川嗎？難不成他們懷疑早川襲擊組長？不會吧？毬村你想太多了！

須磨子有點愣住，「主任，莫非你真的認爲有可能是早川襲擊組長的嗎？」

「當然不是眞的這麼想，而且他也沒理由做這種事。只是覺得他晚上散步有點怪，覺得他還滿像會在深夜街道徘徊的變態。——妳怎麼又露出那種憂心忡忡的表情啊？」

毬村看著須磨子的表情，她那長長的睫毛在發顫。

「你不覺得很恐怖嗎？」

「有什麼好恐怖的？」

「神崎、經堂課長，還有漆原組長，在這間辦公室裡的人都莫名其妙地接連遇襲，新田先生也是，或許下次就輪到我了，難道你都不會不安嗎？」

毬村從容地笑笑，看來不像故作瀟灑。「不會。妳被傳染到膽小病了嗎？聽好，森小姐。我知道妳很擔心那個看不見的殺警魔一直橫行，可是妳舉的四個例子不見得有連續性，也有可能各自爲獨立事件，各有其犯案動機，兇手也不一樣。所以妳沒必要害怕接著會輪到自己啊！」

「你是想說巴東分局連續發生的四起事件都只是湊巧嗎？」

「我只是說有可能，新田與神崎的案件也許有什麼關聯，但課長因心力交瘁而自殺的傳聞則甚囂塵上，今晚漆原組長一事也有可能是意外，或許只是酒醉駕車的人闖的禍。」

「你會不會想得太樂觀了？我個人認爲課長絕不是自殺。」

須磨子明白地表示不滿，但是毬村滿不在乎，仍舊嘻皮笑臉的，令人猜不透他到底在想什麼。

這時漆原走了進來，大家全站起前往慰問。她的額頭上貼著OK繃，右手纏著繃帶，大衣袖口有小小破洞，裙襬沾著幾片沒拂去的枯草，膝頭與馬靴間也有明顯擦傷。

「我沒事，讓大家擔心了。」行了個禮後，漆原說，「今後請叫我鋼鐵女。」

「喔喔！眞帥哪！漆原組長。」

毬村低聲迸出這句不合時宜的話。須磨子則跑向鋼鐵女，對她說「幸好您沒事」。

「去幫我買杯咖啡還是什麼的。」中井警部命令一旁的刑警，並招呼漆原趕快坐下。「報告一下到底是什麼樣的情況。」

漆原似乎在來這裡之前就已經先想好要怎麼說了，她應聲回答後，便開始有條不紊地敘述事情經過。

晚上九點半，搜查會議結束後不久，因爲明天起得在局裡留宿，爲了準備些東西，住在分局附近的人紛紛回家一趟。漆原也在十點左右回到位於神足町的住家。與先生用過已算是宵夜的晚餐之後，整理好換洗衣物，因爲還要買些洗面乳與絲襪之類的東西，便外出前往便利商店。那時已是深夜，往便利商店的路上沒什麼人，不過對具有柔道與合氣道三段的漆原來說，這段路根本沒什麼好害怕的。因爲先生感冒不太舒服，所以漆原單獨外出。雖然印象有點模糊，不過她記得外出時，有台黑色車子緩緩由對面駛來。

漆原家面向馬路，但便利商店並不在馬路邊，必須穿過小巷到別條馬路才行。途中會經過一個左邊是小學，右邊是近乎垂直堤防的地方。這裡附近沒有住家，街燈的間隔也很寬，是條年輕女性最好避免夜行的小路，但身懷武術的她倒不怎麼擔心，她知道附近治安相當好，也沒察覺有什麼危險，就這樣走著。

走在這條寂寥小徑上的她，忽然感覺後方有一台車子駛近，她本能地往右閃避。路寬約三公尺左右，照理說，車子應該能輕鬆通過才是。在腦中反覆默記購物清單的她，突然聽到後面來車的引擎加速聲，驚訝地回頭，發現一台車前燈大亮的黑色車子猛踩油門逼近她。左邊只剩一點點空間，跨過右側柵欄則是高約四、五層樓、近乎垂直的堤防，但是爲了逃離欲置自己於死的車子，只能抱著必死決心躍過柵欄。

當腳跟碰觸到車頭的瞬間，她整個人飛了出去，往堆積如山的水泥塊落下，那裡是堤防正下方的建築工地。心想這下死定了！但肉體卻不願放棄，就算只能勾住她一片指甲也行，爲了不讓自己滾下去，她本能地伸出右手緊抓住長在堤防斜面的雜草。得救了嗎？腦中瞬間閃過這念頭。她努力對抗不斷下墜的引力，抓住救命之繩，往下滑又趕快抓住草，抓住又往下滑，就這樣反覆幾次後，終於握住一堆草叢。恐懼地往下一看，高度距地面約一公尺左右。雖然底下堆滿建材，幾乎沒什麼立足之地，不過至少確定已能保住性命，於是縱身一躍，平安著地。

右手手掌的擦傷有點刺痛，不過幸好只受了點皮肉傷。從離地面高約七、八公尺的地方摔落、懸在半空中，到頭來竟然還能平安無事，眞是不可思議。抬頭看著柵欄，看著自己滑落的痕跡，心中再次湧起生死一瞬間的恐怖感，令人毛骨悚然。

「不論對方是否存心想撞死我，還是要將我撞飛到柵欄外，他確實是想致我於死地。因爲他根本不是酒醉駕車，而是故意加速！況且還往我直接衝來。」漆原強勢地斷定。

中井警部爲了進一步確認，再次質問：「妳認爲對方是要致妳於死，是嗎？我尊重妳對事實的看法。不過有沒有可能是酒醉惡作劇？」

「沒有任何惡作劇的意圖。這與那種看到電車即將駛入，將站在月台最前面的人推下去的行爲更危險！對方突然加速，只能說他眞的是蓄意謀殺。」

漆原的看法不容動搖，警部也不再針對這點追問，改問她說：「妳還記得襲擊妳的車種與駕駛人的特徵嗎？」

「很遺憾，雖說是突發事件，但我也只記得是輛黑色轎車。連駕駛人是男是女都不知道，也來不及判斷是否還有人同車。身爲警察，這樣的反應顯然不夠機靈，但那時對方不但加速靠近，還開著車前燈，刺眼得讓我幾乎睜不開眼。」

「關於襲擊妳的歹徒——假設對方蓄意謀殺，妳有沒有想到什麼可疑對象？」

「我有想過，還是想不出來。可能是搜查案件時引來對方的怨恨吧！」

「搜查中有遇過什麼麻煩事嗎？」

「沒有，完全沒有。」

警部轉著手上的原子筆，將筆尾抵住額頭，彷彿含著什麼酸東西似地抿起嘴，沉默不語，不久開口說：「瞭解。我想這起事件可能與目前進行的搜查無關。」

「可能無關，也可能有很深的關係。」

「如果有很深的關係，我想在場的每個人都能想到幾個具體疑點，但也不能輕易否定與此無關就是了。」

「搜查逃逸的黑色車子一事，進行得如何了？」

因爲漆原的口氣頗爲強勢，警部明顯不悅地說：「我說妳啊！妳也只說了黑色自用轎車這種模糊不清的證詞，不是嗎？連車種、車號都不知道，沒看清楚開車的傢伙長什麼樣，也沒被車撞傷，要別人如何緊急處理？那種時間與那個地點，附近應該也沒有什麼目擊者，就算要查也不知從何查起啊！」

「明明就是殺人未遂，難道不用進行搜查嗎？」

「現場勘查報告已經出來了！現場沒有留下任何煞車痕，歹徒就像混在新年參拜人潮中偷摸女人屁股一下就逃走的色狼，不知從何查起。」

「那不比色狼，是殺人未遂啊！」

警部將原子筆放在桌上，太陽穴附近的青筋迸起：「不要像小孩一樣任性撒野！如果妳那麼在意，明天自己進行搜查，我們現在可沒閒功夫管這檔事。」

漆原靜靜地看著警部，那很明顯的不是反抗，而是一種輕蔑的眼神，彷彿要剝了披著本部知名警部之外皮的眼神。

「你的意思是要我自己搜查？不用參與經堂課長一案的搜查也可以？」

「那件事妳不用管了。反正不用妳插手事情也解決了，那案子只是自殺。」

『這根本就是胡扯！』我氣得咬牙。『果然不該降落在這裡，你這隻狸貓。不，這應該是上面的命令吧！反正不管是誰，都是無可救藥的傢伙。』

「對了！你、還有你也是。」警部斜睨了毬村與須磨子一眼。「漆原的這件事就到此為止。經堂課長的事件也已確定是自殺。部長將會這樣對外發布消息，屆時那些媒體記者勢必會蜂擁而至。所有問題一律由上面那些長官回應，你們只要閉上嘴，千萬別亂發言，這一點請你們務必謹記。」

「這件事就這樣決定了嗎？」須磨子不滿地說。

警部將筆頭已壞掉的原子筆丟進垃圾筒。「是的，警視廳那邊也已瞭解全部情況。託佐山那笨蛋的福，搞得如此烏煙瘴氣。」

毬村制止還想說些什麼的須磨子，「也會對外公開佐山從現場帶走兇槍一事嗎？如果隱瞞了此事，我想很難自圓其說吧！」

「若是公開刑警為了收藏而擅自帶走兇槍這種有違常理的事，對警方只會產生負面作用。聽清楚了，我們可不像隔壁那種靠買賣營生的小店。不論是今天、明天，還是大後天，我們都是獨一無二的存在，負有維持社會秩序與安寧的責任，如果能將此謹記在心，自然就知道該選擇什麼樣的路走。」

「還眞是崇高的使命啊！」

門邊傳來尖銳的諷刺，所有人全別過頭，只見早川站在那裡，不曉得是何時到的。

警部站起來，用顫抖的手指著早川的胸口。「喂！你怎麼會在這裡？不是叫你在家休養嗎？竟敢隨便到處亂晃，快給我離開這裡！」

早川一步步地走向警部，「我身心都健康得很，根本沒必要休養，我要回來參與搜查。」

「你在這裡只會礙手礙腳，趕快給我回去。要是敢再擾亂搜查行動，我絕不饒你！你充其量也只會說些瘋言瘋語。」

「佐山做的事根本是犯罪，不能只憑辭呈就抹殺整件事，應該照程序處理才對。」

「爲什麼你會知道？」警部看著須磨子他們，「是誰對這傢伙說的？你們到底想怎樣？別再橫生枝節了，你們知道自己現在陷入多麼困窘的處境嗎？」

須磨子站了出來，「是我告訴他的。」

警部長嘆了一口氣，「……巴東分局到底有沒有像樣的刑警啊？」

有，須磨子就是。奇怪的人是你！你這隻狸貓。

「聽清楚了，」警部用安撫貓咪似的聲音說，「你們就像小學老師。如果有婦之夫的男老師與女老師發生婚外情，你們應該是無法苟同的吧！那麼，你們會在學生面前拚命說這件事有多麼不道德嗎？應該不會吧！因爲對孩子說這些根本沒有什麼幫助。既然無能爲力，就算對當事人說教也無濟於事，這是世間周知的常識啊！也是我們應有的態度。」

「將市民比喻成小孩似乎有欠妥當。」

早川的話就像在熊熊火燄中丟進一把火藥，但警部並沒有發火，只是嘲諷地看了早川一眼，推開他走向門邊，大概準備去與上面那些長官打交道吧！

「別忘了你也是組織中的一員。」他那像斷線般的聲音撂下了一句狠話。

我岔開雙腳站在門邊。『你這樣也配當刑警嗎？難道不覺得羞恥嗎？』

狸貓穿過我的身子離去。

周遭突然安靜下來。一課課長走進打破了沉寂。剛才的氣氛眞是僵到極點。是我太敏感了嗎？他乾咳幾聲，走近漆原身旁說了幾句悄悄話。

「辛苦妳了！」

站在一旁的我聽到這句話。

30

刑事部長、警務部長與巴東分局長等一干上級長官列席記者會，說明經堂芳郎死因爲自殺後的這三天眞的很難熬。面對這些突如其來的紛擾，他們以不正當的方式成功地克服一切。一想到他們那三天與記者不斷周旋的樣子，我不禁覺得啼笑皆非。

——光是刑事課長使用由保管庫偷出來的槍枝自殺就是很嚴重的過失了，難道不用檢討收押品管理上的疏失嗎？

「我們也無法苟同竟會發生這種事，除了督促及早改善外，也會對其他分局下達命令，徹底清查管理狀況。」

——佐山巡查竟從現場帶走兇槍，身爲刑警竟然犯下這種錯誤，實在太離譜了。警察教育是否出了問題？

「當事人從以前就很敬重經堂課長，他覺得偷竊槍枝一事若被發現將更損課長聲譽，但他目前正對自己的所作所爲深切反省中，報告事實眞相的同時也已提出辭呈。這是個人操守問題，但我們會努力端肅綱紀。」

——就算是這樣，難道他沒想過從自殺現場帶走兇槍會招致什麼結果嗎？

「他一時慌了，以致於連那一點點判斷力都失去了，滿腦子只想著警察偷收押品的槍枝自殺是何等一件大事，因此他只想到要將槍枝秘密放回保管庫，避免引發醜聞。」

——已經接受佐山巡查的辭呈了嗎？

「相關處分目前尚未確定。」

——其他相關人士呢？

「還沒決定。」

——遺體是在猶如密室狀況下的現場被發現的，難道不曾考慮是他殺嗎？各報紙都請推理作家仔細分析此事件，不論是報社還是作家們，一致覺得你們的處理方式很可笑（笑）。

「雖然初次搜查行動有欠周延，但目前尚無法預想搜查行動會有何進展。」

——聽說沒留下任何遺書，那麼自殺動機究竟爲何？

「經堂課長對新田克彥巡查與神崎達也巡查遇害之事投注了相當心血偵察。可是因爲一直未有突破性進展，讓向來很有責任感的他倍感壓力，因此推測他是因爲精神耗弱而選擇自殺一途。」

——案發當時，躲在刑事課辦公室的竊賊與此事無關嗎？

「我們只認定他當時在場。」

——爲什麼巴東分局會發生連續殺警事件？是局內出了什麼問題嗎？

「轄區內不論是犯罪率或破案率都沒有異狀，純粹只是偶發事件，也沒有任何黑箱作業。」

就是這麼回事。

還眞是大言不慚啊！這些媒體的低劣採訪能力與遲鈍的直覺，就這樣將記者會發表的東西全盤接收並原原本本地寫成報導，簡直是騙小孩子的東西嘛！這種程度的刑案報導，連國中生都做得出來。

「眞令人喟嘆！不只警察綱紀腐敗，而且因爲有這樣的市民與媒體，所以才會有這樣的警察。日本人眞該徹底反省！」

「你一個人在抱怨什麼啊？」

背後傳來早川的聲音。今早的會診好像比平常早結束，他手上拎著熟悉的藥袋，苦笑著。

「什麼日本人眞該徹底反省，請不要露出像那些不負責任的評論家之語氣。就算成了幽靈，神崎先生還是日本人啊！我能瞭解你的憤世嫉俗，不過你也要稍微放鬆一下呀！不然長相會變得愈來愈醜惡哦！」

『我才不在乎那種事，反正又沒人看得見我這張臉。』

「你又在鬧彆扭了，眞是的。比起我，神崎先生更應該接受診療才是。」

他一如往常地在我旁邊坐下。今天也是個好天氣。

「不過那個大騷動到底是什麼意思啊？一發表課長是自殺的，大家全都露出『原來是自殺啊！眞無聊』的表情。幸好媒體以警察有病爲題而大肆報導，緩衝了對巴東分局的直接批判。」

『也是啦！而且還有某縣警的大力幫助。』

我的心情非常不好。在這三天裡，其他縣的警察也陸續傳出醜聞。像是交通警察躲在電影院暗處當色狼、生活安全組的巡查因非法持有毒品被逮捕、特警隊員酒醉施暴破壞公物、地方保安課巡查輾斃小學生後逃逸、刑事組擔任整肅暴力犯罪的巡查部長與幫派分子勾結，洩露情報。這一切好像連鎖反應似的，而且只要再多拍幾下，鐵定會抖出更多塵埃。就像是接到暗殺織田信長的命令而回京的豐臣秀吉大軍般，原本守在巴東分局的各家媒體全都移轉了陣地。

「我們這裡像是有神風吹助似地，但是其他地方可慘了。」

『可是其他地方沒有發生殺警事件啊！我看將殺警事件塵封於迷宮之中是巴市的特產吧！』

「會讓事件陷入迷宮嗎？幽靈刑警應該不可能坐視其發生吧？」

早川還沒放棄。難道他對眼前諸多的不可能，絲毫不覺得困惑嗎？

『總覺得愈是努力，無力感愈深，只有你仍不死心地奮鬥著，雖然經堂一事已經以自殺結案，可是那個丟棄在垃圾筒的手機該如何解釋？經堂死前所接到的那通電話又是怎麼回事？對於諸多的重要疑點，那些人居然想打馬虎眼混過去，眞是厚顏無恥！』

「對了，」早川改變話題，「今早搜查本部的情況如何？聽說昨天與前天似乎都很輕鬆。」

『還是一樣啊！上面的人亂七八糟地處理之後，大家好像都放下了心中的大石。——對了，佐山有回去收拾私人物品。』

「聽說他被免職了。這樣的處罰不知該說輕還是重，他一定很沮喪吧？」

『還挺冷靜的。收拾好東西，向大家打個招呼，與漆原組長兩人悄聲交談幾句之後便匆匆忙忙地走了。昨晚我去他家裡看過，他並沒有什麼異樣，只是看了幾片有爆破場面的電影，失魂似地發著呆。』

昨夜與早川結束搜查會議之後，雖然也有跟監漆原與毬村，但並無所獲。之後看了一眼須磨子的睡臉便回到久違的老家，回到自己生前的房間過夜。與其說是懷念，倒有種像是在別人房間的感覺。一個人吃著橘子，看脫口秀節目的老媽顯得有點寂寞，不過聽到喜歡的諧星說笑，她還會噗嗤一笑，知道她已經慢慢回復正常生活，我就安心了。

「關於襲擊漆原的車子，有任何進展嗎？警部好像對此事相當冷淡。」

『就是啊！不過組長好像也放棄調查了，可能是無力一個人進行搜查吧！還是……』

「你懷疑一切都是組長自導自演的，對不對？」

我點點頭。可是被問到她這麼做有何好處時，我頓時不知如何回答。如果她是殺害我的幕後黑手，同課同事又陸續遭難，爲了怕被懷疑，所以趕緊讓自己也成了受害者——我曾經想過這種可能性，可是這個假設顯然不具說服力。

「應該不太可能是自導自演吧！她應該早就知道課長一事將以偷拿收押品槍枝自殺爲由結案，不是嗎？如果她是殺害課長的兇手，這樣的發展不是對她更不利嗎？最好的方法還是靜觀其變，沒必要搞出這種事情讓自己站不住腳，況且那傷勢也不太像造假。」

眞是一番頗爲合理的見解，但我還是無法坦率接受。我們所面對的，既不是很具體的案件，也不是很明確的嫌犯，而是一種似是而非的感覺，這更叫人氣憤。

『若她不是自導自演，那就是殺害課長的兇手所爲了，但是，他的動機是什麼？——對了，主任好像有點懷疑你，你與須磨子講電話時曾提到自己在夜間散步，他覺得你的這個舉動很奇怪。』

「沒有不在場證明的又不只我一個，佐山先生也沒有啊！而且就案發時間而言，毬村先生他們也已經回家了，再者，我們課裡的每個人都有駕照。」

爲了謹愼起見，我前往毬村與佐山家進行探訪時，還特地檢查過他們的車子，沒有發現任何可疑之處，是因爲車子幾乎沒碰到漆原呢？還是向別人借車？又或者，眞是漆原自導自演？我找不到任何蛛絲馬跡。

『我想關於自導自演一說還是先保留。』我很堅持這點。『因爲我總覺得漆原不太對勁。』

第一次去窺探她家時，她在深夜打了一通可疑電話，加上四天前又聽到一課課長悄聲對她說了句「辛苦妳了」，感覺像是在慰勞她。

『我也不敢確定他到底是不是說【辛苦妳了】，因為眞的聽不太清楚。』

「在人家千鈞一髮獲救後，對她說了句『辛苦妳了』……的確有點奇怪。你一定是聽錯了。就算一向多疑的神崎先生也不敢大膽斷言是本部唆使組長策畫這一連串事件的吧？」

我當然不至於突發奇想到這般地步。就算上面的人想剷除警察間的不良結黨，也沒有理由要殺我。對啊！為何要將我……

『須磨子很害怕。因為上司與同僚接二連三地遭遇不幸，她擔心也許下一個就輪到了自己，但是主任卻一副不置可否的態度。會恐懼也是理所當然的，畢竟連我這個被害人都死得莫名其妙。』

「就是啊！這倒是挺傷腦筋的。——神崎先生有沒有過無意中目擊到別人不太好的秘密？」

『沒有。』

我冷冷地回答。就算成了幽靈也沒有偷窺過什麼大秘密，頂多就是發現早川喜歡須磨子一事。

『對了，你有沒有被人盯上？也許兇手會趁你不注意的時候偷襲你，千萬要小心！』

「我不會讓對方有機可趁的。不過我想兇手目前應該不會輕舉妄動才是，搜查進度明顯觸礁，這時候按兵不動才是上策吧！不可否定地，我們正處於劣勢。」

兩人同時沉默，仰望天空。

成了幽靈重返陽世後，今天已經是第十天了。雖然拚命查緝眞兇，卻始終未見一絲曙光，彷彿在沙漠中劃圈圈前進著。

「你是早川先生吧？」

突然有人出聲招呼，早川嚇了一跳。不過幸好是在我們談話告一段落時發生，不然早川又得裝作是在練習戲劇表演。

「怎麼了？你以爲是誰在叫你啊？」

久須悅夫站在椅子旁，穿著時髦的雙排釦外套，臉上浮現一抹詭異笑容。

「看來你好像沒被移送法辦，恭喜啦！」

「喔！你聽說啦？是啊！我昨天傍晚被釋放。毬村先生還對我說『你這次可眞是無妄之災啊』明明是堂而皇之地非法入侵與竊盜未遂，居然能僥倖逃過。」他露出前齒，詭異地一笑，「話說回來……」

「不要太多嘴了。還眞是不湊巧，讓你看見了警方的無能。」

「沒錯，正如您所言。——可以坐你旁邊嗎？」

因爲怕與Doctor身體重疊，這樣早川說話不方便，於是我倏地站起，換久須坐下。

「你怎麼會出現在這裡？偶然經過嗎？」

Doctor搖搖頭。「因爲我在局裡聽說早川先生會來這間醫院，特地來這裡等你，剛好又看到你坐在長椅上。——你剛才是一個人自言自語嗎？」

「嗯。」

「又出現幻聽啦？」

「才不是！」早川堅決否認。「只是自言自語而已，我才沒有神經衰弱，只是因爲太過疲累才會來看診。反正看心理醫生對現代人而言已經是家常便飯了。」

久須為自己的失言道歉。

「對了，你特地來這裡等我是為了什麼事？」

「有件東西想交給你。這次在巴東分局真是受夠了，我是真的想幫助警方，所以不趕快解決這東西實在睡不好覺，想想還是交給早川先生比較好，因為只有你不會對我沒品地亂吼。」

『須磨子也不會對你亂吼啊！』

雖然這只是我在抬槓，但早川還是代為發聲，「森小姐也是啊！」

「話是沒錯啦！可是我不習慣與美女說話，一緊張講話就會結巴。而且刻意地等女人也容易被人誤解，所以還是交給早川先生比較妥當。」

「到底是什麼東西啊？」

Doctor 從口袋掏出一卷錄音帶。輕輕地搖了一下，遞給早川。

「就是這個。」

是一卷一百二十分鐘的錄音帶，沒有註明內容，已經回好帶。

「這裡面錄的是什麼東西？」

「是非常有趣的東西哦！大家的聲音全都錄了進去，像中井警部、漆原組長、毬村先生等等，很多人啦！當然早川先生也有。」

早川一臉驚訝，Doctor 倒是笑得十分得意，一看就知道是那種滿懷惡意的陰險笑容。這卷錄音帶的存在對巴東分局是種恥辱，這就是他想誇耀的吧！

「這是從神崎先生遺照背面的竊聽器拷貝出來的。大概是有人收到那電波，然後用錄了下來，裡頭收錄了不少刑事課辦公室內的交談。」

「你全都聽完了嗎？」

「是啊！不過都是些一直聽會覺得很無聊的內容，所以中間我有稍微快轉一下，不過也有很多地方聽不太清楚。」

「你爲什麼會有這東西？」

沒錯，我也想知道。久須是想靠這東西稍稍平復被警察踐踴的自尊心嗎？「意外拿到的啦！」

企圖打混過去的久須顯得有點不耐。早川將錄音帶塞回給他。

「我不能收下這種來路不明的東西，又不是小孩子玩扮家家酒，請你收回。」

「唉唷！別這麼正經嘛！」久須變得很嚴肅。「請恕我失禮。我會一五一十地說明的，請你收下。這東西之所以會轉到我手上，眞的很湊巧。——你們覺得我做生意最需要的是什麼？」

「這個嘛……」早川一臉認眞地思考著。「很多吧！像是偷竊技巧、膽量、尋找獵物和客源的嗅覺等。」

「沒錯。我的工作就是找到哪裡有人需要什麼商品，不然就作不成交易，雖說是一種嗅覺，其實更接近商業情報的收集能力。」

隨他吹嘘吧！

「我擁有一個私人情報網。我會在一些玩家愛看的雜誌或小報投稿欄、玩家出入的店家出沒，其中也有警察迷玩家哦！拜託！別擺臭臉嘛！在那有如蜘蛛網般的情報網中隨時伺機而動的我，因此可以聽到許多有趣的傳聞。不只是想要某種東西，還有這東西能不能到手的希求，也可以向別的賣家商談想買的商品等等。像這卷錄音帶就是我買來的其中一個。」

「你的說明未免也太拉拉雜雜了吧！我只想具體知道你是在哪？向誰買來的？」

「這我就沒辦法說囉！我不想給對方添麻煩，人家只是個老實學生。」

「既然是個老實學生，為什麼會有這東西？」

「他做了一件錯事，說得誇張點，就是竊聽。不過他沒有幹過在人家家裡裝竊聽器之類的違法行為，只是喜歡偷偷攔截警察或消防隊的無線電或別人的手機電波，偷聽別人的談話內容，不會幹什麼壞勾當。」

『就算不構成犯罪，也是個宵小之徒。』

我一開罵，早川就搖搖手，好像示意我安靜一下。

「總之就是某個人攔截到竊聽器的電波，將對話全錄了下來。想說會不會有人想買，所以才拿出來兜售。結果我一放出來聽，赫然發現早川先生的聲音竟也收錄在裡面，而且裡面也收錄了搜查員警議論神崎刑警被殺一案，肯定會有不少買家很感興趣，因此當機立斷地買下。不過我一點也不想出售，因為要是這麼做鐵定會惹禍上身，所以才——」

「所以才想交給我是嗎？謝啦！」

總之先向對方道謝，不過早川似乎還是滿腹狐疑。這也是當然的吧！沒聽過就無從判斷內容是否眞如他所言。

「那個學生出價不高，我沒花多少錢就買到了。別客氣，請收下吧！算是我的一點心意。只要你記得久須這傢伙還滿有心的就行了。」

他只是想賣個人情吧！

「我一回家會立刻聽聽看，如果有什麼問題再問你。我要怎麼和你聯絡？」

Doctor 從口袋掏出紙火柴，寫下「高砂町安商業旅館」幾個字。「雖然我沒有固定住所，不過這幾天都會住在這裡，有問題打電話給我，我不會逃的。就這樣囉！」

他起身大步離去，這麼做或許多少一掃他在巴東分局所受的屈辱吧！

「Doctor 雖然送了我一個禮物，不過聽這東西好像沒什麼意義。」早川看著手中的錄音帶，有氣無力地說著。

「這應該是殺死課長的兇手裝的竊聽器吧！所以兇手也不可能會在現場說些什麼奇怪的話。」

『很難說哦！』我的口氣很強硬。『不是還不知道竊聽器是怎麼裝上去的嗎？也許還會錄到經堂死亡前後的動靜。』

「怎麼可能！如果錄到了這麼重要的事情，Doctor 早就得意洋洋地說了，因爲這樣就能證明自己的清白。或許眞的沒什麼重要內容，不過既然拿了，就姑且聽聽吧！神崎先生要不要一起來？」

『方便嗎？』這還是他第一次招呼我去他那裡，他肯定已經將須磨子的照片收起來了吧！

「嗯！因爲我已經打掃過了。以後就來我家開搜查會議，不要在公園了。畢竟天氣滿冷的。」

『好！那我們立即去你那兒吧！』

我們走向公車站。走到一半時，早川的手機響起，是須磨子打來的。我十分在意，顧不了早川的感受，湊近一聽，電話那端清楚傳來她的聲音。

「早川先生，我有些話想與你談談，你今晚方便嗎？」

「可以啊！是什麼事呢？」早川問。

「是關於神崎先生的事。」

我們相識而笑。也許須磨子相信我變成幽靈重返陽世了，眞令人高興。

「我一直在等妳問我呢！妳相信我所說的，關於神崎先生變成幽靈的事了嗎？」

早川趁勢追問，但她卻沒有明確回應，只是不斷重複見面再聊。

「沒問題，看妳方便，要約幾點、在哪裡呢？」

「今晚八點。我預約了釋迦海濱附近的一間叫『信天翁』的餐廳，你一定要來哦！」

「我一定準時赴約。」

早川一掛電話便握拳高舉雙手。

「太棒了！總算皇天不負苦心人！神崎先生！」

雖然我也與他做出同樣動作，但卻突然有種不好的預感襲上心頭。她並沒有對早川說明這間餐廳就在我被殺害的現場附近，這令我感到一股隱約的不安。

31

視野朦朧。

正前方似乎有道強光，好刺眼。我瞇起眼。

咦？我是怎麼了？正這麼想時，突然出現一張大臉。是個戴著厚厚鏡片的眼鏡，頭髮有點花白的男子，不知爲何地一直上下端詳著我，而且似乎是透過廣角透鏡，他的臉扭曲成一團。

我仰躺，男人站在我的枕邊，彎身瞧著我的臉。

「你還沒發現嗎？神崎達也先生？」他沒頭沒腦地問。

「什麼幽靈，你不覺得很奇怪嗎？又不是江戶時代的人，你還以爲世上有這種東西存在嗎？」

男人穿著白衣，是醫生嗎？他的臉的上方是常在電視或電影上看到的無影燈。這麼說來，我躺是在手術台上嗎？對了，四周牆壁與天花板都是淡綠色的，這裡是手術室。而且比起一身白衣，那男人看起來更適合綠色手術服。

「不具肉體的存在，仍與生前一樣，可以看到東西，可以聽見聲音，可以用鼻子嗅聞東西，不是嗎？既然這樣，爲何不能與一切東西產生物理性的接觸呢？爲慣性法則束縛，能站在地球上，乘坐任何東西，從頭到尾不過是種結構粗糙的小說情節，完全狗屁不通。就算眞的有幽靈存在，會發生如此愚蠢的情形嗎？你還是認清現實吧！」

我一時之間不知該如何回應。

你不是幽靈，他如此斷言。不過，就算他叫我要看清事實，我還是滿腦子疑惑。

如果你知道什麼，就不要拖拖拉拉地，快告訴我啊！

「你還不懂嗎？看來你的腦筋滿遲鈍的哦！自從你在釋迦海濱被槍殺後，你對自己所看、所聽到的一切，不是都很難理解嗎？你應該多少會有所感覺吧？不只一次懷疑自己所經歷的一切，具有飛翔於空中，穿牆能力的人不只你一個。這種事誰都有可能辦到。——只要夠熱衷。」

你的意思是說，我在作夢嗎？我不是成了幽靈，只是在作夢。

我的確有這麼想過。但夢境不只不眞實，更不曉得何時會醒來。這眞的是場夢嗎？

「你只要認同就好，只要你認同這只是個夢，一切就會結束。你之所以沒從夢中醒來是因爲你不希望覺醒。只要拋棄這種頑強態度，你就會很輕鬆。如果你無論如何都無法辦到，我們也可以幫你。」

我的頭部左邊似乎有什麼東西在動，好像是誰一直往我這兒走來。看樣子是位護士，大概是要幫我施予什麼治療吧！我抬頭一看，嚇了一跳。一身白衣，頭戴護士帽的須磨子就站在那裡，她就像只花瓶似地，用她那毫無生氣的雙眼低頭俯視我。

「你很想解脫吧？」

醫生低語，他那張有點浮腫的臉一直往我靠近。背對著無影燈，那臉像塗黑般朦朧一片。

有種違和感，一切都不對勁，好像哪裡怪怪的。

卻有種說不出來的熟悉感。

沒錯，這是夢。

這不就是夢嗎？

別開玩笑了——

※

「喲！你睡著啦？」

是早川的聲音。

『啊啊……大概吧！』

睜眼看了一下四周，是一間滿眼熟的房間。對了！我到了早川家。

「我看你不知不覺地打起盹。在快醒來前還翻來覆去的，是不是夢見了什麼？」

早川微笑地單腳靠牆站著問我，害我有點不好意思。

『眞是奇怪！這還是我成了幽靈以來第一次作夢，可惜是個不太愉快的夢。』

「是什麼樣的夢啊？」

『不太想說。』

我起身，盤腿坐著。看了一眼牆上的時鐘，三點四十分。大概迷迷糊糊地睡了十分鐘左右。

早川身旁的錄音機裡傳來好幾個人的說話聲，是故意賣人情的久須送給早川的錄音帶。沒錯，我聽過了。而且因爲內容太過無聊而無法抗拒睡魔的誘惑。

「調查最重要的資料途中竟然睡著，眞是太不專心了，神崎先生。而且還是關於自己被殺一案的錄音帶，眞是不可原諒啊！」

我被責備了。不過事實的確如他所言，我無法辯解什麼。對天生行動派的我而言，一直聽著內容無聊的錄音帶眞的很痛苦，還不如去埋伏跟監，忍受被露水弄溼衣服的不適感。

「這卷錄音帶還眞具催眠效果呢！從剛才就一直是同個調調，都是一些聽過的談話內容。」

由現在錄音帶放出的內容判斷，應該是十一月十八日——也就是我成了幽靈的第三天——在刑事課辦公室與早川交談，也是巴銀高砂分行遭搶的那天。傍晚從現場回來的課員們興高采烈地交談當天的搶案，所有人質毫髮無傷，並成功逮捕到搶匪。這是擔心亞佐子而去她家的我，第一次聽到的談話內容。內容幾乎與殺警案無關，沒有任何會令監聽員警與警察迷們覺得値得一聽的高潮處。

「神崎先生睡著時也沒出現什麼有意義的對話，看來果然沒什麼有利情報。不過是一卷錄音帶而已。」

錄音帶內容一開始是十七號的晚上，表示賣給久須這卷錄音帶的學生就是從這天開始錄的，只是這樣，沒什麼特別意義，所以還是無從判斷竊聽器是幾點幾分裝上去的。我記得自己的遺照掛在刑事課辦公室是十七號下午一點多，只能認爲竊聽器或許是在那天某個時點裝上去的。

「森小姐也許相信我眞的具有通靈能力吧！」

早川突然改變話題。之前還責備我的態度不夠嚴謹，現在的他好像也受夠了這卷錄音帶的單調內容。

『剛才那通電話，我看你還是別太期待比較好，免得又落得空歡喜一場。搞不好她是要介紹更好的心理諮商師給你。』

「她才不可能對我這麼親切。她的語氣聽起來有點尖銳，也很清楚地說是關於神崎先生的事。搞不好是想透過我與你多聊一點吧！」

『會嗎？』

「其實你很期待吧！還眞會裝模作樣呢！」早川故意揶揄我。「神崎先生是被森小姐的哪一點給吸引呢？」

雖然想認眞地思考，卻又立刻打消念頭。

『我說你啊！難道不覺得對這種問題乾脆地回答的傢伙不太値得信賴嗎？這種感覺……我也不曉得該怎麼說才好，對我而言是個謎吧！』

「沒錯，愛情是個謎。」停頓了一下，他又補充道。「我想森小姐被神崎先生的哪一點吸引，更是個深奧的謎吧！」

我假裝生氣，卻覺得胸口有點痛。因爲我察覺早川現在說的話是很認眞的嘲諷。

錄音帶繼續播放。有些地方有點連不太上，似乎有被剪掉一些太無聊的部分。聽錄音帶內容，應該是員警們陸續離開，夜已深沉的時候，終於，熟悉的對話出現了。

——等你很久了！你看起來還眞漂亮呢！尤其晚上看更美。

我和早川嘻笑互望。那是我從窗子飛進來的時候，我還對他說，哪有人對男人說這種話的，還叫他別鬧了……。

——不，不是恭維，眞的彷彿天使般閃著光輝。

只有聽到早川的聲音，我忘了幽靈的聲音根本無法錄下來。所以在我說話的部分就像英語教學的錄音帶中，「好，請跟著唸一遍」時的空白，感覺有點奇怪。

——眞是讓人緊張得直冒冷汗呢！不過沒事就好，眞的是太好了。不只是你妹妹，其他人也都沒事，眞是太好了。不過，也因爲這件事，我們完全沒有任何進展。

……。

——嗯嗯，就是啊。明天再重新開始吧！

這是慶祝銀行搶案順利解決的那天。

——你變得愈來愈體貼了

……。

——唉呀！失禮了。

我那時說了什麼？應該不是什麼很重要的事吧！我忘了。

「這部分好像沒什麼重要的，快轉好不好？」

早川伸手欲按快轉鍵，卻被我阻止。調查證物錄音帶怎麼能快轉，也許哪裡會稍微跳過、也有可能哪裡會插進來什麼內容。早川明白我的意思後，立刻縮回手。

——你說課長在開槍前對你說了「對不起」是吧！有沒有可能聽錯呢？……啊！這麼問眞的很抱歉。

我們默默地聽著錄音帶。

——邊道歉邊射殺嗎？你明明掌握了這麼重要的情報，卻已經死了。到底是誰唆使課長這麼做的呢？

「大家都說透過錄音帶聽自己的聲音會覺得怪怪的。聽別人的聲音不會，但聽自己的就——」

『噓！』我豎起食指，示意早川安靜點。我邊聽錄音帶裡早川的話，邊在腦中進行問答，也許會閃過什麼靈感。

——那麼，幕後黑手果然還是自己人嗎？……我不太想這麼認爲，因爲用懷疑的眼神看待同事是件很痛苦的事。

……。

「咦？不太好吧！」早川面有難色。「要是弄壞可是會引起大騷動的。」

那時我正唆使他打開課長抽屜，只見早川苦笑著。

「你那麼堅持就自己去做啊！」錄音帶中的他拚命反抗。

再聽下去時，我突然聽到一個讓我有點在意的部分，總算發現到有意義的地方了。不過會不會是我的錯覺呢？反芻剛才聽到的對話之後，我更加確信了，心情很亢奮。雖然大可倒轉回去再聽一次，不過還是忍耐一下，順著聽完好了。

——看來得對課長來點硬的了。不然等他與幕後黑手接觸不知道要等多久，這樣下去沒辦法解決事情，沒有任何頭緒啊！

我還記得自己是怎麼回應的，『你突然變得很激動喔』我是這麼說的。

就在我們道別的時候，帶子也暫告一段落，接著跳到隔天早上。

『早川，麻煩倒轉回去，我想從我進入刑事課辦公室那裡再聽一次。』

「有發現什麼可疑之處嗎？」

大概是看我滿面喜色吧！早川迫不及待地趕緊倒帶子。

『有。剛才罵他雜碎眞不應該，那個偷偷攔截電波的學生幹得太好了！』

再聽一次之後，更加確定我的推敲。太棒了！有種甕中捉鱉的快感。

終於解開一道謎題。

32

依約前往「信天翁」，須磨子已先抵達，坐在窗邊的位子。那個位子很邊陲，可能是不想被他人聽到才特地挑了那位子的吧！如果只有我們兩人用餐就好了，不過這樣對早川有點不太好意思就是了。在吊燈的反射下，須磨子耳上的小小耳環發著光。早川向她揮手，往她走去。

「等很久了嗎？」

「不會。突然叫你出來眞是不好意思。」

早川本來要坐在須磨子對面，想了一下，坐到她的斜對面。他將對面的位子讓給我。

『又不是約會，無所謂啦！你們這樣坐，講話不是很不方便嗎？』

「只是說話而已還好啦！要我無視神崎先生，一屁股坐在森小姐對面，我會覺得不太自在。」

須磨子沉默地看著我們——正確來說，她只看著早川，倒沒表現出什麼嫌惡、愣住的表情或動作。

「我點的是今日主廚推薦的海鮮套餐，可以嗎？抱歉，沒有先問過早川先生喜歡的口味。」

「沒關係。就算看著寫得密密麻麻的地中海料理菜單，也聽了服務生說明，我大概還是一知半解吧！期待等一下會上什麼菜好像還挺有意思的。」

「依早川先生所見……神崎現在就坐在我面前吧？」

因爲服務生走過來詢問要喝什麼飲料，所以須磨子這問題硬是被打斷。

各自點了一杯酒後，服務生遠去。

早川這時才回答：「沒錯！如果妳想對他說什麼就說吧！神崎先生聽得到，我也會一字一句傳達他的回答。」

須磨子沒有微笑，我的不祥預感果眞應驗了嗎？難不成她要繼續否定我的存在？無所謂，反正我已經習慣了。

「那我們就當神崎先生在這裡地說話吧！要是他想說些什麼，還麻煩你轉述一下。啊！我先想問他，心情如何？」

「請說。」早川伸出右手。

『不太好吧！』我冷冷地回答。

「『不太好吧！』你們約會的態度都這麼生硬嗎？啊！大概是我在這裡當電燈泡的關係吧！」

「嗯！——我想他應該已知道對外宣稱課長是自殺身亡的事了吧？他對這件事有何看法呢？」

「雖說是轉述，可是神崎先生又沒變成外國人，妳可以對著妳面前——『你有何看法呢？』這樣直接問他本人。那神崎先生有何看法呢？」

「很憂慮現在的情況吧！課長的確是被幕後黑手給滅口的。」

早川據實傳達。還要經過別人轉述雖然有點麻煩，不過能像這樣交談，我就已經很高興了。

她像對空氣說話般，面對著我問了第二個問題：「你還是堅信有幕後黑手，有什麼根據嗎？」

她說「你」。我小心翼翼地珍惜這份幸福，愼重地回答。

因爲經堂沒有殺害我的動機，而且在扣下托卡列夫扳機的那刻，他對我說了「原諒我！這不是我的意思」與「對不起」。須磨子很認眞地面向我聽著，視線微妙地往我的眼睛位置移動。

「如果這是眞的話——」

『當然是眞的！這可是被害者的證詞！妳要相信我說的話啊！』

早川將我的意思轉達給她。

她聳聳肩說：「對不起。……不過的確有像在與他說話的感覺呢！」

是吧！本來就是。

先上酒。我做出與兩人一起乾杯的樣子。早川不好意思地搔頭猛向我說「對不起」。

「關於那個幕後黑手，你懷疑可能是誰呢？」

『我實在不覺得自己有什麼會令別人恨我恨到想殺了我的理由，所以我實在想不透。那妳呢？有想到什麼嗎？』

她搖搖頭。連我自己都不知道的事，她怎麼可能會知道。

「那個幕後黑手爲了滅口而殺害課長，看來他現在應該覺得自己已經進入安全範圍了。」

『對了，妳聽到早川說殺死我的人就是經堂課長時，爲什麼要在大家面前公開這件事？妳這樣反倒令放鬆戒心的兇手再度警戒起來。妳雖然沒有惡意，但卻——』

「等一下！」早川打斷我的話。「我快跟不上了啦！一下子滔滔不絕地講那麼多，我怎麼轉述啊！」

前菜已經用完，接著端上湯品。早川簡略地傳達我的意思。

『兇手還沒進入甕中，不過，對方一定在等待機會除去剩下的威脅。——啊啊、還是趁熱先喝湯吧！』

兩人還沒喝完湯，「海鮮醃漬料理」就已經上桌，這家店的上菜速度還是這麼快。

「等待機會？什麼意思？」

『當然是企圖消除握有秘密的人，漆原組長遇襲便是證據。』

「為什麼？組長什麼也不知道啊！」

『其實是兇手誤判。妳回想一下組長遇襲的那天白天，早川不是說要去局裡一趟嗎？——啊！那時妳不在嗎？』

那時早川跑到局裡，大言不慚地宣稱，殺害課長的人就是殺害神崎先生的幕後黑手，明天早上就能讓你們看到證據。證據已經蒐集得差不多了。

「我是不在，是回去時聽大家說的，辦公室裡為此還議論紛紛。但是這件事情與組長遇襲有何關聯？如果狙擊對象是早川，我多少還能理解。」

『對於這一點，我也感到有些不可思議，不過還是能解開這個謎底，而且就在幾個小時前想到的。』

「怎麼說？」

『首先從Doctor X提供給我們一卷錄音帶開始說起吧！』

邊啖美食邊聽我娓娓道來。擔任轉述者的早川，趁須磨子對我講話的空檔，急忙大口大口地將菜餚往嘴裡送。雖然這場對話感覺很不自然，不過還有著一定的節奏，倒也不會令早川覺得痛苦。

「嗯，原來是這樣的錄音帶。但是光聽這個能知道什麼嗎？」

『更甚於理論的證據，妳聽聽看吧！』

早川從放在餐廳衣帽間的背包裡取出隨身聽。這是早川從學生時代用到現在的舊機型，中間是放錄音帶的地方。須磨子戴上耳機，按下播放鍵。剛好從我飛進辦公室的地方開始聽起。

「雖然像是我一個人在自言自語，其實那時我正與神崎先生交談哦！請妳留意聽那段談話。」

「看來我得用點想像力才行。」

主菜是「澆淋蛤蜊醬汁的鯛魚，佐以蕃薯葉與橄欖」。

須磨子手拿刀叉，很認眞地聽著錄音帶，似乎連眼睛都忘了眨。

聽了一會兒，她按下停止鍵。

「當時在場的人只有早川和神崎嗎？」

「嗯，是的。」

「組長沒有進辦公室吧？」

「是的。」

「既然這樣，爲什麼……」

看來她似乎沒有注意到。得意洋洋的我請早川代爲解謎。

「我不是說了很奇怪的話嗎？什麼『遵命，警部補。』之類的。」

「而且不只一次，還連續說了三次，如果警部補不是漆原組長的話，那會是誰？」

「就是神崎先生啊！」

「他不是警部補吧！」

「當然不是。他說自己是警部補，要只是巡查的我服從命令。後來我反駁他『我們不都一樣是巡查』嗎？結果神崎先生說了這樣的理由，我只能屈從。『這個人』指著我說：『因爲我是殉職員警，所以死後晉升兩級。也就是說，我現在是神崎警部補。』所以森小姐最好也對他客氣點哦！」

「眞的嗎？」須磨子愣住了。

『開玩笑的啦！』

「開玩笑的啦！總之我就乖乖屈服在他這種歪理下，連說好幾次『遵命，警部補』。如果我沒說，妳一定會認爲我是與漆原警部補說話吧？裝竊聽器的嫌犯應該想不到我是與神崎先生的幽靈說話吧！」

她很愼重，仔細地檢視這番推理是否有錯誤與遺漏。

「關於連續叫了好幾遍警部補這一點，或許是種錯覺，目前爲止還沒有什麼矛盾之處。」

「我們已經確認過這一點了。我從頭到尾都沒有喊過『神崎先生』，而且我平常對每個人說話都很客氣，因此嫌犯會錯認對方是組長也是理所當然。然後再想想裡面有沒有混雜什麼會令嫌犯誤以爲對方是女性的說詞呢？錄音帶一開始的幾句『你看起來還眞漂亮呢！尤其晚上看更美』、『不是恭維，眞的彷彿天使般閃著光輝』，我的這幾句話其實是在說變成幽靈並散發光輝的神崎先生。若沒有充分想像力就會錯聽成形容女性的美麗詞句。」

這些是對女權主義至上的上司，完全無法說出口的話，更遑論對方還是個大男人。

「話是這麼說沒錯……不過有個地方有點問題。這段對話是順利解決巴銀行搶案的那天吧！所以早川先生才會說了句：『你妹妹沒事眞是太好了。』」

「比較正確的說法應該是：『不只是你妹妹，其他人質也都平安無事，眞是太好了。』」

「這個妹妹出現得有點怪，我是不清楚漆原組長到底有沒有妹妹，但是這字眼突然出現在銀行搶案的話題中真的很不自然。若是我在竊聽的話，我一定會一頭霧水，不知道對方到底是在對誰說話。」

「妳說得沒錯，如果是『妹妹』，肯定會覺得很奇怪！但是人類在聽到一段不太明白意思的對話時，天生就有穿鑿附會的本能。因此嫌犯肯定是將『妹妹』誤聽成自己能夠理解的詞彙，也就是『IMOTO』！」

「IMOTO……是誰？」

「妳已經忘了嗎？就是撲向持刀的袋井左兵，拯救神崎的妹妹的那個一課英雄啊！井本辰也刑警。因此竊聽的嫌犯便擅自將『妹妹』解釋成井本先生。』」

「真是精采的說明！」須磨子拿下耳環。「原來如此。所以嫌犯才會解讀成是組長指示早川進行內部偵查，因此才會開車想撞死漆原組長了。這倒是說得通。」

「不要擺出那種嫌惡的表情嘛！」

「我才沒有嫌惡呢！是很佩服。——這卷錄音帶後面還有沒有什麼情報？」

「沒有，後面都是一些不值得一聽的內容。」

須磨子將隨身聽還給早川，然後開始一連串似是而非的提問。

「有沒有可能是漆原組長說謊呢？」

「完全不考慮。」早川斷然否定。「若漆原組長是幕後黑手，那種瘋狂演出對她根本一點好處都沒有，只會讓自己的處境更危險。」

她似乎能接受這個說法。「組長遇襲的謎題總算解決，但還不知道是誰耍的詭計就是了。」

「嗯，眞可惜。」

我插話說：『還是有收穫啊！至少明白裝竊聽器的人就是襲擊漆原組長的嫌犯，也就是唆使課長殺害我，再殺害課長的窮兇極惡的嫌犯。』

「可是就算如此，還是沒有什麼多大的進展啊！」早川說。

須磨子與我同時要求不自覺脫口而出的早川。

「請轉述一下。」

『轉述一下啊！』

靈媒說了句「不好意思」後，繼續執行任務。須磨子一度沉思。

「……就推理流程來說是滿合理的，依錄音帶裡早川說的『看來只能對課長來點硬的了』，嫌犯就是因爲如此強硬的論調，引發殺人滅口的動機。」

「就是啊！」

『是吧？』

「可是課長遇害一案還是有疑點存在，因爲現場呈現密室狀態，因此很有可能是自殺。幕後黑手知道早川與組長已經一步步逼近眞相，於是恐嚇課長『你已經完了』，逼他自戕。這麼解讀應該很合理吧？」

合理才怪。我們根本沒有任何直逼眞相的證據，而且當時的情勢也沒有急迫到會令課長乾脆舉槍自戕的地步。更何況，如果課長眞的難敵良心苛責，大可留下遺書自白並揭發幕後黑手的身分，這樣不是更好嗎？

早川將我的想法傳達給須磨子，只見她欲言又止，還是很在意現場是密室一事。當然，我們也不能無視這項事實就是了。

服務生過來詢問我們需要什麼甜點。須磨子點了一客柳橙果凍，她的餐盤上還有許多食物。枉費她特地點了特餐，搞不好連味道如何都不清楚。

有對感覺十分沉穩的中年夫婦走過來，坐在離我們很近的位子上。一看就知道他們是舉止十分高雅的人。若我們繼續這麼談下去，肯定會引起他們的注意。我們——其實我大可不用這麼做——壓低聲音繼續交談。

「森小姐，妳相信我旁邊眞的坐著神崎先生的幽靈對不對？畢竟平凡的我不可能會有這麼縝密的思緒，也不可能有如此高竿的演技，不是嗎？」

我很在乎她的回答，她刻意隱藏起心中的困惑，用手撥了撥頭髮。

「早川先生，我也有自己的原則，就算你再怎麼說，我也很難盡信，眞的很難。」

『沒關係，這種事勉強不來。』我點點頭。『也難怪啦！聰明固執如妳，不願輕易相信幽靈的存在也是當然的，我也只好耐心地等妳認同囉！』

經由早川的轉述，我第一次看到須磨子的笑容。可能是覺得這說法還滿符合我頑強的個性吧！

「要不要出去喝杯咖啡？這邊愈來愈不方便說話了。」

「好啊！要去哪？」

「今天晚上不是很冷，我們就到下面的步道散個步吧！好嗎，神崎？」她面對著我問道。我們的視線正好交會，我嚇了一跳。我點頭說『好啊』，她卻又轉移視線。看來只是碰巧吧！早川希望各付各的，但須磨子卻認爲是自己邀約對方，堅持由她買單。

「不好意思，讓你破費了。」我和早川一起向她道謝。

走下停車場旁的階梯。特地鋪設的步道蜿蜒在大岩石之間，往釋迦海濱延伸。路旁設有常夜路燈，但因間隔有點遠，所以腳邊還是有點暗。路上沒有半個人影，遠處傳來海浪的聲音。

「今天已經二十五號了。」走在我與早川中間的須磨子喃喃自語著。「離神崎的生日還有五天呢！對了，可以幫我問問他想要什麼東西嗎？」

該說這是個不太好笑的玩笑話，還是認眞到令人倍感無奈的問題？須磨子一臉認眞，岩石的陰影遮住她半邊臉頰。短暫的沉默之後，我啞著聲音回答『沒有』。

「我們一起趕在神崎先生的生日之前揪出幕後黑手吧！我覺得這是個再好不過的禮物了。」

謝謝你，早川。

不過這也讓我想起之前聽說的事——當幕後黑手伏法之時，也是我從這世上消失的時候。

到底怎麼做才好？

我到底該怎麼做？

「好像有人尾隨我們。」須磨子悄聲說道。「噓！別回頭。」

是嗎？我完全沒注意到，早川好像也沒有。

「……」

「……也許也是來散步的人吧？」

「不是，對方刻意配合我們的腳步，分明就是跟蹤。」

蜿蜒的小路對跟蹤者而言十分有利，不過再微小的足音也難逃須磨子敏銳的耳力。現在連我也感覺好像眞的有人尾隨我們，相距恐怕只有十公尺左右。

「我在那個轉角埋伏，麻煩早川先生刻意發出鞋音往前走。」

「我來埋伏吧！」

「沒關係，因爲你的鞋音比較響，剛好當作誘餌。」

「可是……」

你們到底在說什麼啊？只要由我出馬不就搞定了嗎？你們兩個也眞是的，完全忘了我的存在。

『你們兩個繼續往前走，由我這透明人出馬就行了。』

我掉頭往回走。我倒要看看是哪個傢伙膽敢尾隨我們！或許只是個不分季節、喜好窺伺的偷窺狂。

岩石暗處躲著一個男人，海風吹得他的大衣下襬頻頻翻起。男人駝著背、躡手躡腳地走著——這身影好眼熟啊！我仔細瞧著。

『這不是佐山嗎？』

「佐山先生？」

聽到我的聲音，走在前方的早川隨之出聲。

佐山驚訝得停了下來，既然形跡已經敗露，只好無奈地繼續往前走，向回過頭的早川與須磨子打招呼。

「爲什麼佐山先生會在這裡？總不會是出來買包香菸碰巧路過吧？」早川問著。

他和須磨子警戒著，露出刑警辦案時的眼神。

「你們沒回頭，怎麼會知道是我？早川，你的直覺未免太敏銳了吧？──說好久不見似乎有點誇張。沒錯，會在這裡碰面並非巧合，在你們進餐廳之前，我就已經跟著你們了。晚餐還美味嗎？我可是躲在車裡以炒麵麵包和牛奶草草地裹腹呢！」他的尖下巴突出，嫌惡地說。

須磨子開口問：「你尾隨的對象是早川先生，還是我？」

「妳這麼說就太傷人了！──妳覺得呢？」

「是我吧？」

硬漢既沒肯定也沒否定，算是默認了吧！這種行爲根本就是跟蹤狂。

「你這種行爲讓人覺得很不舒服耶！爲什麼你要跟蹤我們呢？有什麼事就對我們明說啊！」早川說。

「我是一時還無法改變當刑警時的習慣啦！雖然是個充滿險惡的職場，但是眼看著最後參與的案子墜入迷宮，總覺得很遺憾。」

「最後參與的案子是指那件？」

「就是警察連續遇害事件，尤其沒抓到殺害神崎的兇手更是令我不甘心。畢竟我們曾是同甘共苦過的同事，我實在嚥不下這口氣！你們說是吧？」

佐山滿口正義，但是，不論怎麼看都很詭異。他的語氣聽來充滿嘲諷，好像在說搜查毫無進展一事，眼前這兩人也有責任。

「既然如此，為什麼一定要跟蹤我與森小姐呢？我們沒有什麼好被懷疑的理由啊！」

佐山沒有正面回答這個問題，反而說：「總覺得你們並不像在約會，應該是在密談什麼。」

「我們只是針對案件交換意見。森小姐覺得奉命在家休養的我很可憐，所以對我說了一些本部的搜查狀況。倒是佐山先生，你為什麼要跟蹤——」

原本也是一名刑警的他粗魯地將雙手插進口袋。「反正這裡除了我們以外也沒有別人，乾脆一吐為快算了。我會跟蹤你們，主要是為了揪出殺害神崎的兇手，只是一直都沒有什麼頭緒。妳說是吧？須磨。」

我與早川目瞪口呆。

「是嗎……」須磨子只吐出這兩個字，就再也說不下去了。

「沒人懷疑妳眞是不可思議，妳明明是最接近神崎的人，也是局裡知名的神槍手啊！更何況妳還有絕佳的動機。喂！別露出那麼驚訝的表情！感覺很刻意耶！想想什麼是妳的最愛，就是錢啊！

照理說，神崎一死，妳不就可以得到一大筆身故保險金嗎？他的求婚之詞不就是『請妳成為我的保險受益人』嗎？而且還是高達一億日圓的保險金，光是這點就足以構成殺人動機。」

「你認為我是那種會為了錢而殺人的人？」她的雙肩顫抖，反問。

佐山繼續嘲諷地說：「難道不是嗎？啊啊、我明白了。若是這樣的話，搞不好妳從頭到尾根本就沒喜歡過他，妳只是利用神崎對妳的一往情深，巧妙地以見證愛情為藉口要他投保，對吧？」

你什麼都不知道，也完全不瞭解我們的事，竟然還敢在這裡大言不慚？原來你並不是喜歡須磨子，而是一直用這種眼光在看她嗎？

「你誤會了。我根本就沒有收到他的任何保單，而且那份保單也還沒完成入保手續。」

「這是妳犯下的第一個錯誤，應該先確認過後再殺他，沒想到妳竟然這麼粗心。不，搞不好是神崎一時口快，告訴妳『我已經投保了』。」

「佐山先生，你明明沒有任何證據，為何要對森小姐說這麼過分的話？你眞的太過分了！無藥可救的笨蛋，我不能原諒你。」

雖然早川的語氣還算沉穩，不過感覺得出他心中的怒氣已經到達極限，也許他比我還憤慨。

「不能原諒的應該是殺人兇手吧！你仔細想想，雖然經堂課長的死因有諸多疑點，但也有可能是她所為哦！」

「你、你、居然連這種事……」早川怒目瞪視佐山。「森小姐有什麼理由要殺害課長？」

「因為課長發現是她殺了神崎先生！而且還是葬身在她得意的槍法下。——早川，你還記得課長死前說了什麼嗎?」

「Doctor 聽到『對不起』。」

「對不起——對不、起——須磨(譯註:「對不起」的日文發音與「須磨」兩字相似)。」佐山得意洋洋地看著須磨子,「他是在叫兇手的名字。」

根本就是穿鑿附會,離譜到令人不禁跳腳。

「你到底在說什麼!現場呈密室狀態,就算神槍手也無法營造出那種情況!你所謂的動機也只是自己的妄想,什麼『對不起』就是『須磨』,你以爲是在玩諧音遊戲嗎?——森小姐,有什麼想說的就盡量說吧!」

「我不知道該怎麼說……」須磨子放下似乎因頭疼而撫額的手,打算伸入口袋——

「不要動!」一句充滿怒氣的聲音迸出。「要是敢把右手插入口袋——我就開槍!」

佐山伸直右手,手上還握著槍。

33

槍口對準須磨子的胸口。

那是把回轉式手槍。槍身不是很新,看樣子應該是S&W。他從保管庫偷出的槍枝應該都交由大久保帶回警局了,難不成還有沒繳出去的嗎?我緊張地屏住氣息。

須磨子高舉雙手，表明不會做任何反抗，站在一旁的早川則僵硬地與一根棒子沒兩樣。

「很好。」佐山點點頭。

「天啊！很危險耶！請別將那種會要人命的東西舉得那麼高。」

早川出聲抗議，但槍口只微微地動了一下。

須磨子斜睨對方，「你那把槍是怎麼回事？你從保管庫偷來的槍不是都已經還了嗎？」

「從局裡偷來的槍都已經還了，這把是我自己的。我花了半年時間改造自上等模型槍的S&W・M10・SAYAMA・SPECIAL。命中率可是一點都不輸眞槍，非常實在又耐用喔！而且，私人物品根本不用還，不過裡面裝塡的子彈都是從局裡拿來的，眞是抱歉啊！巴東分局果然紀律渙散哪！就連掉了好幾顆子彈也不見有人追查。」

他這是虛張聲勢嗎？如果眞是這樣就好了。我看了一下彈匣，裡面果眞有裝塡子彈。我提醒早川：『眞的有裝哦！』

「眞是夠了！」早川搖頭，「你眞是個學不乖的傢伙，非法持有槍械可是要吃官司的！」

「不用你說，我當然知道。本來我只是想拿它作爲平常在家鑑賞用，現在爲了防身卻不得不隨身帶著這東西。畢竟我要追查的殺警嫌犯可是一流的神槍手，用來殺死神崎的那把槍極有可能還在她手上。就放在外套右邊口袋是吧？難怪那地方異常鼓起。」

須磨子嘆了口氣，「我有這麼恐怖嗎？如果那麼在意口袋裡裝的是什麼，你何不親自一探究竟？裡面根本就沒塞什麼危險物品。」

「別想拐我上當！妳可是個拔槍高手，對妳一點也不能大意，還是乖乖地舉高雙手吧！早川，把她的外套脫下來丟給我！要是敢耍什麼花招，子彈可是不長眼睛哦！」

他只得屈從，邊道歉邊脫下須磨子的外套。

她咬牙切齒地說：「啊啊、好冷！我若是感冒了，你一定得付我醫藥費。」

「會嗎？今晚涼風襲人，舒服得很哪！——把那丟過來！」

丟過來！他舉高槍口示意。早川無奈地將外套攤開，一步步地走向前。

「用丟的就可以了。」

就在佐山開口的瞬間，外套飛了起來，剛好蓋在他臉上，早川是故意的。說時遲那時快，只見早川奮力撲向佐山，將他押倒在地。槍枝則滾落一邊。

「喂！你——」

佐山大吼。然而跨騎在他身上的早川則是拚命用手掐住他的喉嚨。佐山發出了痛苦呻吟。

「你最好給我識相點，你這腦袋不清的硬漢。難道要我將你的腦子剖開，在裡面噴殺蟲劑嗎？這樣會有不少蟲子從你的腦漿裡湧出哦！你竟然、竟然對森小姐做出如此過分的事！」

「住手！早川先生！」

雖然須磨子欲出手阻止，可是氣到昏頭的早川還是不肯放手。就這樣，被緊緊勒住喉嚨的佐山翻起白眼。看來早川已經失去理智。

『早川，住手！不小心失手就會釀成大禍的！千萬別幹傻事啊！住手！聽到沒！』

我彎下身，湊近他的鼻尖大吼，他嚇了一跳地鬆開手，但仍不打算從佐山的身上起來，像跑了百米似地氣喘吁吁地看著我。

「竟然把『對不起』聯想成『須磨子』，這個笨蛋！那課長殺害神崎前說的那句『對不起』也是『須磨子』囉？他根本什麼都搞不清楚嘛！」

被勒得幾乎快窒息的佐山激烈地劇咳。直到稍微恢復正常才一臉嫌惡地抬頭看早川。「你……到底是在和誰說話？」

「少囉唆！和你沒關係！」

須磨子將手放在他肩上。「早川先生，請你冷靜一點。」

她看著四周，找尋那把不知道滾到哪裡去的手槍。該不會落到暗處溝渠吧？到處都找不到。

「看樣子你還是堅持神崎是被課長殺害的了。心理諮商好像沒什麼用，這究竟是種空想還是妄想啊？你有什麼證據嗎？」佐山說。

「我沒必要對一個已經失去警察身分的傢伙說這些，況且公務員有守秘義務。」

「別這麼冷淡嘛！說來聽聽吧！為何課長連續說了兩次『對不起』呢？」

——對不起！

混雜著遠方的海浪聲，那時還有肉身的我，生前最後聽到的聲音鮮明地在我腦海甦醒。那像被鮮血滲透般悲痛的謝罪聲與 Doctor 聽到從偵訊室傳來那聲音是一樣的嗎？

若是這樣的話。

這樣的話。

腦中突然閃現一個從未思考過的假設，並如雷擊般貫穿全身。

經堂那時是在向我道歉嗎？懺悔自己的罪過，然後舉槍朝自己的太陽穴扣下扳機。

如果，

眞是這樣的話。

「怎麼了？」早川問著一動也不動，愣立著的我。

我沒有回答他，而是直接對須磨子說：『我終於明白了！經堂要道歉的對象只有我一個人，從他口中冒出的第二次【對不起】是對我的第二次道歉。』

光是這樣應該還無法讓她理解。

「啊？我完全聽不懂你在說什麼？第二次的『對不起』不可能是對神崎先生說的啦！」

「早川，」佐山扭曲的臉上浮出一抹討好的笑容，「你還是不肯告訴我嗎？你現在到底在與誰講話？」

「我正在忙，不要吵！——你的意思是說，第二句的『對不起』是出於課長對幽靈的恐懼？可是課長沒有通靈能力，而且就算突然擁有什麼神祕力量，神崎先生那時也不在局裡。」

『所以，他是將別的聲音錯聽爲幽靈的我。在他說出那句【對不起】前究竟發生了什麼事呢？你還想不通嗎？』

早川沒什麼把握地回答：「……電話？」

『沒錯！根據Doctor的證詞，經堂手機的來電鈴聲就是拉麵的風笛聲，也是一通來電不明的可疑電話，因此課長便錯以為打電話來的是我這個被他殺死的人。當時已經非常晚了，偵訊室裡也只有他一人，他或許剛好想起自己的所作所為，良心非常不安。而這時又忽然接到幽靈打來的電話，更是汗毛直豎。驚恐不已的經堂嚇得連自己叫了拉麵外送一事都忘了，瞥見手邊有把從佐山那接收的S＆W，想起這是世上最容易了斷生命的道具，於是他心想「剛好」，便握槍自我了斷。』

「怎麼可能……」

『想想經堂的死狀，那是一張布滿驚懼的臉。現在我終於瞭解為何會這樣。』

完全不瞭解我們到底在說些什麼的須磨子，只是不安地盯著佐山的側臉。

『命案發生之後，不是在垃圾筒找到一支陌生的手機嗎？那個來路不明的預付卡式手機就是間接殺害經堂芳郎的兇器。』

「等一下。現在還無法立即斷定電話就是間接兇器，因為疑點還有很多，像是課長為什麼會誤以為打電話來的人是神崎先生？死去的人應該沒有辦法打電話吧！就算課長的精神多麼不穩定，應該也不致於聽錯啊！」

這是最主要的疑問。顯然我的嘴動得比腦筋還快，腦子變得靈活，說起話來也就滔滔不絕。

『為了突破嫌犯心房，偵訊時不是會用所謂【暴露秘密】的手段嗎？也就是負責偵訊的人說出只有嫌犯才曉得的秘密，那個幕後黑手便是利用這一點。打電話的人故意暴露只有死者神崎達也才曉得的秘密。那個秘密是什麼呢？你們還反應不過來嗎？就是經堂射殺我之前說的那句【對不起】

啊！』

「我不是反應遲鈍，只是無法理解。打電話的人爲什麼會知道這件事？除了聽幽靈本人提起的我之外，在這世上只有課長與神崎先生兩個人才會知道啊！我不懂唆使課長的幕後黑手爲什麼會知道這件事？」

『我也不認爲經堂會連這種事都向幕後黑手報告，不過他總會有機會知道吧！』

「什麼時候？」

『關於經堂邊說【對不起】邊扣扳機這件事，我已經對你提過好幾次，十八號那晚也提過。而有個傢伙剛好竊聽到那段對話，那傢伙有可能就是【暴露秘密】，讓經堂嚇得魂不附體的人。就與我們在餐廳時討論的一樣，裝設竊聽器與打電話給經堂的是同一個人。』

「等等、等一下！」早川近乎咆哮地說。「原來如此，竊聽者因此而知道『暴露秘密』，可是光是這樣，課長仍有可能會將打電話的人錯認爲神崎先生嗎？課長在知道你已經死亡的情況下，接到不明人士以電話『暴露秘密』時，一般都會下意識地反問『你是誰』啊！』

『也許他的聲音與我十分相似。』

「若是這樣的話，那就眞的太可怕了，居然有聲音如此相像的人——」

『就是毬村啊——』

「咦？」早川驚愕。——他不可能沒聽見我說的話。

『兇手就是毬村正人。』

「你說主任是兇手？」

須磨子與佐山屏息聽著我們交談。看他們的反應，與其說是某種程度的覺悟，倒不說沒想到有人指控每天打照面，近在身邊的同事竟是個殺人犯的事實。

海邊傳來海浪破碎的聲音。

「……可是，主任的聲音與神崎先生的不像啊！」

『原聲是真的不太像，可是你們忘了毬村最出名的特技是什麼嗎？就是那個在尾牙時廣受好評的模仿秀啊！實在是維妙維肖的模仿。那傢伙連女歌手的聲音也能模仿得入木三分，所以模仿我的聲音對他而言根本就是雕蟲小技吧！就說自己是無法渡過三途川而返回陽世的亡靈，只要一點小手段就夠經堂受的了！因此即使只有七分像也能達到目的。』

「你是說毬村先生裝成你的聲音打電話給課長嗎？然後說出只有你與課長才知道的事實，讓課長相信真的是幽靈打來而陷入恐慌……」

「毬村主任裝成神崎的聲音打電話？令課長在極度恐懼之下自戕？」

『嗯，就是這樣。』我回頭看著一臉茫然的須磨子。

佐山或許是害怕跨坐在他身上的早川那副異常的樣子，連一聲都不敢吭。他也許覺得像是作了場惡夢，只是緊閉著唇，凝視夜空。而跨坐在他身上的早川依舊滔滔不絕。

「眞是令人一頭霧水。剛才神崎先生說手機是間接兇器，就算打電話讓課長陷入恐慌而迫使他自殺，這種手法也是前所未聞的突發奇想。而且，這麼說來，聲音就是直接兇器了？你不是在跟我開玩笑的吧？」

正確來說，奪走經堂性命的人不是手機，也不是聲音，而是神崎達也的靈魂。我想起高中玩試膽遊戲時，曾因作弄同學而被記恨一輩子。這件事也許就是所謂的報應吧！我的鬼魂出現在我不知情的地方，

『這是貫穿生前、死後，人的一生中最重大的犯罪事件。』

「哪裡重大了？眞的會有以如此奇怪手法殺人的人嗎？拜託你冷靜想想，這根本不可能呀！」

『承認這種並不確實的方法吧！這種方法如果善用得宜，就能獲得許多益處；即使失敗了，也沒什麼損失。不、根本就沒有任何損失，是一個值得一試的詭計。』

「神崎先生的推理有很大的破綻。毬村先生裝成你的聲音打電話給課長，藉由『暴露祕密』讓課長徹底崩潰，也就是說，毬村是希望課長自殺嗎？這不合理，因爲這詭計沒有任何益處——原來如此，我懂了！這詭計能從遠處操縱課長，不用弄髒自己的手就能達到殺人目的，對吧？不過，推論也僅只於此。事件發生時，毬村先生也在局內同一樓層，距案發現場只有二、三十公尺而已。明明是遠距離操作殺人，卻沒有刻意製造自己的不在場證明，這點我還是想不通。」

我就知道他一定會這麼反問。

『毬村並不指望只打一次電話就能奪走經堂的生命。他應該是打算裝成我的聲音，反覆打許多通電話，令課長的精神徹底崩潰。而那天晚上的那通電話只是牛刀小試，爲了觀察經堂的態度，當然要盡可能離經堂近一點才行。但是當時卻發生意料外的事，於是造成經堂崩潰並舉槍自戕，這點

是毬村沒有預想到的。爲什麼會產生超出兇手預期的結果呢？沒錯，就是多了個導火線。接到電話的經堂，眼前不巧就放著一把由佐山那裡回收的槍與子彈，可說是最適合自殺的道具了，而且殺害神崎達也時也是用這道具。他聽到幻覺後，直想著【死吧！】、【就用它自我了斷吧！】因此才有這種結果。』

我想起佐山坦承偷竊收押品時，毬村激動怒吼的神情。

——混蛋！你到底在搞什麼啊！

明明才意外發現他是個正義感頗強的男人而感佩不已，這下一切都成了笑話。他的憤怒只是因爲在他完全不知情的狀況下，佐山將槍交給經堂，破壞了他的完美犯罪計畫。原本的設定是一步步地將經堂逼至神經衰弱，使他產生自殺的念頭，在上班途中突然跑到哪兒吊死或從月台一躍而下等等。

但這一切全因佐山而瓦解。首先，毬村無法製造銅牆鐵壁般堅固的不在場證明是第一個失算；再來，現場成了密室狀態則是第二個失算。雖然無法預知經堂會在哪、如何死去，但是現場沒有遺留兇槍的密室卻是最糟的狀況，因爲這樣就無法完美處理成是因精神耗弱而自殺。密室殺人這種情況並非兇手所期望，由此可見毬村叱責佐山那句「你到底在搞什麼啊」的眞意。還有，當佐山坦承他破壞過案發現場後，毬村馬上下了「若你說的屬實，那課長的死就是自殺囉！」這樣的結論。

「所以課長的死果眞是自殺了……」

『你在說什麼啊，早川！這哪裡是自殺？根本就是罪證確鑿的他殺啊！毬村爲了逼死經堂可是布下了許多詭計。』

「……我不太清楚法律如何界定……但這情況好像也不太能構成他殺吧？而且就算眞相如此，也很難去證明什麼啊！根本沒有任何物證。」

『也不能說完全沒有，從垃圾筒搜出預付卡式手機就是一個，只要追查手機來源，應該不難揪出毬村的狐狸尾巴。』

「就算眞的與他有關，也無法證明他的確犯案啊！沒人目擊毬村先生變聲打電話給課長，而且也不可能出現這樣的證人。也就是說，就算認定是因某人模仿神崎先生的聲音打電話要脅課長，導致他自殺，也無法證明那人就是毬村先生。」

『所以我說要追查手機來源——』

「就算那支手機眞的是毬村先生買的，也無法證明命案發生那晚是由他使用的。他大可以如此規避『那支電話放在局裡不知道被誰偷走了』。」

『可是能模仿我的聲音的人，除了他也沒別人啦！』

「這很難說！雖然毬村是有名的模仿高手，但或許有人比他更厲害，或是能將神崎先生的聲音模仿得特別像之類的，不能否定絕對沒有這種人。」

雖然就這癥結上發火有些無聊，但早川這傢伙居然敢違逆官拜警部補的前輩，著實令人不耐。

『要如何才能讓你心服口服？』

「爲了證明神崎先生的推理正確，必須確定毬村先生曉得『關鍵秘密』的可能性，這是必要條件。」

能知道這秘密的人，就只有竊聽我與早川對話的人。但就算毬村眞的是那個竊聽者，也無法證明竊聽器就是他裝上去的。可惡！我的腦海裡明明清楚浮現小開假裝我的聲音打電話的情景。

像在嘲笑我似地，腦中迴蕩著毬村的聲音。

——神崎充其量只是個腦筋簡單，神經一直線的傢伙。

——繼承父親莫大遺產，生活優渥無虞的我，可不想爲了別人賣命。

——看到全身漲滿緊張情緒，專心射擊的美女，眞叫人受不了啊！

——你果然不太對勁哦！還是去檢查一下腦袋比較好吧！

我不斷地、反覆地想起他說過的這些話。

——你們在幹什麼啊？都什麼時候了還想引起無謂的麻煩，佐山！

——我對機械方面不是很在行。

毬村說過的話在我腦中隨機浮現，我發現其中一句聽起來有點奇怪，但是當初聽到時並未感覺任何不對勁。

那傢伙百密一疏，不小心失了口風。

『早川！』我壓抑心中興奮，『在刑事課辦公室發現竊聽器時，你還記得毬村進來後說了什麼嗎？』

「這個嘛……說了什麼啊？」

『你忘了嗎？須磨子那時不在場，只能問佐山了。你這樣問問看好了！【你還記得發現竊聽器時，毬村說了什麼嗎？】』

「這麼問就可以了吧？瞭解。佐山先生。」

仰躺在地的男人好像嚇了一跳。「什、什麼？」

「有事想問你。」

「我要是知道什麼會盡量回答，不過可不可以請你先下來啊！我的背快凍僵了。」

不好意思啊！早川很有禮貌地道歉，迅速起身。搖搖晃晃站起來的佐山似乎沒力氣再拳腳相向了。而早川的態度也彷彿附體邪靈被驅逐般又恢復以前的樣子。

「發現竊聽器時，你不是也在現場嗎？還記得毬村先生說了什麼嗎？」

「我是在啦！不過從相框背面取出竊聽器時，主任剛好被中井警部叫去，所以不在，大家正議論紛紛時他才回來。」

『誰問那傢伙關於竊聽器一事？』

「誰問主任關於竊聽器一事？」

「漆原組長。」

「她說從哪裡搜出來的？請正確回想。」

「……從相框背面。」

『沒錯，於是毬村說了什麼？』

「於是主任說了什麼？」

佐山雙手抱胸思考，「漆原組長明明就很生氣了，主任還說什麼美女不適合講粗話之類的，結果惹得她更生氣吧！」

『然後呢？』

「然後呢？」

「然後啊……這個嘛……啊啊、眞叫人不舒服，『好像神崎在偷窺我們』。」

幹得好！槍械迷。你還記得挺清楚嘛！

「哦！原來是這段對話啊！我也想起來了。——還有呢？」

『不用了，已經講出我要的了。好了，我開始說明。發現竊聽器時，毬村並不在辦公室裡，他從警部那裡回來時，只聽到從相框背面搜出了竊聽器。可是這樣不是很奇怪嗎？爲什麼他會冒出那句【好像神崎在偷窺我們】呢？辦公室裡掛著我與新田巡查的兩幅遺照。爲什麼他只聽到相框背面藏有竊聽器，就知道是裝在我的遺照的後面呢？因此，結論只有一個，那就是毬村事先就知道竊聽器裝在那裡。』

就算沒透過轉述，須磨子也發現到這個矛盾點，喃喃自語「主任的話確實有點奇怪」，看來她知道了。

而且不只她，早川也察覺到了，「哦！原來如此。」

佐山亦跟著附和：「喂！早川，我雖然不懂爲何你從剛才就一直在唱獨角戲，不過我知道你想說什麼了。你是想說主任藉著僞裝神崎的聲音，逼迫殺死神崎的兇手，也就是課長，在極度恐懼之下而自殺吧？主任以竊聽的方式得到足以威脅課長的情報，自然也就知道竊聽器是在哪裡發現的。——雖然還有很多地方不太明白，不過這番推理還眞是有趣。」

『如何？這樣就能形成一個漂亮的圓圈。』

我掩不住心中喜悅，雖然無法立即將毬村扭送法辦，至少確信這個搜查方向正確無誤。

「可是，」須磨子一臉憂愁，「還是不行啊！沒有任何能夠證實竊聽器是主任裝設的證據，而且就算有證據，變聲逼死課長的推理也不曉得能不能被接受……」

意思是能不能取得拘票吧？不過一直暗中摸索的我，仍覺得案情有十足的突破，現在只要傾全力蒐集證據就行了。當然，身爲幽靈的我也會盡自己最大能力協助辦案。

「等等，只有現在也無所謂，請讓我這個平民加入吧！主任之所以殺害課長是爲了滅口嗎？」

佐山說。

「是的。」早川說。

「滅口是爲了阻止課長供出殺害神崎一事？」

「沒錯。」

「但根本問題還是沒解決啊！爲什麼毬村先生要唆使課長殺死神崎？動機是什麼呢？」

一針見血！這是這番推理令人最想哭的地方。

「你說得沒錯。」早川也認同。

「而且疑點不只於此，你不是認爲課長是奉毬村之命而殺害神崎嗎？這一點我也不明白，爲何課長會受控於毬村？生活還算優渥的課長犯不著爲錢當殺手吧！」

「你說得沒錯。雖然這世上有爲了工作、甚至區區一百元而動手殺人的人，但課長根本沒理由爲了錢殺害神崎，這一點眞是傷腦筋啊！應該不可能是什麼催眠術吧？這樣的話也沒必要殺人滅口啊！」

「我是……這麼認爲……」須磨子好像想說什麼，視線落在遠方的燈塔上。「我雖然不清楚課長爲何殺害神崎，不過我知道新田先生爲何被殺害。」

「什麼意思？」早川顯得很訝異。

須磨子猶豫著該不該說，應該是很難啓齒的事吧！會是什麼事呢？可以確定的是，經堂憎恨與自己妻子有染的新田克彥。雖然經堂也被懷疑過是殺害新田的兇手，但隨即得到澄清，因爲他有充分的不在場證明。現在爲何要重提這件事呢？

「也許是我的想像力過於豐富，如果殺害新田先生的兇手是毬村先生的話呢？他刻意選擇課長有充分不在場證明的時間下手。這樣的話便等於賣了個大人情給課長。」

「喂！須磨，妳知道自己在說什麼嗎？」佐山口氣帶點責備。「妳的意思是，毬村代課長除去了課長的眼中釘。爲了還此人情，所以課長才答應毬村的要求殺害神崎？」

「我知道這是個曖昧的假設，很難妄下斷語。」

「可是……」提出反駁的佐山一時語塞，可能是無法否定須磨子這番推理成爲假設的可能性。

問題是，毬村代課長殺害新田時，是否就已提出要課長殺害我的條件，雖然這種事很難叫人相信，但也無法完全否定絕無可能。

「雖然出現新的說法，不過就算是正確答案，仍是不明白毬村先生爲何要殺害神崎先生的動機啊！」早川皺眉。「神崎先生，你自己覺得如何呢？」

『我不記得有做過什麼讓他恨我的事，彼此也沒任何利害關係！』

「又在唱獨角戲了。」佐山蹙眉道。

「現在兇手幾乎能夠認定就是主任。你仔細想想你與毬村先生之間是否有什麼恩怨？還是無意中發現他什麼秘密？」

早川還眞是喜歡打破沙鍋問到底，看來他渴望知道眞相的念頭愈來愈強烈。

『不論你問多少遍，我還是想不出來。毬村的秘密？那又是什麼？眞要說的話，大概就是看到他將【傑爾丹】的糖包偷偷帶走吧！明明是個有錢小開，沒想到竟還有這種窮酸個性。我看到時眞的嚇了一跳！』

「偷拿『傑爾丹』的糖包？我之前也聽說過呢！……應該不會因爲被別人發現這習慣，自尊心受傷而引發殺人動機吧？」

「喂！等等。『傑爾丹』的糖包是怎麼回事？」

佐山似乎頗感興趣，不過這種事實在沒必要特地說明。

「神崎先生看到毬村先生偷拿那家店的糖包，可是這種小事不可能成爲什麼把柄吧？」

聽到早川這麼說，佐山有了意外反應。他隻手拄著下巴，像獸犬般地沉吟了一陣才開口——

「我曾聽生安課的人說過，從今年年初開始似乎就有上等的古柯鹼在巴市內流通，因爲流通管道有別於大麻和興奮劑，所以完全掌握不到販毒頭子的身分。我是不清楚這之間有沒有關係，也許有也說不定。我記得夏天時，生安課曾逮捕到一個非法持毒的平面設計師，那個男的好像就是將古柯鹼藏在糖包裡，這難道是巧合嗎？」

也許這之間有很大的關聯。大家突然興奮起來。

須磨子問：「那個設計師是如何購得古柯鹼的？」

「他沒有說得很清楚，好像是向高砂町一個戴墨鏡的年輕男人購買的，不過他的說詞可信度不高。他說將毒品裝入糖包的點子是自己想的，不過……」

「也有可能以這種包裝方式販售囉？」

「咦？這到底是怎麼回事？」早川抱頭。

「也就是說，以千圓咖啡與巴哈音樂爲賣點的『傑爾丹』其實是古柯鹼交易的秘密據點，而巴東分局刑事課毬村巡查也利用那裡販毒。會有這種事嗎？」

這已不是常理所能判斷的了。警局對面的咖啡廳光明正大地成了毒品交易所就已經很令人吃驚了，更難以置信的是，一些警察竟然還是那裡的常客！

我想起了一件事，成爲幽靈的第二天，我前往毬村的豪宅進行探訪，那時小開正一臉沉醉地鑑賞古典樂。那樣子也許不是沉浸於音樂中，而是吸食古柯鹼後處於最亢奮的狀態。

「那麼，我們是否可以這麼解釋呢？神崎在『傑爾丹』看到主任將糖包偷偷塞進口袋，他以爲主任純粹只是貪心而已，然而，對正在犯案的主任而言，他卻覺得相當訝然，心想必須趕快除去心頭之患，否則將永無寧日。而且他覺得神崎先生一定知道自己偷拿糖包的眞正目的，總有一天會抖出自己的罪行……」

早川提出異議。「我還是覺得不太合理。明明眼前並沒有什麼立即危機，在這種情況下殺害神崎先生不是得冒更大的風險嗎？而且也不合理。」

他看著我，是想尋問被害者本人的意見嗎？

『首先，資料不夠齊全，無法證明【傑爾丹】就是毒品交易據點，而且也無法想像毬村會是個毒犯。』

「因爲資料不足所以無法判斷嗎？這倒也是。」

「既然如此，我們就去確認吧！『傑爾丹』應該還沒打烊吧？」須磨子當機立斷。

我在心中大吼，這下可愈來愈有趣了！

佐山卻在此時踩了煞車。「就算我們過去也無法輕易掌握任何證據，交給專門人員處理不是比較好嗎？應該先聯絡生安課的人，而且也得顧到他們的面子。」

佐山的話雖然正確，可是聽來就讓人覺得不耐煩。

「我明白了。我現在就打電話給生安課，我的手機在大衣右邊口袋。」須磨子回答，同時戲謔地笑了笑，準備拾起掉在地上的外套。

「不准打！」

背後傳來叫喊聲，大家紛紛吃驚地回頭，有個黑影從岩縫間竄出。

「夠了，一切到此爲止，不准打電話。」

是毬村。

34

雙手插在大衣口袋、圍著圍巾的毬村正人緩緩現身，雲縫間灑下的月光照著他那白皙的臉。

爲什麼他會在這裡？

就算沒出聲質問，大家也全用表情寫在臉上了！

毬村冷笑說：「很驚訝吧！當然，我與佐山一樣並非偶然路過，因爲我對森與早川的密會究竟要談些什麼感到好奇，所以便決定跟蹤了。——你們根本沒告訴我今晚要碰面？眞是不好意思啊！我就是改不了竊聽的壞毛病。」

「辦公室的蟲明明都清乾淨了。」

一聽早川這麼說，毬村面露惋惜道：「嗯，那裡是都清乾淨了啦！可是有些地方漏掉了，譬如課員的手機，是否也檢查過了呢？當然啦，我不可能每個人都裝，所以只能鎖定早川的囉！」

難不成早川的手機裡裝有竊聽器？怎麼可能連這種地方都想得到要裝竊聽器？

「什麼時候裝上去的？」

「別露出那麼生氣的表情嘛！你不是常把手機忘在桌上嗎？只要趁隙就能順利完成作業了。何時裝的啊？就是得知你受漆原組長指示，暗地偵查課長的隔天吧！好不容易在你手機上動手腳，偏偏你卻幾乎不用。每次都在局裡鬼鬼祟祟地和組長密商，連電話也不打，你們到底是怎麼聯絡啊！眞是不可思議。難不成用交換日記嗎？」

我直盯著向我走來的毬村的側臉，恨不得將他吞噬。這男的就是幕後黑手嗎？也就是殺死新田與經堂的傢伙了？就是他奪走我的命嗎？這個冷酷又冷血的殺人鬼。即使如此，他還是一臉平靜，而且都這麼晚了，臉上居然連根鬍渣都沒有，難不成是邊跟蹤我們邊拔鬍鬚嗎？

「你一直躲在暗處偷聽我們說話？」

面對須磨子的質問，他點了點頭。「因爲佐山突然插一腳，我只好跟在他後面尾隨你們，所以聽不到你和早川的談話。不過等到你們三人談話時，就聽得一清二楚的了！還挺有趣的呢！」

「我們懷疑你就是殺害課長的兇手，不只如此，新田先生也是你殺的吧？還有，唆使課長殺害神崎先生的人也是你吧？如果我們搞錯了，將會嚴重破壞你的名譽。所以如果有什麼要辯解的話，還請你提出來。」

「辯解的話？」毬村露出一抹詭異笑容。「沒什麼好辯解的啊！」

居然還有心情開玩笑。佐山氣得咬牙切齒。「你這是什麼態度！身爲刑警的你，可是被下屬指名爲連續殺人的兇手啊！居然還能滿不在乎地說『沒什麼好辯解的』，你如果是被人誣陷，就該挺胸反駁啊！」

毬村臉上笑容倏地消失，「已失去刑警身分的男人有什麼資格對我說教？其實我大可不用理睬你們，不過，你們若是那麼想知道答案，我就說了吧！——你們猜對了！」毬村挺了挺身子，「沒錯，我就是兇手。」

毬村毫不掩飾自己的罪行，我一時之間還以爲自己聽錯了。這傢伙到底是哪根神經接錯了啊！他瘋了嗎？

「沒想到你們光靠推理和臆測就能找到眞相，方才聽你們說可惜沒有證據，所以不管你們指責我什麼，我都能輕鬆規避，後來甚至聽到你們要調查『傑爾丹』一事。這眞的讓我嚇一大跳了。你們這樣做會讓我很傷腦筋耶！至少也得讓我在明天早上湮滅證據吧！——不過還眞是一番水準以上的推理，雖然不盡完美就是了。畢竟有些細節與事實有出入。」

「哪裡有出入？」佐山吼道。

「因爲是細節部分，我該怎麼說明好呢？不過，你還眞是一隻老是偏離焦點的無能溝鼠啊！我看你還是別出來丟人現眼，躲在你那個既窄又小的房間，一輩子玩你那些幼稚的玩具吧！這種生活方式比較適合你喔！」

佐山一臉慘白，並不被激怒，而是自尊心被深深刺傷。那一瞬間，我覺得毬村好可怕，他不只是單純地使壞，這個男人的心已被毒蟲般的惡念給啃噬光了。

「來閒聊一下好了！我的確是從『傑爾丹』帶回古柯鹼，不過我並非買家，而是拿取樣品。我不像有些傢伙是吸著好玩，我可是將它當成藥材來經營呢！至於貨源與如何拓展經營範圍，嗯，這可是商業機密，恕我無可奉告。」

「居然在隔著一條馬路的警局對面大膽地幹起這種交易！」早川近乎嘶吼地說。

「這是凡夫俗子想不到的點子！這就是所謂的盲點，至今爲止，我只遇過兩次令人捏把冷汗的緊張狀況。」

「兩次緊張狀況？」

面對須磨子的質問，他哼了一聲說道，「有一次被新田發現我正在那間店與上游接頭。我沒想到會在那裡遇上專辦反毒活動的他，等我回到局裡，他隨即問我：『剛才和你在【傑爾丹】說話的人是誰？他不就是謠傳的那個傢伙嗎？』我只好想辦法矇騙過去，不過直覺敏銳的新田看穿我的謊言，他一開始還半信半疑，沒想到愈來愈逼近眞相核心，於是我便幹掉他這個棘手人物，這就是第一個危機。至於第二個危機嘛！就是神崎目擊我偷拿糖包囉！在他眼裡也許只覺得我很『小氣』，可是一向小心行事的我，還是很在意被人直擊毒品交易現場。其實這理由還頗具喜感，不過對神崎而言則是個大悲劇就是了。」

「太過分了……」須磨子以手遮口。沒想到對方居然這麼冷血，實在大受打擊！

毬村繼續說：「不過，會造成今天這種局面，新田要負最大責任，誰叫他在臨死之際還說些有的沒的。什麼『我已經把你的事向別的分局的人說過了。就算你殺掉我也沒用』之類的話，還眞是些愚不可及的吹噓之詞！不過也怪神崎達也這位熱血刑警偏偏要在那時調職，才會讓我產生『他有可能是新田所說的那傢伙』，對他產生不必要的戒心，所以糖包一事就變成導火線囉！」

「難道你不是因爲新田先生是課長夫人外遇對象而殺害他嗎……」

一聽早川這麼說，只見他嘖嘖地否認：「這就是很微妙的地方啦！爲了利益，我不惜弄髒自己的手，但也剛好利用了課長對新田的恨意。也就是說，我賣他一個大人情，幫他解決那個可惡的傢伙，那時神崎還沒轉調過來。我知道我給課長這份盛滿毒藥的恩情總有一天會發生作用的。其實，四個月後課長就幫了我一個大忙呢！我太佩服自己的先見之明了！我是個天才吧！但是我唯一的誤算就是課長比想像中還要脆弱。搜查狀況遲遲未有進展，那傢伙隨時都有可能因爲一個引爆點而供出一切，搞得我心裡七上八下的！雖然是我自己要承擔殺人罪名，不過還是別被牽累得好。原本想以自殺方式順利解決課長，沒想到卻發生突發狀況，讓著實我慌了手腳。當我聽到現場是密室狀況時，嚇得心臟都快跳到喉嚨了呢！」

「你裝神崎先生的聲音打電話給課長……」

「這個推理是正確的，森小姐。我就模仿一下給妳聽吧！──『晚安，經堂課長。你知道我是誰嗎？既然跟我說對不起，爲何又要槍殺我呢？』」

「住口！」須磨子忍受不住地發出悲鳴，緊閉雙眼，摀住耳朵。

從毬村口中聽到自己的聲音，連我也覺得恐怖至極。想當然爾，電話彼端的經堂聽到時怎麼忍受得了。

「對妳好像太刺激了，抱歉啦！」

「什麼抱歉！你這個無惡不作的殺人鬼！」佐山氣得臉都扭曲了。

殺人犯毬村即使被這樣臭罵仍一臉平靜，這傢伙的冷血果然非常人所能想像。

「毬村先生，」早川鄭重其事地叫他，「我現在以殺人自供將你逮捕。」

毬村雙手插在口袋，聳了聳肩：「我看逮捕就免了吧！反正都已經殺了好幾個人了，你就饒了我吧！」

「饒了你？開玩笑也要有個限度！從沒見過像你如此喪心病狂的傢伙。」

毬村朝著欲上前抓他的佐山，向前走了一步。

「你吼什麼吼！雖然沒引起什麼騷動，不過已經惹得我很不高興了，你最好給我安靜點！」

毬村從右邊口袋掏出一把槍，那是朝我胸口射擊的托卡列夫，他竟然還沒處分掉。被槍口對著的佐山一動也不動，毬村一臉得意地笑著。

「一切都結束了，這裡就是你們的葬身之地，眞是令人生氣的發展！我本來不想搞得這麼難看的，要是胡亂射擊不幸命中的話，只能說我和你們都不夠幸運吧！」

「你要殺了我們？」

「是啊！森小姐。不過妳放心，我不會把妳那顆美女頭射爛的，我會盡量讓妳死得很美麗，算是給妳最低底限的關照吧！」

『放手！』

我企圖打落托卡列夫。

『住手！』

好想哭。我明明對準毬村的右手掌賞了他好幾記手刀，但卻起不了任何作用。再這樣下去，須磨子、早川和佐山全都會被殺掉。

「你打算槍殺我們三人嗎？你以爲你這麼做會沒事嗎？」佐山大喊。「槍聲會傳到餐廳，然後會有人趕來，這樣你就算再怎麼辯解也插翅難飛。」

「無所謂，反正我也不打算逃走。聽清楚了！我這充滿魅力的計畫，首先我會以這把托卡列夫殺了你和森小姐，然後——」

他從左邊口袋掏出什麼，打開手掌，赫然也是一把手槍。

「再用這把 new lanp 槍殺早川，也就是說，一連串案件的殺警嫌犯就是精神耗弱的早川篤。森小姐和佐山發現了他的犯行，失去理智的早川於是用托卡列夫射殺他們，然後對稍後趕來的我也開了槍，於是毬村刑警基於正當防衛開槍還擊，這就是整個故事的大綱。我成了英雄，很浪漫，不是嗎？」

愚蠢至極的劇本！那種劇本充其量只能騙騙小孩，不可能瞞得了警方。不過，這是毬村現在唯一能想到的完美結局吧！

『你已經瘋了！住手！』

我拚命踹他的腰、撞他的頭、衝撞他的身體——沒有任何奇蹟出現。

「問你一個問題。」早川怒視著毬村問道，「你好歹也是一名警官，爲何要從事毒品買賣？而且你那麼有錢，根本沒有什麼經濟負擔啊！」

毬村裝模作樣地歪著頭，然後咧嘴大笑：「有錢人？也難怪啦！你們到現在還相信我是坐擁二十億日圓遺產的富翁。」

難道不是嗎？可是我親眼看到他住在那座豪宅。

「毬村家二十億日圓的資產早在泡沫經濟時就全沒了。因爲轉投資購買土地的關係，到頭來還背了一大筆債，存款也全都送給了銀行，唯一留下的，就只有我住的那間豪宅，那是我僅有、唯一能守護的自尊，聽起來很悲哀吧？不過我不會放棄的，總有一天，那甜美瘋狂的時代會再度降臨這國家，所以我一定要忍耐到那天到來，夢想著再次被銅臭味包圍的感覺。」

「原來如此。爲了守住與自己身分不相稱的豪宅而從事毒品交易嗎？眞是可悲啊！」早川不屑地說。

「不、才不會呢！」毬村轉動著手中的托卡列夫。「其實不單是那棟豪宅，我也得想辦法不讓我的生活品質一下子從頂點落至到谷底。誰說平民百姓就一定得過著簡樸的生活，那是某些人的自私看法。我和你們不一樣，無法忍受貧窮、沒有格調的生活。」

「什麼貧窮、沒有格調，少在那邊自命清高了！」早川很激動。

究竟是什麼事讓小開變得如此瘋狂呢？錢？毒品？還是其他的東西？

「對我而言，錢就和命一樣重要，我要很多很多錢……」

這樣的他雖然令人憎惡，其實內心深處應該有著莫大的痛楚吧！我的腦中演繹他的每一句話。

——就算有很多錢還是活得很痛苦，那沒有錢的話又會變得如何呢？

我無法制止他了，這傢伙會扣下扳機嗎？會在我眼前槍殺須磨子嗎？不！我不會再讓你殺任何人了。

可是——

「已經沒什麼好說的了。永別了，各位。首先就送讓我計畫生變的佐山上西天吧！能死在自己最喜歡的槍下，應該很快樂吧？」

佐山渾身發顫。

「……救命啊……」

我該怎麼做才好？

該怎麼做？該怎麼做呢——

我詛咒著不讓奇蹟發生的神。

持續對毬村臉部揮拳的我，停下來絞盡腦汁地思索著。有沒有什麼好辦法呢？

「要射頭還是胸部？想讓哪一部分享受呢？」

毬村舔著上唇，殘酷地質問佐山，只見佐山癱軟無力地跌坐在地。須磨子彎身，將手放在他肩上。

「還是離他遠點比較好吧！森小姐。噴出來的血可是會濺得一身都是呢！若是沒有特別要求，那我就要射頭囉？」

當我幾乎就要放棄時，奇蹟發生了！不，也許是我讓它發生的。

雖然是個危險賭注，不過也只能賭一賭了。

『早川，照我說的覆誦一遍！』

他猛地抬頭。

『別說錯了！跟著我喊，分散小開的注意力！』

他的眼神散發光輝，應該是明白了我的意思。他輕輕地點頭，往與須磨子他們相反的方向移動一步。

毬村蹙眉，不太高興地看著早川：「你最好給我乖乖地別亂動，要是稍有反抗，見閻羅王的順序可是會改變哦！」

「其實你也不想如此活著對不對？」

「閉嘴！」

「……好，我閉嘴。可是請容我在臨死前唸一下佛經吧！」

早川合掌，照著我的指示，誦起佛經。

「南無妙法蓮無，南無阿彌陀佛。」

「我懂了，你想先死是吧？」

托卡列夫的準星對準早川的瞬間，須磨子趁勢蹲下拾起外套。毬村驚訝地回頭，這次將槍口對準須磨子。

槍聲響起。

毬村上半身往後倒下，托卡列夫在空中飛舞。「啊啊、啊……」被近距離射穿右肩的毬村呻吟著癱靠一旁的岩石上，然後整個軟倒在地。

呈單膝著地跪著的須磨子手持S＆W．M10．SAYAMA．SPECIAL。槍口還冒著煙。

『成功了！』

我欣喜若狂，須磨子一定辦得到，我堅信著這點。

早川與佐山迅速撲上去，壓住毬村。這個連續殺警的兇手只是拚命叫喊「好痛、好痛喔」，已無力再抵抗。

35

總算卸下了心中大石。須磨子趕緊回電通報巴東分局，我恍惚地凝視早川與佐山幫嫌犯包紮傷口。四周情景彷彿電影中才會發生的事般遙不可及。在這影像的四方出現了綠色的影子。這就是在熙來攘往的十字路口上遇到的那個幽靈所說的綠色光影嗎？宛如美麗的藓苔閃耀著綠色光輝。

過了不久，通話中的須磨子的側臉也開始蒙上細小光點。那閃爍得有些刺眼的光點散發從未感受過的神聖感。錯不了了，讓我傷透腦筋的事件終於順利解決、落幕。我就快離開這世上了。

該怎麼說呢？我還沒做好任何心理準備。明知道這一刻一定會來臨，當時就該好好向母親與亞佐子夫婦、啾吉他們告別，而且也想與須磨子再共度一夜。

『不曉得能不能順利……』

我企圖裝作若無其事地喃喃自語。

「妳眞是太厲害了！須磨。在那種緊急的情況下，妳的槍法還是如此神準。」佐山佩服得五體投地，「這個混蛋就算轟掉他的腦袋也不爲過。」

「好痛、好痛啊！」毬村還是嚷個不停。明明已經用圍巾止血，應該是不會那麼痛了。如此可悲的男人竟會犯下滔天大罪，眞是不可思議。

莫非——

也許他的內心深處潛藏著我所無法想像的孤獨，就像柔弱的小動物披著驕傲自大、自戀、滿是荊棘的鎧甲般，而這世界對他而言，既冷漠又虛假，而且也沒時間理解他。

「我們課上的人數又要減少了！得趕快補人進來才行。」早川碎碎唸著不相關的話題。

「幾乎全部洗牌了吧！」佐山笑道。「漆原組長好像也得回本部的樣子。」

「咦？爲什麼？」

「她的工作就是輪調到各分局，負責抓出警制人員的各種弊端，換句話說，就是本部派來的間諜。她好像很早以前就發現收押品的帳目不清，有諸多疑點。但是她對自己未適時防止而造成連續殺人事件感到相當自責，並提出了辭呈。我是無意間聽到她與一課課長在說這件事，所以你們也要向她說再見了。」

再見。這句話突然刺進我的胸口，屬於我的「再見」也迫在眉睫。那綠色光影愈來愈濃，一閃一閃的光點也突然激增，我慌了。

『早川。』

「什麼事？」他看著我。

『道別的時候到了。我就快消失了。謝謝你的幫忙，眞的很感謝你。』

他驚呼一聲，倒抽了口氣，雙眼瞪得大大地：「你要消失了……眞的嗎？」

『是啊！就快了吧！大概還剩幾分鐘，我想最後與須磨子好好道別，你可以幫我轉達嗎？』

「這種事……要我轉達？」

又開始了。佐山苦笑，但須磨子似乎感覺出異樣。

「怎麼了？」須磨子問早川，早川卻不知該如何回答。

警車上的警笛聲由遠而近。這聲音讓剛成為警察時的我熱血沸騰。現在聽也會嗎？

「佐山先生，不好意思，可以麻煩你帶毬村先生去餐廳停車場嗎？我和森小姐三人，不，兩個人有話要說。」早川也知道這要求很無理。

「別開玩笑了！我的警察證已經繳回去了，現在只是一介平民，怎麼能拘提嫌犯？」

「因為他企圖槍殺我們，屬於現行犯，只要是現行犯，誰都可以逮捕，麻煩你了。我們兩個眞的有很重要的事要談。」他雙手合十拜託。「麻煩了。」

「明明有正牌刑警在，為何還叫我……。果然別人都覺得我們課上淨是些怪人。好吧！既然是天下第一巴東分局的刑警拜託，我也不好意思拒絕，不過之後一定要向大家說明清楚哦！」

佐山露齒笑了笑。他讓毬村扶著他的肩，慢慢站起來。

再見了，佐山。祝你幸福。也幫我向趕到停車場的漆原組長問好。

兩人的背影消失在岩石另一端。

「怎麼了？早川先生？」須磨子不安地尋問。

「神崎先生說他要走了，他快消失了。」

她的內心似乎十分動搖，但不像又要嫌早川胡說八道的樣子，只見她張大著眼，雙肩微顫，沉默不語。可能不曉得該說什麼好吧？

『因爲事件已經解決，所以我得走了。我不聲不響地來到這世上擾亂妳的心，眞的很對不起。可是能再見到妳，我眞的好高興。』

早川一字一句地傳達著。須磨子低垂著臉，沒有任何反應。我聽到了啜泣聲，才發現原來是早川。我心想著，擔任轉述的人居然泣不成聲，繼續說著，

『雖然現在的妳已經夠好了，不過妳還要成爲更好的刑警、更好的女人哦！而且要過著幸福的生活。』

須磨子抬起頭，看著早川。

「早川先生。」

「是。」他答道。

「達也在哪裡？」

他用右手慢慢描繪我的臉部輪廓。

「我看不見！」須磨子大叫，雙眼泛紅。

「他真的在！他就站在這裡看著森小姐！」

她面向我。不是看不見嗎？但她的視線卻與我的撞個正著。那黑色眼瞳周圍裝飾著好幾千粒光點。

「我愛你。」

我從來沒想過還能再聽到這句話，明明早就放棄了。

我感動莫名，一時不知該說些什麼。

『須磨子，我——』

話欲出口，卻被早川阻攔。他哭著並激動地責備我，「你不要太過分了！說給情人聽的『我愛你』，你叫我這個負責轉述的人要如何轉達啊？你是要讓我覺得我這個電燈泡有多白癡嗎？這種話我怎麼說得出口！你自己說不就得了，我才不幹！」

『喂！』我出聲叫住他，但他仍迅速轉身跑走了。只回過一次頭大喊著：再見了！神崎先生。

他的身影就這樣倏地看不見了。

我對他小聲地說：

『謝謝。』

只留下我和須磨子。海浪的聲音不斷襲進我們耳裡。

剩下的時間已經不多了吧！雖然是初次體驗，卻令人如此深刻。

「你也該對我說句『我愛妳』，不是嗎？早川先生是這麼說的吧？」她說。

我再次凝視她。

『我現在就要說了——我愛妳，須磨子。』

她終於聽到她想聽到的話，我也傳達了我想說的話，這樣就夠了。我可以了無遺憾地離開。

「再跟我說句話吧！什麼都可以。」須磨子雙頰滾落的淚如此傾訴著。

要說什麼好呢？不能對她開口要一輩子想著我，因爲這個要求是如此自私；祝福妳快點找到好男人！我也無法打從心底這麼祝福她；就算與她約定天國再會，也不曉得這種事到底有沒有可能。

我作了個深呼吸，平靜心情，對她說。

『跟我說，妳不會忘了我。』

這句話明明已經說完，她卻摀著耳朵好一陣子。漫天亂舞的光點覆滿她的臉龐。

須磨子的唇發顫似地動著。

「我永遠也不會忘了你。」

『須磨子！』

光點突然成了洪水，將我淹沒。

該笑著消失的時候到了。

意識逐漸模糊。

可是，

我。

我會一直愛著妳。

就算化爲虛無。

幽靈刑警 / 有栖川有栖著；楊明綺譯. -- 初版. -- 臺北市：小知堂，2005[民 94]
面； 公分. -- （有栖川有栖：10）
譯自：幽靈刑事
ISBN 957-450-427-1（平裝）

861.57 94013836

知 識 殿 堂 · 知 識 無 限

有栖川有栖 10

幽靈刑警

作　　者　有栖川有栖
譯　　者　楊明綺
發 行 人　孫宏夫
總 編 輯　謝函芳
發 行 所　小知堂文化事業有限公司
地　　址　臺北市康定路 62 號 4 樓
電　　話　(02)2389-7013
郵撥帳號　14604907
戶　　名　小知堂文化事業有限公司
法律顧問　永然聯合法律事務所
書店經銷　勤力國際股份有限公司
23145 臺北縣泰山鄉楓江路 86 巷 7 號
Tel：(02)8531-5372 、8531-5167　Fax：(02)8531-5371
登 記 證　局版臺業字第 4735 號
發 行 日　2005 年 9 月 初版 1 刷
售　　價　280 元
本書經由博達著作權代理有限公司安排獲得中文版權
原著書名　幽靈刑事

購書網址：www.wisdombooks.com.tw
本書如有缺頁、破損、裝訂錯誤，請寄回本公司更換。
郵購滿 1000 元者，免付郵資；未滿 1000 元者，請付郵資 80 元。
ISBN 957- 450-427-1

推理作家協會獎得主·新本格推理先鋒
日本文壇的百變謎人

有栖川有栖推理小說系列作品集

有栖川有栖03

俄羅斯紅茶之謎

作者：有栖川有栖　譯者：張郁翎　售價：220元

★挑戰高難度寫作的精巧推理短篇！

眾所矚目的新銳作詞家奧村丈二在忘年 party 中意外身亡，從他喝的俄羅斯紅茶裡檢驗出氰酸鉀，如何在看似無涉的與會者當中找出眞兇？會不會是自殺的死者故布疑陣？加入果醬的美味俄羅斯紅茶如何在看似完全無下手機會的情況下成爲索命兇器？

如何以最精簡的方式完整呈現案情始末並鋪陳線索，絕對是推理創作者亟欲挑戰的課題；備受日本讀者喜愛的名探火村英生與推理小說家有栖川有栖，再次聯手，挑戰奇怪的暗號與消失的殺人犯。

瑞典館之謎

有栖川有栖04

作者：有栖川有栖　譯者：楊明綺　售價：220元

★洋溢雪國風情，備受好評的長篇推理！

爲了尋找寫作題材而來到大雪紛飛的裏磐梯的推理作家有栖川有栖，被邀請至當地人稱爲瑞典館的小木屋，並遇上被深深哀傷環繞的殺人事件。他向臨床犯罪學者火村英生請求援助，這對絕妙搭檔將挑戰這樁降臨在美女姊妹畫家身上的慘劇之謎。

「寫作形式大膽、危險。也許這是作者對自己所設計的詭計之自信的展現吧！」—— 推理評論家　傅博

劃撥帳號 / 14604907　戶名 / 小知堂文化事業有限公司

郵購滿1,000元者，免付郵資；未滿1,000元者，請付郵資80元

歡迎學校、社團、公司行號集體訂購，親至出版社購書享九折優待

有栖川有栖

有栖川有栖